故事会

2023 · 147

合订本

上海故事会文化传媒有限公司

上海文化出版社

图书在版编目（CIP）数据

2023年《故事会》合订本. 147期 / 《故事会》编辑
部编. —— 上海：上海文化出版社，2023.4
ISBN 978-7-5535-2701-7

Ⅰ. ①2… Ⅱ. ①故… Ⅲ. ①故事－作品集－中国－
当代 Ⅳ. ①I247.81

中国国家版本馆CIP数据核字（2023）第039224号

书　　名：2023年《故事会》合订本147期

主　　编：夏一鸣
副 主 编：吕　佳　朱　虹
责任编辑：曹晴雯　孟文玉
发稿编辑：吕　佳　朱　虹　丁娴瑶　陶云韫　孟文玉
　　　　　王　琦　曹晴雯　赵媛佳　田　芳　彭元凯
装帧设计：王怡斐
责任督印：张　凯

出　　版：上海文化出版社
出　　品：上海故事会文化传媒有限公司
　　　　　（201101 上海市闵行区号景路159弄A座3楼　www.storychina.cn）
发　　行：上海文艺出版社发行中心
　　　　　（上海市闵行区号景路159弄A座2楼206室）
印　　刷：浙江广育爱多印务有限公司
开　　本：787×1092毫米　1/32
印　　张：9
版　　次：2023年4月第1版
印　　次：2023年4月第1次印刷
书　　号：ISBN 978-7-5535-2701-7/I·1040
定　　价：25.00元

上海故事会文化传媒有限公司　出品（01124）

想看更多故事?
扫码下载故事会 App

上海故事会文化传媒有限公司所有图书可办理邮购，免收邮费（挂号除外）
汇款地址：上海市闵行区号景路 159 弄 A 座 2 楼 206 室（201101）
收　款　人：上海故事会文化传媒有限公司出版发行部
联系电话：021-53204159
如发现本书有质量问题，请与印刷厂质量科联系　Tel：0571-22805820

764 2022 SEMIMONTHLY

CONTENTS 12月上半月刊

故事会 ® —STORIES—

故事云，可以听的《故事会》，精彩尽在 P95。

红版·上半月刊

社 长、主 编 夏一鸣
副社长 张 凯
副主编 吕 佳 朱 虹
本期责任编辑 曹晴雯
电子邮箱 caoqingwen0228@126.com
发稿编辑

吕 佳 陶云锟 丁娴瑶 孟文玉
美术编辑 王怡斐 郭瑾玮
红版编辑部电话 021-5320 4058
绿版编辑部电话 021-5320 4050
地址 上海市闵行区号景路159弄A座3楼
邮编 201101

主管、主办 上海文艺出版总社
出版单位 《故事会》编辑部
发行范围 公开

·出版发行部·
发行业务 021-5320 4165
发行经理 钮 颖
媒介合作 021-5320 4090
广告业务 021-5320 4161
新媒体广告 021-5320 4191

·融媒体中心·
《故事会》微博 @故事会
《故事会》微信 story63
故事中国网 www.storychina.cn
《故事会》网店
shop36332989.taobao.com

故事会公众号　　故事会小程序

国外发行 中国图书贸易总公司
印刷 上海四维数字图文有限公司
发行：中国邮政集团公司报刊发行局总发行
国内代号 4-225 定价 6.00元

老发誓

老胡得了严重的心脏病，医生说，只有换心才能保住性命。

老胡听说后，把老伴叫到床前，叹了一口气，说："当年我曾向你发过誓，海枯石烂不变心。看样子，我要违背誓言了。"

老伴安慰老胡："没关系，我知道你要换的那颗心是隔壁老王的，他曾经也发过这个誓。"

（李云贵）

（本栏插图：包丰一）

催债失败

小赵借给朋友五百块钱，可三个月过去了，朋友一直没还钱。于是，小赵每天都在两人共同的好友群里发一张歌手伍佰的头像，以提醒朋友还钱。

万万没想到，一周后，朋友将小赵踢出了群聊，并说："都是成年人了，整天就知道追星！"

（离萧天）

不能进去

有个男人要往火灾现场冲，一个消防员拦住他，说："先生，你不能进去！"

男人不听劝告，消防员只好解释："里面火势很猛！"

男人激动地说："火势很猛？那我更应该进去了……"

消防员打量着男人，说："可是，你拿着一把生羊肉串是干吗呢……"

（沐　沐）

戒 烟

男子决定戒烟，他听说电子烟可以戒烟，就开始抽电子烟。后来，男子听说槟榔可以戒烟，他又开始嚼槟榔。

就这样，"戒烟"一段时间后，现在男子上午抽烟，下午抽电子烟，晚上嚼槟榔……

（赵泽浦）

吃 货

小美是个吃货。一天，她和闺密正吃着大餐，闺密感叹："人逢佳肴须尽欢……"

小美吃完盘子里的最后一个肉丸，说："莫使勺子空对碗啊！"

（月月鸟）

逃 生

小王去参观同事的新家。到了后，同事热情地介绍，最后还补充："我家特地留了一个逃生窗，你想不想试试？"说着，他就打开逃生窗，把麻绳扔了下去。

小王见同事这么热情，也不好拒绝，便顺着麻绳往下溜，衣服被麻绳弄得歪歪扭扭的。快到地上时，旁边一个大爷见小王衣衫不整，就说："咋啦，她家男人回来早了啊？"

（田晓丽）

约 会

对男女约会，男孩始终不敢有进一步的动作，好几次碰到女孩的手他都没有牵。

天下着小雨，两人各自撑着伞散步。女孩想，这个笨蛋怎么那么不主动？于是，路过小桥时，女孩故意把自己的伞扔到了河里。

男孩愣住了。

女孩笑着说："你就这样让我一个人淋雨啊？"

男孩恍然大悟，赶紧把自己的伞也丢下河，说："我陪你一起淋……"

（落花雨）

换了一个

一对夫妻，孩子长到三岁时，妻子发牢骚说："这孩子怎么长得跟我们俩都不像？"

丈夫听了，说："是的，他确实不是我俩亲生的啊……"

妻子蒙了："啥？"

丈夫说："你忘了吗？当年你出院时，我们发现孩子的尿布湿了，你说——'亲爱的，去换一下，我在这儿等你。'后来，我就去换了一个啊！"

（云淡风轻）

真皮

有个老头到家具店买沙发，老板热情地介绍道："这是真皮沙发，不打皱的。"

"那可不一定！"老头不信，然后指着自己的脸，说，"这也是真皮，可它同样会打皱。"　　（小　十）

学过急救

早晨，一名员工慌忙地跑进办公室，老板问她："你怎么迟到了？"

员工解释："我刚才在路上看到一场车祸。有个男的被甩出车外，他腿摔伤了，头也划破了，流了好多血，幸亏我学过急救。"

老板好奇地问："那你是怎么处理的？"

员工惊恐地说："我坐在地上，头趴在膝盖上，这才没吓昏过去，救了自己一命……"

（志　文）

桌下的人

一群人约了晚上喝酒，喝到一半时，桌布底下突然爬出来一个人，大伙一时间都吓得不敢说话。

这时，只听爬出来的那人说："别怕，中午喝多了没走，你们继续……"

（鹏　哥）

坐电梯

电梯里有甲乙丙三人，甲摁了 14 层，乙摁了 17 层，丙摁了 23 层。

不知怎的，电梯在 9 层停了一下，甲看也没看就出去了。等电梯门关上，乙脱口而出："真傻！"

一会儿，14 层到了，乙果断地出了电梯。丙见乙同样下错电梯，不禁笑了："你也不聪明啊！"

这时，电梯又停了，丙头都没抬就下去了。等电梯门关上，他才反应过来，转身就看到电梯楼层显示屏上有着一个大大的"17"……

（青　瓜）

煎饼的差异

小陈胖乎乎的。这天，他和同事聊起早餐，说自己最近早上都只吃一个煎饼。

同事说："我早上也只吃一个煎饼，最近都瘦啦！可同样是只吃一个煎饼，为啥你还是胖了？"

小陈不好意思地说："其实，我那煎饼里有三个鸡蛋、两片薄脆，就连葱花都是双倍的。你的煎饼叠起来是薄毯子，我的煎饼叠起来可是加厚的羽绒被……"

（肚包肉）

本栏欢迎来稿。请将有新鲜感、有精彩细节的笑话佳作尽快投寄给我们。来稿一经采用，即致稿费，最高稿费为 100 元。本期责任编辑电子邮箱：caoqingwen0228@126.com。

莫打车

莫里斯和妻子带着两个孩子逛商场。买完东西后，莫里斯招手叫了一辆出租车，对司机说："不打表，到市郊多少钱？"

司机看了看他们一家子，说："你和你太太，我收 12 英镑；你的两个孩子，免费。你看行吗？"

莫里斯转身对着孩子们说："快上车，这位好心的叔叔免费送你们回家，我和妈妈去乘公交车！"

（报喜鸟）

在线家庭聚会 □〔日本〕横关大

  这天下午，博文一家四口准时打开各自的电脑，参加期盼已久的"在线家庭聚会"。用网络视频的方式来聚会，是哥哥裕一提议的，因为一家四口现在天各一方，在不同的地方生活，而线上聚会不受空间的限制。连上线后，大家没有隔阂地互相问候，七嘴八舌地聊起了各自的生活。

  父亲博文感慨地说："哎呀，没想到线上聚会的气氛也能如此热烈。既然好不容易聚在一起，不如做点有趣的事怎么样？你们看这样行不行，我们分别说一个从没告诉

过家人的秘密，反正不用真的面对面，说了也不会尴尬。"

  母亲昌子表示赞同："确实有趣。"妹妹七濑也说："好呀，还挺好玩的。"

  只有哥哥裕一没有吭声。

  父亲博文说："来吧，谁先说说看？"

  妹妹七濑自告奋勇："那就我来吧。这事我没对任何人说过。"七濑说的是自己高中时候的事，那时她被班上的同学霸凌了，痛苦得都想退学算了。特别是高二的时候，每天早上，她都假装正常出门，却

没有去学校，而是在图书馆消磨掉一天。七濑说完后，如释重负道："当时怎么也想不到，我可以像现在这样笑着说出这件事。"

父亲博文说："是啊，那段时间真是苦了你了。不过，这事爸爸妈妈其实都知道。"

母亲昌子点头应和，七濑一脸惊讶："怎么会？"

博文说："你长时间不上学，学校怎么可能不联系我们？我还认真考虑过要不要为了你搬家，但后来，我相信你能够靠自己渡过这个难关，你也确实做到了，了不起！"

七濑说："真的吗？原来爸爸妈妈都知道啊！对了，哥哥，你知不知道？"

裕一摇摇头："我不知道。"

七濑凑近屏幕说："哥哥，你的脸色怎么看起来不太好啊，难道身体不舒服？"

博文和昌子听了，也都仔细打量视频里的裕一，裕一看上去果然有些疲惫。两人忙叮嘱他，一个人在国外工作，要按时吃饭，注意休息。

裕一有些不耐烦地回答："知道啦，我没事，精神得很呢！"

接下来，博文说起了自己的秘密："爸爸我啊，大约在二十年前

被裁员了。当时裕一在上初中，七濑还是小学生。房租要交，小孩要养，我真的焦头烂额、备受煎熬。走投无路之下，我甚至想一死了之，也真的在卧室的横梁上缠过绳子……但终于还是挺下来，心想至少要熬到孩子们大学毕业才行。于是我咬紧牙关，天天跑到职业介绍所软磨硬泡，半年后终于找到了现在的工作。怎么样，这个秘密是不是很惊人？"

孩子们还没说话，昌子回答："我早就知道了。"

博文惊讶道："怎么可能？你一点也没有表现出来……"

昌子微微一笑，说："是真的，我收到了政府寄来的居民税追缴通知，之前明明都是从你的工资里直接扣掉的。我觉得很奇怪，就在你出门后偷偷跟着，发现你孤零零地在公园里吃面包。所以后来我不是出去工作了吗？反正事到如今也不必再隐瞒了，我去小酒馆里陪酒，虽然说出去不好听，但赚到了不少钱。当时，为了找借口在晚上出门，实在是绞尽了脑汁。"

昌子的话让大家都陷入了沉默。过了好一阵，博文低声说："对不起，我不知道，让你受苦了……"

昌子却毫不在意，说："没事，

都过去了。"

这是昌子的真心话，虽然后来她和博文因为各种原因离婚了，但那段共渡难关的日子，仍然是人生中宝贵的经历。昌子看博文有些低落，便笑着说："现在我们一家虽然分开生活，但偶尔能像今天这样聚在一起聊天，不也很棒吗？"

博文重振精神，说："对，我们都要好好生活。对了，裕一，现在轮到你说了，看你能不能把聚会的气氛再炒热起来。"

裕一无精打采地说："我没有什么秘密可说。"

博文不相信地说："怎么会，至少有一两个吧？"

裕一回答："真的没有。"

七濑帮着解围，说："也是，

哥哥向来不会说谎。对了，哥哥你怎么好像瘦了？"

昌子也附和道："对啊，裕一你一个人在国外，别劳累过度啊，晚上睡得怎么样？难道交了什么不好的朋友……"

博文打断昌子的话："你们两个不要胡思乱想，裕一因为工作的关系去了美国，能有什么问题，顶多是还没适应当地的环境。喂，裕一，你要好好照顾自己，健健康康地生活。等你回来后，我们全家再聚在一起吃顿团圆饭。好了，今天的在线聚会非常圆满，也差不多该结束了。"

其他三人陆续离线，只有裕一还盯着暗掉的屏幕发呆。

有人提醒他："犯人448号，已经结束了。"

裕一规规矩矩地回答："是。"

狱警说："多好的家人啊！你为了他们也该好好赎罪才对。下次的在线会面是三个月后，还想参加的话就事先填好预约单交上来。"

（编译：惜　狐）

（发稿编辑：吕　佳）

（题图、插图:孙小片）

持证追星

□ 宁莎鸥

宋平供职于一家新媒体公司，是旗下一个娱乐公众号的小编。这天，他受邀参加某个品牌的推广活动。活动邀请了不少当红艺人，其中就有时下最火的大明星狄达，据说品牌方将"官宣"他成为新一代代言人。这家品牌方是宋平公司的"金主爸爸"，为此公司领导何总对宋平特别交代：一定要写好稿子，不能出岔子！

哪知道还没到现场，岔子就来了。活动当天，宋平的搭档犯了急性肠胃炎，没法儿赶来了。

"那现场视频怎么拍？"

"你一专多能，全权代劳！"

视频嘛，宋平倒是能拍两下，可自己还有采访写稿的任务呢，没那个自信能一心二用啊！

宋平忐忑不安地来到现场，好家伙，那里早已被人挤得水泄不通！来的九成都是年轻女生，举的都是"狄达"的各种闪亮灯牌。人群里还混迹着几个大叔，拎着一堆工作证、媒体证、品牌代表证之类的，在暗地里叫卖。宋平知道，这种场合都得"持证追星"，眼前这些大叔都是"黄牛"，个个"神通广大"，能搞到各种通行证，高价卖给粉丝。说起来，同事的证件岂不是闲置了？那可值不少钱吧！

这时，人群里有位美女朝宋平看了几眼，然后走过来指着宋平手里的证件，问道："卖不卖？我出五千。"宋平一愣：当记者的，还能真的卖证啊？他自嘲地笑笑，连忙说有任务在身，自己可不是黄牛。

美女失望地撇撇嘴，嘟囔道："为了见偶像，省吃俭用坐绿皮火车来的，打工半年攒了五千块，没想到什么都不够。我就想近距离看他一眼……"她说着说着，泪花就在眼眶里打转了。

唉，见不得美女哭啊！宋平动了恻隐之心，他想了想，问道："你会拍视频吗？"

美女一听，来了精神："当然，我可是'哩哩'网的主播！"

见美女一脸兴奋的样子，宋平还有点不放心，他叮嘱道："我要是带你进去，你可千万别添乱！"

"放心，我肯定乖乖的。"

得，闲置也是闲置，宋平心一软，把证递给了她。两人交换了姓名，宋平知道了美女叫李蕊。李蕊加了宋平的微信，坚持要转五千块给他。宋平忙摆手："别别别，你帮我拍好视频就行。"

见面会的"红毯"仪式上华灯闪烁，流光溢彩，明星们陆续闪亮登场。宋平也是第一次见这么大阵仗，不免有些紧张。李蕊倒是游刃有余，举着稳定器与专用手机，拍得有板有眼。宋平观察了一阵，无论取景还是运镜，李蕊都表现得很专业。

不久，本场活动的主角狄达正式入场。粉丝中爆发出阵阵尖叫，李蕊也上头了，拎着拍摄器材凑了上去。聚在红毯边拍摄的人很多，但不知怎么了，狄达见了拍得正欢的李蕊，突然脸色一变，走过去一巴掌把器材扇到地上。

李蕊吓蒙了，本能地回道："你、你干吗……"

"谁允许你在这里拍我的！"

"这里光线好……"李蕊不服气地说道，"况且，我也不是只拍你一个啊……"

狄达最忌讳被人在这个角度拍摄，因为会暴露他下颌线的缺点。这会儿，他被李蕊呛了这么一句，更气了，喝道："你哪个公司的？"他使了个眼色，旁边已经有两个保安向李蕊围了过来。

宋平见势不妙，连忙上前把李蕊护在身后："你管我什么公司的！正常媒体拍摄而已。"

狄达冷哼了一声："把他俩带去安保室，查查他们的证！"

到了安保室，宋平有正式身份，可李蕊没有。虽然推说她是实习生，可拿不出任何凭证。就这样，宋平被安了个"卖证"的罪名，两人的证都被没收，拍摄的素材也被当场删除，最后两人还被赶出了活动现场。

这一下，搞砸了。宋平想起何总下的死命令，顿时万念俱灰。李蕊连忙道歉："都怪我。"宋平强颜欢笑："不关你的事，是那个什么达的不讲理！"

"是啊，亏我还把他当偶像，什么素质！"李蕊转过头来，笑道，"谢谢了，你刚刚护住我的动作，真帅！"

美女笑起来就是好看，不知为何，宋平也没那么沮丧了。

不过，该来的总会来。品牌方直接告状告到公司，说宋平卖证，扰乱现场，害得他们跟狄达的代言合同搁置了，他们准备取消与公司下一季度的广告合作。何总雷霆震怒，扬言要开除宋平，以平息对方的怒气。

"等等，弄清楚情况再说。"跟何总平级的陈总突然发话，他问宋平，"你到底有没有卖证？"

"当然没有。"宋平叫屈，连忙把事情经过一五一十地交代了。

"那又怎么样？"何总说，"所有报道压根没提狄达挑起冲突的事，对方不承认，谁信你呢？"

这时，宋平收到了一封邮件，是李蕊发来的。李蕊留言道："这是那天拍摄的部分素材，幸亏当时我发了备份到自己手机上，不知用不用得上……"

宋平如获至宝，当着两位老总的面播放了视频。虽然当时现场混乱，拍摄角度不太好，但狄达无理取闹的画面都被捕捉到了。宋平问："不知这能不能算证据？"

何总眼珠子一转："这下好了，我们可以拿这个当筹码去谈判，说不定还能让品牌方给我们追加广告预算呢！"

陈总却有不同意见："媒体的职责是报道真相，别搞那些鬼蜮伎俩！"何总翻了个白眼："那可是粉丝无数的当红艺人，就算发了视频，也难保舆论能站在我们这边。"

两位老总争执不下，何总气得要去找总裁评理。一旁的宋平不知如何是好，只见陈总朝他眨了眨眼，说道："等总裁回复，估计要好几天以后了，你就这样干等？"

"那怎么办？"

"发稿啊！事情经过怎样，你就照实写。"

有了陈总的支持，宋平把心一横，发了稿。此文一出，果然引起轩然大波，有人说偶像也不能耍大牌，但也有不少粉丝出来维护，说

"哥哥没有错"。

没过多久，公司管理层召开了决定宋平去留的讨论会。宋平在会议室外"等候发落"，坐立难安。过了好一会儿，陈总从会议室走出来，宋平的心顿时提到了嗓子眼儿。哪想陈总突然冲宋平眨了眨眼，笑道："臭小子，最近风向逆转，因为你那篇报道，不少人站出来爆了狄达的黑料，很多都是'实锤'。现在，品牌方一心感谢你帮忙'及时止损'，准备追加广告费用，公司也决定让你负责新的专栏！"

哇，真是天大的好消息！让宋平意外的是，收获还不止这些——没多久，他还跟李蕊谈起了恋爱。也难怪，患难见真情嘛！

这天，两人在宋平公司楼下的咖啡厅约会，就见陈总走了进来。宋平站起来礼貌地叫了声"陈总"，却听李蕊喊道："爸！"

宋平惊呆了："姑奶奶，陈总是你爸啊？你不是姓李吗？"

"她跟妈妈姓。"见宋平一脸诧异，陈总解释道，"我平时就不准她追星，所以从不利用工作之便给她'开后门'。这次听你说了才知道，这丫头偷偷去了活动现场，还差点惹出事来，幸好有你护着。不过我帮你说话，可不是为了还人情，而是觉得你小子有点能力，况且，媒体人嘛，就该实事求是。"

得了夸的宋平，傻傻地笑了。突然，他想到了什么不对劲："李蕊，那天你不是说，坐了好久的绿皮火车才赶到现场的吗？"

李蕊"哈哈"笑道："笨蛋！你可是'持证上岗'的宋大记者，总不能人家说啥都信呀！"

（发稿编辑：丁娴瑶）

（题图、插图：孙小片）

这天，老陈走进一家胡辣汤店，进门便喊："老张，来碗汤！"

算到2020年，老陈来上海当出租车司机已经有十二年了。临近春节，他原本想多挣点钱再回河南老家，没想到新冠疫情蔓延至全国，他就没有走成。回不了老家，年总得过，老陈干脆和一帮司机兄弟凑在老张的店里过个年。更没想到的是，之后一连五个多月，原本繁华的大街上空空荡荡。这段时间，老陈载过的只有医生，或是病人家属。每一次，目的地都是医院；每一次，都让他胆战心惊。为了省房租，他已经连续三次搬家了，老家还有年迈的父母和两个孩子……生活突然变得艰难起来。

老张的店就开在老陈家附近，他的小店专卖河南胡辣汤，正宗、地道。他的客人大多是河南老乡，很多都是出租车司机，在老张的店里，他们尝到了家乡的滋味。老张为人热情、乐观，每次这帮兄弟生活上有什么不顺或者受了气，他总是耐心地听他们倾诉，给他们支招。久而久之，老张的小店成了这群外乡人在上海的"家"。

今天，老陈来得晚，小店里已经快坐满了。老陈找了个空位坐下，边上是同行老孙。

"老陈，最近还好吗？"

"唉！别提了……我来喝碗汤，寻个安慰。老张，我的汤好了吗？"

故乡的滋味

□ 上海市松江区九亭第二中学 杨若虞

只听老张闷闷地"嗯"了一声，默默地端来了汤。

"老张，最近咋样？今天大街上人都没有，这生意真难做呀……咦，你怎么啦？"老陈感觉到老张的不对劲。

老张只是轻轻叹了口气。

老陈又悄悄地问一旁的老孙："发生什么事了？"

"唉！"老孙也愁眉苦脸地轻声说道，"老张他爸生病住院了，医药费贵着呢！他女儿考上了大学，学费、生活费也要不少钱。半年没生意，店租又贵，听说这店今天是最后一天营业……"

老陈听了，心里五味杂陈。

那一晚，老陈徘徊在街上，感觉没了方向。晚风像古人的边塞诗，不，更像一篇檄文，毫不客气地扇在他脸上。他不甘心，更不愿意屈服于这残酷的现实。

凌晨四点，老张像往常一样准时起床。借着清晨的微光，将小店打扫得干干净净——他要与陪伴了自己十几年的小店，做最后的告别。

突然，卷帘门被敲响了。大概是房东来交接了，老张想。

打开门，老张看见的却是一张张熟悉又亲切的面孔——那些出租车司机！

老陈上前一步，将手中一个塑料袋塞进老张手里。

"这是我们的一点心意！老张，这不是你一个人的店，你关了店，我们想家的时候去哪里？受了委屈到哪里去倾诉？想家乡的味道了，又去哪里喝这暖心暖肺的胡辣汤？"老陈越说越激动，"你的店就是我们的第二故乡，你不能关啊，不然我们就无家可归了！我儿子在作文里写过，只要心中有爱、有坚持，日子总有晴天！"

老张攥着手里的塑料袋，他知道，里面那些皱巴巴的钞票，是出租车司机们从餐费、烟费、电费、水费、煤气费等费用里扣下来的，只为留住他们心中的"故乡"。

这一刻，老张哽咽着，说不出话……

（此稿为"我的青春我的梦"第三届中小学生故事会征文获奖作品）

（指导老师：曾宇菁）

（发稿编辑：丁娴瑶）

（题图：孙小片）

红版编辑部各编辑邮箱：

吕　佳：lujia411@126.com
丁娴瑶：dingxianyao@126.com
陶云韫：taoyunyun1101@163.com
曹晴雯：caoqingwen0228@126.com
孟文玉：yuwenmeng@126.com

山路弯弯

□ 许申高

奇怪的包车

镇上有个叫胖哥的面的司机，很讲义气。他开着辆二手面包车四处拉客，有钱没钱都能搭他的车。

这天，微信里有个叫"远在他乡"的人发来信息："哥们儿，许村到甘溪那条山路现在怎么样？"

"老样子，还是最难走的一条山路，怎么了？"

"那条路上有好几个上学的孩子，天没亮就起床，到傍晚才回家，很辛苦。我想让你接送他们，一学期要多少钱？"

胖哥头一回遇上这样的生意，不好意思谈钱，可免费跑吧，自己的经济条件又支撑不起，再说没准对方就是开个玩笑呢？于是他回道："看着给吧。"谁知那人什么话也没说，直接转来了两万块钱。

胖哥没想到对方如此爽快，不由得有些迟疑，但最后还是收下了钱，然后问道："不好意思，你是哪位？"他实在想不起来这个人是谁，平常租车加微信的人很多，加过之后就忘了，也很少有联系。

"我啊，一个远在他乡的家乡人。"那人回完这句，发来一个笑脸，就再也不吱声了。

胖哥很疑惑，做好事不留名的人很多，但这事远没这么简单，其中必有蹊跷！好吧，那就走着瞧。

第二天凌晨五点，胖哥开车前往许村。车灯下，山路崎岖不平。许村原来是有小学的，后来被撤并了。孩子们现在都去十里外的邻村甘溪上学，十里山路，要走一个多小时，所以没等天亮就得上路。

很快，不远处的山路上，出现了两个女孩的背影，其中一个挂着双拐，另一个打着手电筒。这场景，让人看了挺心酸。胖哥放慢车速，在她俩身旁停下，然后下车，一边招呼两人上车，一边扶住挂双拐的女孩。两个女孩先是意外，继而惊喜，这山道偏僻，平常很少有车经过，两人从没搭上过便车。更让她俩惊喜的是，上车后胖哥说："这是你们的'专车'，有位好心人，包车让我接送你们。以后你们就不用起这么早了，可以多睡会儿，在路口等我就行。"

两个女孩高兴极了，那个挂双拐的女孩对另一个说："蒙蒙姐姐，这下你可以放心走了，不用再担心我了。"

胖哥忙问那个叫蒙蒙的女孩："你要去哪儿？不在这儿读书了？"

蒙蒙倔强地说："我哪儿也不去，我要和圆圆一起上学！"

圆圆就是挂双拐的女孩，她接话说："她爸妈要把她接到广州去读书，她不去，说我上学不方便，要留在这儿陪我。"

胖哥不由得心里一热，他怎么也不会想到，在这条弯弯的山道上，会有如此感人的故事。

接下来的山路更崎岖，没走多远，又出现了一男一女两个孩子，再往前，又有两个……包括圆圆和蒙蒙，沿途一共有九个孩子。

孩子们知道这是接送他们的"专车"后，一个比一个高兴，其中一个问："叔叔，这是谁包的车？我要把他写进作文里！"

胖哥本想说"估计是你们当中谁的爸爸"，但想到包车人可能有自己的顾虑，便把这话咽了回去，只说："以后你们会知道的。"

快到甘溪小学了，胖哥再次交代："放学后别乱跑，我会在校门口接你们。以后每天早晨六点在路边等我，别太早。记住了吗？"

"记住了！"

孩子们答应过后，一个大个头的男孩开始挨个儿跟每个人耳语，神秘地说着什么话。大家听了，都笑着点头。

甘溪小学的操场就在路边，最醒目的是那个旗台，等胖哥和孩子们到时，五星红旗已经迎风飘扬。

车就停在旗台边，最先下车的是圆圆，由蒙蒙和那个大个头男孩挽扶着，随后其他孩子陆续下车。他们并排站在国旗下，齐声喊道："叔叔，谢谢你！"接着齐刷刷地敬了一个少先队队礼。

胖哥的眼眶一下子湿润了……

无奈的变数

以后每天，胖哥都把接送这九个孩子当成自己最重要的工作，凡是与这事有冲突的活儿都推了。他和孩子们处熟了，孩子们亲热地叫他胖叔，给他唱歌，缠着他讲故事，车厢里总是欢声笑语的。

这天是国庆假期后第一天上学，胖哥早早地等候在第一个路口——圆圆和蒙蒙一般都会准时出现在这里。然而胖哥惊讶地发现，

今天路上只有圆圆一个人，她拄着双拐从田间小道上急急地走来。

胖哥飞奔上去，伸手扶住圆圆，问："蒙蒙呢？"

圆圆哭着说："她、她……"

"她生病了？快告诉叔叔！"

"她爸妈把她接走了……她一直哭，不愿意去……"

胖哥喃喃道："怎么会这样呢？"过了好久，他才缓过神，摸着圆圆的头，说："别哭了，叔叔会一直陪你。走，我们上学去！"

后来的日子，胖哥来得更早了，他会把车停在路口，去村口接圆圆。胖哥慢慢了解到，圆圆生来双脚残疾，父母在外地打工，家里只有年迈的奶奶，生活很不容易。

一晃到了腊月，要放寒假了，胖哥琢磨起一件事，下学期咋办？那个"远在他乡"好像消失了，他几次在微信上试探，比如送去节日问候什么的，可对方只字不回，看来指望他再包车是不大可能了。这期间，有孩子问了："胖叔，过完年，你还接我们吗？"

胖哥不假思索道："当然！"

过完年，胖哥一如既往地接送孩子们，车厢里一如既往地笑声阵阵。在外人看来，一切没有两样。然而在胖哥家里，却掀起了轩然大波，因为他老婆看出了门道："你老实说，那个人给你打钱了吗？"

胖哥随口说："打了。"

"那你咋没再往家里拿一分钱？别骗我了！你小打小闹拉个把客人，还不够你跑学校的油钱！"

胖哥无言以对。

"从明天起，你别再跑了。"

"不可能！"胖哥掷地有声。

"那好！我们从此各过各的，你别再进这个家门了！"老婆说到做到，胖哥从此被撵出家门，住进了父母在镇外的一个小院子里。

为了赚钱养家，胖哥开始拼命拉客，只要不影响接送孩子们，他什么客人都拉。

这天是星期五，许村有个家长为了照顾胖哥的生意，出两百块钱让他送十三个人去吃喜酒。以往这种超载的活儿胖哥是不接的，现在，他豁出去了。

许村与邻省交界，吃喜酒要到省外，就在到达目的地下客的时候，交警跟上来，二话不说，扣车！

这下胖哥急了，下午得接孩子们啊！好在他人缘好，找哥们儿借了一辆面包车，傍晚才顺利把孩子们接回来。可总不能天天借车吧？得赶紧趁着双休日想出办法来！他左思右想，终于有了主意。

镇上有一趟跑县城的班车，每天上午九点出发，下午两点返回。车主就是司机，他年纪大了，不想跑了，一直想招个人，可工资太低，没人应聘。于是胖哥找上门，他的驾驶技术在镇上无人能比，而且做事靠谱。车主不敢相信，他问："你不是开玩笑吧？"

胖哥说："我没开玩笑，但我有个要求……"

"什么要求？你说。"

"你知道，我一直在许村接送孩子，现在车被扣了，孩子们上学成了难题。你能不能让我每天早上六点到七点、下午四点到五点，用你的班车接送一下孩子？油钱就从我的工资里扣。"

许村到甘溪的这段山路，正好在这趟班车的线路上，不算非法营运，车主当即与胖哥签下了合同。

温暖的真相

星期一，孩子们坐上班车，那高兴劲儿就别提了。可好景不长，客运公司传来改线的消息，这趟班车的线路要优化，不再经过许村到甘溪这段公路，而且时间也要调整，与接送孩子的时间有了冲突。

胖哥听说后，四处找人打听，得知一个月后班车就会改线。得另想办法了，可有什么办法呢？

就在这个时候，胖哥之前被扣的车还回来了。他正高兴呢，却被告知，那车已经报废，而且不符合校车的标准，不能用于接送孩子。

胖哥的心情如同过山车一般。这时，传来一个好消息，胖哥为接送孩子四处奔波的事迹被传开了，引起了政府部门的关注，他们决定出资购买一辆校车，专门用来接送孩子们上下学。只不过，这校车得由专人来开，也就是说，以后接送孩子，就没胖哥什么事了。胖哥虽然失落，但好在孩子们的问题得到了解决，他也就放心了。

这天，"远在他乡"突然在微信上发来消息："听说你为孩子们的事操碎了心，对不起，是我害苦了你，我没想到你会陷在这里面，你的执着感动了我……"胖哥沉默了，他其实心存芥蒂：得知蒙蒙走后，他有意打听了一下她家里的情况，又结合"远在他乡"前后的表现，他已猜到了这个男人就是蒙蒙的爸爸。他心里五味杂陈，但还是问："蒙蒙好吗？圆圆和孩子们都很想她。"

微信那头陷入了沉默，好久之后，终于发来一条信息："其实你不问，我也打算找个合适的机会告诉你，免得你觉得我狠心，拆散了两个孩子。我在广州开公司，老早就想接女儿来广州生活学习，正是考虑到她跟圆圆的关系，我才没有坚持。后来我为什么要这样做呢？我也不瞒你了，但你得答应我，不告诉任何人，包括圆圆，好吗？"

"放心！我不告诉任何人。"

"其实我接女儿来广州不是上学的，她患上了一种很麻烦的病，要休学治疗。好在她乐观，以为只是一点小毛病，说等病好了，一定回去陪圆圆……后来，你在微信上试探性地问我要不要继续包车，我也很纠结，但还是回避了，因为当时还要给蒙蒙看病，所以……"

胖哥盯着手机上的这段话，呆住了。这时，"远在他乡"又发来一句话："这次突然联系你，其实是想提前告诉你一个好消息，在孩子和家长的强烈要求下，上面同意，以后校车还让你来开！"

胖哥看完，泪水夺眶而出……

（发稿编辑：曹晴雯）

（题图、插图：陆小弟）

周日，李豪带着儿子李晓来到一家眼镜店，准备给他买一副新眼镜。李晓沉着脸，非常不情愿。这时，李豪接到派出所的电话，一个叫肖茂强的民警让他过去一趟，说有个事情要找他核实。派出所找自己什么事？李豪心里直疑惑，带上李晓就去了派出所。

肖茂强向李豪说明了情况：昨天上午，派出所接到报警，报案人陈涛说自己的豪车被划了。肖茂强出警去了一个露天停车场，车主陈涛介绍，前天中午他把车停在这里，刚才来取车时，忽然发现车尾有七八道划痕，所以报了案。肖茂强调来停车场监控，查看了好几个小时，发现前天傍晚五点半左右，有一个身着黄色上衣、背着书包的男孩曾围着车转了一圈，其间在车尾停留了几分钟，右手还拿着什么东西朝车子挥舞了十来下，具体干了什么，画面不

是很清晰。除此以外，没有其他人接近过此车，所以这个男孩有划车嫌疑。肖茂强经过调查，了解到孩子叫李晓，是滨江小学五（3）班的学生，父亲叫李豪，所以通知他过来协助调查。

说完，肖茂强让李豪看那段视频。李豪一眼就认出那男孩正是李晓，立刻骂了声："小兔崽子，手贱呀！"肖茂强问道："你确定是李晓吗？"李豪肯定道："是他。

好人不难当

□ 黄平

人就在外面，我把他叫进来。"

李晓进来后，肖茂强指着视频问他："这个是不是你？"李晓看了看，点点头。肖茂强又问："车上那些划痕是你划的吗？"李晓却摇摇头，说自己没有划车。肖茂强接着问："那你在车边干什么？"李晓说，当时他看见车尾停了一只小虫，刚好他手里拿着一根没扔掉的吸管，就挥动吸管想赶走它。

见李晓不承认，李豪生气了："你做错了事，还狡辩！"李晓顶撞道："不是我，就不是我！"然后他气冲冲地跑了出去。

李豪尴尬地说："警官，这孩子很叛逆，我回去好好教育他。这事我认，你说怎么办？"

"按照程序，你先和车主协商解决。不过，你儿子没有承认，还得再问问。"

"不用问了，我的儿子我知道，那天我跟他闹了矛盾，他生气，做出这样的事我理解。"提起那天的事，李豪知道自己做得不太光彩，心里暗想，这都是报应哪！

前天周五，学校开运动会，李晓代表班级参加4×100米接力赛。他们一路凯歌，势不可挡。决赛时，前三棒遥遥领先，谁知跑最后一棒的李晓因交接棒失误心里发慌，竟跑到别人的赛道上，结果把到手的冠军给弄丢了。

赛后，班上的啦啦队队员都非常生气，一个叫君君的同学更是故意说："李晓，你戴着眼镜都看不清跑道，戴着它有什么用？"说完，君君就伸手去摘李晓的眼镜，想捉弄捉弄他。谁知一个不小心，把眼镜弄到了地上，镜片摔破了。

班主任了解情况后，批评了君君，又请双方家长过来协商解决。这事本来很简单，就是赔偿金额的问题。这副眼镜不便宜，当初买的时候花了2000元。考虑到李晓已经戴了两年，君君妈妈想让李豪给个折旧价。可这段时间李豪烦心事一大堆：周一他好心扶起一个跌倒在地的老人，却差点被讹诈；周二在一个熟客那里买衣服，本想照顾他的生意，谁知比其他地方还贵；昨天一个朋友借钱不还，两人吵了起来……李豪想，好人做不得，不能做冤大头了，于是非要原价赔偿不可。君君妈妈好说歹说，李豪就是不同意，还振振有词："我不管，眼镜虽然有点旧，但还能用啊！给你打了折，我得垫钱才能买，凭什么让我吃亏？"君君妈妈只好按原价进行了赔偿。谁知这会儿李晓和君君和好了，听到这结果，李晓非常生气，埋怨爸爸不厚道。出了校门，也不坐他的车，一下子就跑掉了。没想到他竟跑到了停车场附近，还在人家的豪车上划痕发泄怒火……

不过，李豪觉得这件事没必要跟肖茂强讲，当务之急是把这事处理好，别让这个小祖宗丢人现眼了，他就让肖茂强联系了陈涛。经过协商，李豪出了修理费。离开时，肖茂强建议李豪回家好好跟李晓沟通，即便孩子有错，也要注意教育方法。

李豪回到家，和李晓心平气和地聊起来，希望他讲出真相，但李晓坚持说不是他干的。李豪了解儿子，知道他爱冲动，但也很诚实，现在把他的顾虑都打消了还是不认，说明儿子真没有撒谎。

李豪一夜未眠，如果真不是李晓干的，怎么办？都怪自己，当时没听肖警官的话，急忙把事情了结了。花钱是小事，就怕李晓无辜被贴上熊孩子的标签，对他心理有不好的影响。这几天，李豪很想跟肖茂强联系，但又没有证据，再说事情都已了结，反悔有什么意义？

令李豪意外的是，这天他突然接到肖茂强的电话。肖茂强问他有没有和李晓谈谈，李豪就把这事说了，肖茂强高兴地说："这就对了！我这几天又查看了新的监控，有了新的发现，你过来一下吧！"李豪心中一喜，赶紧到了派出所。

肖茂强告诉李豪，那天双方虽然已协商私了，但他自己心中的疑问一直没放下。凭着做警察的敏感，他觉得李晓不像在撒谎。他又想到，车上那些划痕是平行的，而李晓的动作是交叉挥舞的，不太可能形成平行的痕迹。如果不是李晓，不就冤枉了人家？

肖茂强决定再查此事。他反复观看视频，仔细比对李晓的手部动作和划痕位置，最终判断这些痕迹不是李晓划的，但光靠判断不够，得找到证据。肖茂强想到一个新思路：也许陈涛的车在此之前已有划痕？如果是这样，就能证明不是李晓划的。于是肖茂强再次联系陈涛，把这想法告诉他，陈涛就提供了近段时间行车轨迹的详细信息。肖茂强连续追踪，终于在当天早些时候的某商场停车场的监控录像里，发现了陈涛的车已有划痕……

双方再次来到派出所，肖茂强当面向大家说清了这事。陈涛也认可了这个结果，解释说自己每天早出晚归，没有留意到车是何时被划的，并退还了修理费。李晓很开心，

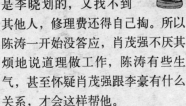

说长大以后也要当警察。李豪非常欣慰，庆幸自己遇到了一个认真负责的好警察。

看着肖茂强有些消瘦的面容，李豪过意不去，想去肖家表示感谢。肖茂强坚决拒绝，说其实要感谢的人是陈涛，如果不是陈涛的大度和配合，事情也不会查清楚。

这句话提醒了李豪，他打听到陈涛的住处，晚上带着礼物来到他家里，表示感谢。陈涛很意外，见李豪一脸真诚，也说出了心里话。

其实，当肖茂强说要再调查这事，陈涛是不愿意的。一来事情已经处理好了，他不想再增加麻烦；二来他也没有注意到划痕究竟是什

么时候有的，万一真不是李晓划的，又找不到其他人，修理费还得自己掏。所以陈涛一开始没答应，肖茂强不厌其烦地说道理做工作，陈涛有些生气，甚至怀疑肖茂强跟李豪有什么关系，才会这样帮他。

听到这里，李豪赶紧申明："我和肖警官一点关系也没有，肖警官就是个好人。"

陈涛反问道："真没有？"

"绝对没有！"

陈涛笑了笑，说："你儿子李晓和他儿子君君是同班同学，这层关系算不算？"

李豪惊道："什么？肖警官是君君的爸爸？"

"千真万确，肖警官为了消除我的疑虑，才把赔偿眼镜的事说了出来。肖警官以德报怨，我被感动了，才同意配合。这个事情，他嘱咐我不要告诉你。咳，你运气真好，遇上了这么好的警察！"

李豪脸红了，心中感慨：谁说好人难当？身边到处都是！真应该好好提高自己的思想境界喽！

（发稿编辑：曹晴雯）

（题图、插图：陶　健）

麦客的心思

□ 郑剑伟

仲秋的祁连山下，正是麦收时节。张大勇在镇上的工地干活，媳妇忙着带刚满半岁的儿子，家里近十亩地没人收。庄稼不等人，只能花钱请个麦客来帮忙了。

大勇人面广，很快镇上的朋友就给他带来一个年轻力壮的麦客。麦客叫侯立贤，非常年轻，黝黑的肤色中透着成熟的红。

侯立贤进村后二话不说就下地收麦子，大勇看他确实干得不错，便放心地骑上摩托车上工去了。

镇上其实离得不远，就是山路不好走，大勇骑摩托车得半个小时。路过邻居王大婶家，他去打了个招呼，嘱咐帮忙照应着点自己媳妇。

说起媳妇美兰，大勇心里可得意了。年轻漂亮，还有文化，在村里没人比得上。按规矩，麦客都是住在主家的。媳妇年轻又漂亮，大勇不担心那肯定是假的。

头几天大勇就觉得有些奇怪，晚上到家总发现美兰的眼睛是红肿的，明显哭了很久，倒是侯立贤笨手笨脚地抱着大勇儿子在哄。大勇心里狐疑，悄悄去问王大婶，王大婶却说没啥，白天麦客在地里干活，美兰带着孩子在门口晒太阳，两个人一天天的也说不上几句话。

这天一早，大勇又骑着摩托车

去上工。路过村口的小卖部，他停车买烟，顺便和小卖部老板寒暄几句，说起家里来了麦客，老板也拍胸口说一定会帮着照应。

即便如此，大勇担心的事情还是发生了。那天大勇正在工地干活，突然接到了王大婶的电话："大勇啊，你赶快回来，你婆娘带着孩子跟那个年轻麦客跑了！"

大勇一听，把手里的活一扔，骑着摩托车一溜烟地往回赶。好在村里去镇上就一条路，大勇顺着路风驰电掣地往回骑，心想就算是天涯海角也得把他们追回来！

本以为能迎面碰上那对狗男女，可骑着骑着，大勇却远远地看到了走在前面的两个人，那不就是美兰和侯立贤吗？他俩不是跑了吗？怎么反倒往村里走？

大勇放慢速度，缓缓追上他们。美兰看到大勇，一脸惊喜："你可回来了！今天孩子一直哭个不停，我都慌了，多亏了侯立贤，抱着孩子去了镇卫生院才看好了。"

一听说孩子不舒服，大勇也紧张起来，连忙看看孩子。见小娃娃在美兰怀里睡得很香，他便长舒了一口气，说道："孩子没事就好了。你这衣袖咋烂了？"

美兰有点不好意思地说："咳，我慌里慌张的，走到村口小卖部那里差点摔倒。侯立贤一手抱着孩子，一手抓住我的衣袖，我才站稳了，就是衣袖扯破了而已。"

这时，大勇的手机又响了，小卖部的老板在电话里说："大勇，我妈说半个小时前看见你媳妇和那个麦客抱着孩子慌慌张张往村外跑呢，你赶紧看看去？"

放下手机，看着紧紧抱着孩子的美兰，大勇心想，果然是自己多心了。再看看一旁站着不说话的麦客侯立贤，大勇心里有数了。晚上，大勇特地把侯立贤叫到一边，语重心长地说："喜欢美兰是吧？好好干，攒点钱，过几年哥也给你寻个漂亮的好媳妇，保证不比美兰差！"

侯立贤一听有点急了，辩解道："大哥，我不是这个意思……"

麦客的心思大勇心里明镜似的，大勇还没有媳妇的时候也这样，见了漂亮女人就跟丢了魂一般。但美兰的心思全在孩子身上，就连儿子睡了，她都是头也不抬地给儿子做衣服做鞋。大勇拿起一双小虎头鞋看了看，"扑哧"笑出声来："美兰啊，你可真是不会做针线活，这鞋子做得这么大，我儿子得长到五岁才能穿吧！"

美兰手上针线不停，答道："小孩子的衣服鞋子不怕大，只怕小，你懂什么！"

麦收结束了，大勇给侯立贤算了工钱，还额外包了个大红包，亲自骑车把他送到了镇上的汽车站。看着侯立贤背着行李走进了汽车站，大勇的心才算是真正落到了肚子里，直接骑车去工地干活了。可到了中午他才发现，自己没带手机，忙忙碌碌大半天居然刚刚发现。于是他骑车回去拿，进了村，远远就听见儿子哭得震天响。大勇停下车跑回家一看，美兰不见了，只有儿子坐在炕上"哇哇"大哭。

大勇抱起孩子慌慌张张地往外跑，邻居王大婶跑过来说："大勇啊，你可回来了，打你手机你也不接……美兰不见了！"

大勇把孩子往王大婶手里一塞，便跑出去追人。可刚出村，车子的轮胎突然瘪了，一时失控，连人带车摔进了路旁的沟里。

后面小卖部老板带着村里的一群人，手里拿着铁锹、锄头之类的，正往这儿赶，看到大勇受了伤，便七手八脚地把他抬到了村口停着的一辆电动三轮车上，赶紧去镇上的卫生院。

这一路上大勇捶胸顿足，一个劲地懊恼："我真是傻呀！他们第一次跑我就该把那个麦客赶走！现在好了，媳妇连孩子都不要了，就这么被人拐跑了！"大伙儿七嘴八舌地安慰他："没事，他们跑不了多远，汽车站也有我们的人……"

正说着，侯立贤居然出现在病房门口。大勇一见，气不打一处来，怒气瞬间冲到头顶，骂道："你们

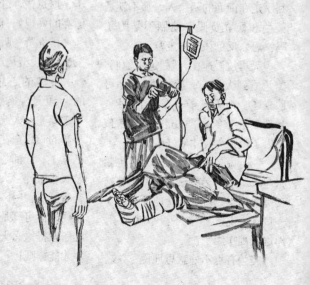

这对不知羞耻的狗男女……"

侯立贤打断道："张大勇，你这个媳妇是怎么来的？买来的吧！你没猜错，我是喜欢她，因为她是我的亲姐啊！如果她没被人贩子拐走，现在估计都上大学了！这几年我们一直在找她，上个月我从警方那里得到消息，说你们村两年前买了个媳妇，年纪特征都对得上，我就扮成麦客，来到了你家……"

大勇瞠目结舌："原来是这样，你们那次说是带孩子去卫生院也是假的吧？这次我的摩托车轮胎的气也是你放的？"

侯立贤点头说："我刚来那两天，姐姐天天哭，悄悄跟我说她刚来的时候跑过几次，每次还没出村就被抓回来一顿毒打……我让她不要带孩子走，她舍不得，结果孩子一直哭，一路上惊动了好多人。我俩知道跑不掉了，就干脆掉头往回走，编个谎话圆过去。警察告诉我，你们村穷，姑娘不愿嫁进来，所以买媳妇是司空见惯的，全村都会帮着看守。听说类似的村子里解救妇女的时候，发生过械斗……"

侯立贤又看向小卖部老板："你知道为什么这次我姐跑出来你没看见吗？那是因为便衣警察化装成村民，把她藏在牛车的麦子堆里拉出

村的！你们以为自己是在帮人吗？你们这是犯法知道吗？！"

村民们世世代代都是亲帮亲，他们从没想到过这是违法行为，都呆住了。这时，楼下已经停了两辆警车，一队警察跑上楼来，其中一个对着大勇和其他村民说："你们涉嫌买卖人口，需要跟我们回去问话。你们想清楚，要是暴力抗法，那就都得坐牢！"

村民们被警察带出去了，屋子里只剩下大勇和侯立贤。大勇口气顿时软了下来，对着侯立贤说道："就算我有千错万错，现在我们终归是一家人了，你……"

侯立贤冷冷地打断了他，说："谁跟你是一家人，贩卖人口是买卖同罪的，你还是想想自己坐牢的事吧。至于孩子，本来是不让我姐带的，所以她才做了那么多小衣服小鞋子。但看她的样子，还是舍不得，我决定带回去让爸妈养着。我姐还要回去读书，她的人生才刚刚开始，不能就这么断送在这里！"

说完，侯立贤转身走了，只剩下张大勇目瞪口呆地坐在病床上，不知道心里在想些什么。

（发稿编辑：孟文玉）

（题图、插图：陆小弟）

杠棒当铺

□ 陈立仁

民国年间，时局动荡，江南杨桥老街上，几家当铺相继歇业，唯独在老街东头有一家叫瑞和当铺的留下了。没了竞争，生意好做得很。老板叫秦泊善，仗着自己是行家，当品估价说一不二，没有讨价余地。

杨桥码头有一个搬运货物的"杠棒"，叫洪安来，家里穷得没隔夜粮。这天大清早，洪安来的母亲突发急病，要撮几服中药煎了吃，可家里一个铜板也没有。实在没别的办法，洪安来拿起一条旧棉被，急匆匆地来到了瑞和当铺。

洪安来刚把旧棉被放到柜台上，秦老板瞪起眼睛，说："叫花子都不要的东西你也敢拿来当？"

洪安来是个犟头，他收起旧棉被，瞪大眼睛："不当就不当，为啥侮辱人？不是东西！"说着，他转身就要离开。

没想到秦老板在柜台里头又放出话来："我不是东西，你是东西！小子，不服气，你也开个当铺呀！"

不能当铜板去撮药，洪安来硬着头皮来到桥北一家药店，给药店老板说了一堆好话，又用母亲的陪嫁玉环做抵押，总算是把药撮了。回到家，他想着秦泊善讥笑自己的话，心里五味杂陈。

不知怎么，洪安来忽然想：要是我开当铺，就要和瑞和当铺不同，他不愿抵当的物品，我都要抵当……想到这里，他自己都吓了一跳，吃饭都是有了上顿没下顿的，还想开当铺，太阳底下做梦呢！

就在洪安来笑自己异想天开时，家门外来了个穿丝绸长衫、戴呢子礼帽的人。来人脱了礼帽作揖道："洪师傅，我是老余！"

洪安来打量来人，摇摇头。老余说："我是那年你救的人！"洪安来眯着眼睛打量了半天，想了起来。十多年前，他路过一处乱葬坟，见到两个蒙面人正在抢劫一个老板模样的外乡人，他举起扁担就冲了过去，蒙面人"哇啦"叫着逃走了。被救的人就是老余，他是生意人，身上带着好几百块银圆。老余十分感激，当即拿出十块银圆，感谢洪安来救命之恩，洪安来说什么也不肯收。老余记住了，洪安来那条扁担上有个"洪"字。

老余告诉洪安来，他这几年生意做大了，发了财，一直想找恩人，但一直没找到。前一阵，他打听到杨桥码头上有个姓洪的"杠棒"师傅，赶紧乘快船过来了。老余一路打听找到了洪安来，了解到他家境不好，于是决定在杨桥弄个店铺，让恩人替自己做点小生意，不说发财，至少也能衣食无忧。

洪安来一听，连忙摇手说："我天生苦力命，不会做什么生意。"

老余笑笑："谁也不是生来就会做生意的，你敢作敢当，而且心善，还怕做不好生意？"

听老余说完，洪安来噎在心里的话脱口而出："我要开当铺！"

老余一愣，随即点头答应。

洪安来眨着眼，不好意思地说："不过，还要你请个懂行的掌柜来经营，我做助手。"

老余在杨桥街上转悠了几天，选中了老街西头一家门面租了下来，又从宜兴请来一个张掌柜。

洪安来别出心裁，把当铺必备的五尺高的估货柜台改成三尺高。张掌柜说，老祖宗的规矩不能破。洪安来不以为然："哪来那么多规矩？我是穷苦人家出身，一见五尺高的柜台，心里就发怵。不摆高架子，大家平起平坐，笑迎上门客！"

洪安来真的开了"杠棒当铺"，杨桥人都觉得新鲜。

典当柜台只有三尺高，来典当的人平手就能把当品放到柜台上。无论大小生意，全都用算盘算账，以防账目出现差错。对当品到期因

故不能来赎回的，凭按手印的条子可以顺延十五天，不会立即成死当。只要是能换钱的东西，都可以在"杠棒当铺"典当。就这样，来"杠棒当铺"当物品的人多了起来。

这天清晨，"杠棒当铺"刚开门，杨桥下的河面上传来一个男人的喊声："张掌柜，秦老板说你这儿啥都能当，我有好酒，能不能当？"

张掌柜连忙出了当铺，走到码头朝船上一望，只见船板上摆放着好几排大酒坛。他奇怪地问男人："把酒卖掉啊，何必拉来典当？"

男人为难地说："这是我在十年前亲手酿的'女儿红'，是给闺女准备的嫁妆，不能卖啊！若不是如今手头紧，我怎会来当呢？"

张掌柜沉吟了一会儿，说："老规矩，先验看一下当物！"说着，他伸出手，要打开酒坛上的封口泥。男人赶紧拦住了张掌柜，认真地说："剥去黄泥打开盖子，酒气要散发，不是糟蹋了这好酒吗？"

"这倒也是。"张掌柜正为难呢，洪安来走出当铺来到岸边，仔细察看了酒坛，关照张掌柜去写当票，准备好大洋。接着，洪安来挽起衣袖，亲自搬起一坛酒，就往岸上走。突然，洪安来跌倒了，酒坛也摔成好几片，酒水流了一地。奇怪的是，一地的酒水竟然一点酒味都没有，围观人群都用怀疑的目光打量起男人。洪安来连声对男人说："对不起，我赔您'酒'钱！"

再看男人，脸上红红的，没敢答话就转过身去，逃也似的直往船上跑，急吼吼地喊："赶紧开船！"

原来，洪安来以前当杠棒时，替别人搬过陈年老酒，知道这种陈年老酒的封口泥硬得和石头一样。刚才他察看酒坛时，偷偷用手摸了一下封口泥，却发现有些松软，肯定是新糊上去的。他假装跌倒摔破"酒坛"，揭穿了男人的诡计。这一定是秦老板派人来捣乱，洪安来叹了口气。

又是一个傍晚，天上飘着雪花，风刮得"呼呼"叫。只见秦泊善大步跨进"杠棒当铺"，张掌柜连忙上前迎接道："秦老板，稀客！"

秦泊善"呵呵"一笑，也不答话，朝门外喊道："进来呀！"

张掌柜好奇地朝外望去，只见一个农民牵着一头水牛，愣愣地站在门外。张掌柜问："秦老板，他莫不是要把牛拿来典当？"

"就是来当牛的。"秦泊善不怀好意地说，"能不能当？"

洪安来从里屋走了出来。他认

得那个农民，叫老陆。看这情景，他明白了是怎么一回事，于是笑嘻嘻地说："多谢秦老板总是关照我的生意，只是不知秦老板这当想当多少钱？是死当还是活当？"

秦泊善愣了一下，说："不多，就当十五块银圆，半个月的活当！"洪安来拍着手说声"好"，就吩咐张掌柜写当票。

秦泊善"哈哈"笑着，说："十五天后，我代老陆来赎当。要是牛瘦了，或出了点什么事，按行规，洪老板可要赔十倍的当金哦！"说完，他接过当票，扬长而去。

"不送。"洪安来朝着秦泊善拱拱手，大声说，"秦老板只管放一百个心好了！"

这边，张掌柜急了，说："东家，咱又不种地，根本用不着牛。水牛是活口，就算不用，也得派个人放养，给它吃喝啊！"

洪安来说："老陆家实在可怜，前些年，一把火把所有财物都烧了个精光，唯独在门前池塘里沉水的水牛幸存下来，成了老陆家唯一的财产。"说着话，洪安来叫住老陆，说："你看这样可好，我在牛角上烙个印，你呢，还把牛牵回家去，就算从我这儿借的。你让牛帮你干活赚钱，只是不能让牛死了。我开个特例，就不按当票上的半月赎当，等什么时候有了钱，再来办赎回手续，如何？"老陆感动得眼泪直流。

"老陆当牛，洪老板收牛，仍给老陆家用牛"的事传遍了杨桥，远近乡邻都知道了洪安来的义举，都觉得洪安来讲诚信、重仁义。

秦泊善听闻洪安来的义举，吃惊得差点掉了下巴。从此，他再也没有捉弄过洪安来。

两家当铺在杨桥老街上一东一西，井水不犯河水……

（发稿编辑：陶云韫）

（插图：谢 颖）

村姑

□ 刘国芳

村姑去城里打工，刚进城就看见公交车上有两个贼在偷东西。一车的人都看见了，但都把眼睛移开了。对城里人来说，这是熟视无睹的事，没人大惊小怪。村姑没有这样，她一直紧紧盯着那两个贼。车上还有一个摄影爱好者，他也看见了贼偷东西，但也无动于衷，倒是村姑的眼神让他感兴趣。他对着村姑一按快门，把她拍了下来。

村姑不知道有人在拍她，她只盯着贼看。当看见一个贼从一个男人口袋里掏出手机时，村姑大叫道："你为什么偷人家手机？"

村姑声音太大，一车人都听到了，两个贼也被吓住了。村姑叫过，还冲过去抢贼手里的手机。他们还没反应过来，手机便被村姑抢走了。恰好车到站了，两个贼被村姑镇住了，对视一眼后下了车。

车开动后，车上人都夸起村姑来。突然，那个摄影爱好者问："你刚从乡下来吧？"村姑点头。摄影爱好者说："我一看就知道，只有你这样的人，才不知深浅。"

村姑问："有什么不对吗？"

摄影爱好者说："你不知道街上的贼有多凶！前几天一个贼偷东西，有个人过去捉贼，当场被贼一拳打落了两颗牙齿。"

车上其他人也说起来，一个说："前天2路车上有个贼偷东西，有人说了一句，当场被捅了。"另一个人也对村姑说："姑娘，这车上的贼太嚣张了，你以后千万别管，我们惹不起。"

村姑看看这个，又看看那个，说："怎么会这样？在我们乡下，谁敢偷东西，要被打个半死！"

摄影爱好者说："那是你们乡下，这是城里。"

这事到这里就结束了。后来，村姑在纺织厂找到了工作，成了一名纺织女工。

再说说那个摄影爱好者。他回家后把村姑那张照片洗出来，觉得拍得很好，便存进电脑。一年后，市里举办了一次摄影展，摄影爱好者便把那张照片放大，取名"村姑"，拿去展览了。这次摄影展不是在展厅里办，而是在街上展出。在一片闹市区，拉一溜绳子，然后把照片挂上去。这样的展览效果很好，每次展出都有很多人围着看。

这天，摄影展移到了纺织厂展出，村姑和她的同事都去看了。这时的村姑不像村姑了，她变得像城里女孩了。村姑在照片前看了一会儿，看见有张照片上的女孩很眼熟。毫无疑问，那是摄影爱好者拍的照片，照片上那个女孩就是村姑。但现在，村姑认不出自己了，她只是觉得照片里的女孩很眼熟。村姑的同事也看见了那张照片，她看看照片，又看看村姑，然后说："这照片上的女孩好像是你呢！"

村姑说："怎么会是我呢？"

说话间来了两个贼。贼钻到人多的地方，正准备偷一个人口袋里的手机。村姑的同事看见了，碰碰村姑，小声说："来了两个贼，想偷东西。"村姑赶紧把同事拉到远处，说："别管别人的闲事。"

那个贼的手正要往人家口袋里伸时，忽然又停住了，随后那贼拉着同伙走开了。同伙不明白地问："你为什么不下手？"

那个贼说："我觉得边上有人紧紧盯着我。"

"边上没人盯着你呀！"

"有，我觉得有一双眼睛在盯着我。"

同伙不信，拉着那个贼过去看。这一看，真看见了一双大眼睛，正盯着他们。谁都明白，是照片上村姑的那双眼睛……

（推荐者：梅　良）

（发稿编辑：曹晴雯）

（题图：豆　薇）

博士的"不幸"

□ 阮 鹏

有一位十分厉害的博士，最近有了一个新的研究计划。不过，让博士头疼的是，由于这次的研究成果不能用于商业，也就出不了什么经济效益，所以很难得到政府的资助。为了让研究顺利进行下去，博士只好自己想办法了。

回到家，博士便对女儿说："乖女儿，你一定在家待腻了吧？恰好爸爸遇到一点麻烦，要是你能出国玩上几个月，给爸爸一点空间，那将对我有莫大的帮助……"

博士的女儿很懂事，为了不让父亲因照顾自己而分散精力，她简单收拾了一下，便出发去旅行了。

女儿走后，博士就成天把自己关在实验室里忙开了。

说起来，博士可是个精明的人。上次儿子远行的时候，他就事先买好了各种保险，这次女儿外出也不例外，博士同样买了足够多的保险，而且总金额比上次还高。毕竟出门在外，总免不了有各种各样的"意外"，要早做打算。

这天，博士正在实验室里埋头苦干，突然，敲门声响起。博士起身打开门，见两位警察站在门口，表情凝重。

博士惊讶地问道："两位有何贵干？"

"尊敬的博士，请原谅我们再次给您带来了非常不幸的消息……"

"天啊，究竟发生了什么？"博士的脸一下子白了。

"您的女儿出了车祸，一个醉酒的司机开车把她撞了……其实从监控上看，她原本可以避开的，但也许她太紧张了，那一刹那，她就直愣愣地站在原地……"其中一位警察不无遗憾地说道，"我们知道，上次您的儿子也是死于意外，这实在太残忍了！"

"啊——"突如其来的打击让博士悲痛欲绝，他险些站不稳了，两位警察赶紧上前扶住他。

另一位警察安慰道："人死不能复生，还请您节哀顺变。"

过了好一会儿，博士抹了一把眼泪，情绪渐渐地缓和下来。他礼貌地对警察说："我是一个不称职的父亲，一心扑在实验上，甚至都没有足够的积蓄来操办女儿的后事。幸好我给她买过一些保险……还请你们协助一下，给开个证明吧！"

谁能拒绝一位接连失去挚爱的可怜人呢？

随后，在警方的协助下，各种保险手续办得十分有效率，大笔赔偿金很快打到了博士的账户上。

有了这笔资金，博士的研究得以顺利进行，很快就有了突破。

没过多久，殡仪馆的工作人员给博士打来电话，请他过去一趟，说有要事相告。

这天，博士坐在殡仪馆的接待室里，一位工作人员吃力地抱着博士女儿的骨灰盒，走了进来。

"对不起，博士，我想我们的机器可能出了问题，有一些金属混入了您女儿的骨灰里……真的十分抱歉，之前没能检查出来……"

"或许是那些该死的汽车零件。没关系，就这样吧，请让我带走我的孩子。"博士淡定地说道。

"感谢您的谅解！感谢您所做的一切！"工作人员连连道谢。

为了弥补工作上的失误，殡仪馆决定给博士一定的经济补偿。

感谢我所做的一切？我做了什么呢？我不过是在恰当的时候，切断了宝贝女儿的电源！走出殡仪馆，博士禁不住"哈哈"大笑起来："真是傻瓜，已经是第二次了，居然还不知道，他们焚烧的是高仿真机器人呀……"

（发稿编辑：丁娴瑶）

（题图：豆薇）

文怡是一个单亲妈妈。这天，她的儿子阿元和往常一样去上学，可是过了放学时间，阿元还没有回来。这时，文怡接到交警打来的电话，说阿元在放学路上被货车撞了。

文怡赶去现场，阿元已经停止了呼吸。文怡的心痛得像要裂开了，她晕了过去……

醒来后，文怡发现自己躺在家里的床上。清晨的阳光洒进窗户，门口传来一个声音："妈，我上学去啦！"

是阿元！文怡飞快地起床，来到客厅，只见阿元正在门口穿鞋。文怡下意识地看了一眼手机上的时间，她发现，自己竟然穿越了，回到了出车祸这天的早晨！

一定要救儿子！文怡首先想到，不能让阿元出门。于是，她说自己身体不舒服，让阿元留在家里陪自己。没想到，半小时后，悲剧再次发生了：阳台上有几根栏杆松动了，阿元一不小心摔下了楼……

文怡伤心欲绝，再次晕了过去。醒来后，她惊讶地发现，自己又回到了这天早晨。这一次，文怡在阿元过马路前拦住了他，可是，阿元却被高空坠下的玻璃砸中……

就这样，文怡进入了时空循环，她被困在了同一天。每次循环，文怡都努力阻止车祸的发生，但是她

困在同一天

□ 韦娇

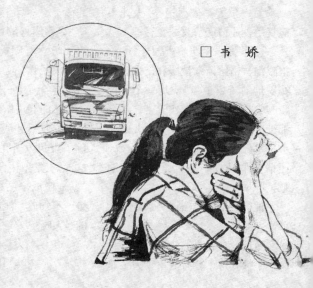

38

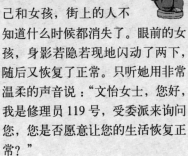

逐渐发现，无论做出什么努力，都无法改变阿元死亡的结局。每当她做出阻止阿元死亡的行为，接下来的半小时之内，阿元都会以各种意想不到的方式死去。直到第二十一次循环，在货车开来的瞬间，文怡把阿元推开，自己承受了撞击。这一次，阿元没有在半小时内死去——他在病床旁守着文怡，过了好几个小时，一直平平安安的。

文怡在被货车撞后没有逃过一死。神奇的是，她失去意识后又再次醒来了，时间还是出车祸这天的早晨。于是，在接下来的循环里，文怡每次都冲到货车前推开阿元。她宁愿一次次承受被撞击的痛苦，也不想眼睁睁地看着阿元死去。

这看不到尽头的循环太折磨人了，但文怡又担心自己真的死去，不再循环。因为这样，就再也看不到阿元了。

快到放学时间了，文怡来到阿元的学校附近，漫无目的地闲逛着。天气和之前每次循环时一样，好得有些不真实：碧空如洗，温暖的阳光洒在每个行人身上。一个卖花女孩走向文怡："女士，要买束花吗？"

文怡点点头："给我一束康乃馨吧。"

女孩递上鲜花。突然，文怡感到有些怪异：除了自己和女孩，街上的人不知道什么时候都消失了。眼前的女孩，身影若隐若现地闪动了两下，随后又恢复了正常。只听她用非常温柔的声音说："文怡女士，您好，我是修理员119号，受委派来询问您，您是否愿意让您的生活恢复正常？"

文怡愣了一下，答道："我当然想让生活回到正轨。"没等女孩开口，文怡又问道，"这究竟是怎么回事？"

女孩迟疑了一下，似乎在考虑要不要告诉文怡真相。终于，她说道："文怡女士，您的世界，是一个游戏，只不过游戏里的人感受、体验都和真实的人生一样。游戏世界并不十全十美，偶尔会出现一些技术上的漏洞。普通的漏洞，在你们还未意识到之前就会被程序修复，但您的情况有点特殊。您身上无限循环的漏洞使整个游戏世界里的时间停滞了，越来越多的玩家无法更新数据……"

文怡一时有些无法接受，游戏？那一切都是假的？自己的孩子、生活、一切，全是虚拟的？文怡强迫自己冷静下来，问："你们想怎样使我的生活恢复正常？"

女孩答道："格式化您的记忆，修复程序，让一切按照原来的轨道进行下去。"

文怡追问："原来的轨道是什么呢？格式化我的记忆后，我的阿元会怎么样？"

女孩说："您放心，阿元也会按照他既定的轨道完成他在游戏中的生活。"

"他还是会死吗？"

女孩犹豫片刻，说："这……这是游戏程序的设定。不过在阿元死去两年后，您会重新遇见爱情，组成新的家庭，拥有新的孩子，您会在幸福美满中过完这一生。"女孩的声音充满诱惑。

文怡冷笑了一下，说："如果我不问，你们根本不打算告诉我阿元还是会死吧？你们死了这条心吧，我宁愿带着记忆一次又一次地经历循环，也不会任凭我的阿元去死。没有阿元，我不可能感到幸福美满，所谓的幸福美满，只是你们强行书写在我身上的程序！"说完，文怡转身就想离开，身后传来女孩祈求的声音："请您再考虑一下，只有您心甘情愿地把记忆格式化，才不会造成游戏时空的错乱。如果您不答应，整个游戏世界都会崩溃。我的研发者在这个游戏里倾

注了所有心血，这不仅会使他的心血付之东流，也会使整个游戏公司破产……"

文怡不为所动：这些现实中的事和自己又有什么关系呢？自己只想和阿元再多待一些时间。她头也不回地走了。

一次新的循环又开始了，文怡再一次站在路口，在货车撞上阿元前推开了他，但就在这一刻，一切都静止了。满脸担忧的阿元、拼命按喇叭的货车司机、骚乱的人群……都仿佛被人按下了暂停键，然后一个个地消失。接着，一个青年的身形慢慢显现在文怡面前。当青年的脸庞渐渐清晰时，文怡忍不住捂住了嘴——这是一张和少年阿元几乎一模一样的脸，简直就是长大后的阿元。

青年双眼通红，看到文怡，他失魂落魄地大喊了一声："妈妈……"

青年开口说话的瞬间，文怡就确定，他就是自己的阿元。语气、神态、难过时会握紧的拳头，都一模一样，那种亲情间的感应骗不了人。

文怡焦急地问："阿元，你、你长大了？这到底是怎么一回事？"

"妈妈，"青年的声音哽咽了，"我就是这个游戏的研发者。二十年前您为了救我，被货车撞倒，抢救无效去世……当时的医疗技术无法救治您，只能勉强将您大脑中的一段意识保留了下来。这些年来，我一直在研究电脑游戏。我常常想，如果不是因为我，您就不会失去生命，就会有不一样的人生。于是，我把我们的故事编进了游戏里，还把您的意识导入了这个游戏角色中，我希望能够改变当初的结局。可是，即使是在游戏里，您的选择也和当初一样……"说到这里，阿元的眼泪不由得流了下来，"为了拯救我，您的意识不愿意被程序修改，从而改变了程序设定，使得这个游戏世界的时间停滞在这一天，无法再往前。我之前不敢进入游戏来见您，因为我怕控制不住自己的情绪。一直以来，我都在屏幕外默默地看着您，我多么希望，您能够走到我编织的另一条道路上，过上幸福的生活。今天来这里，一是很想再见见您，二是希望能告诉您真相，让您自己做出选择。无论您做什么选择，我都尊重您的决定。"

文怡愣了很久才从混乱的思绪中挣脱出来，她忍不住上前摸了摸阿元的头，笑着说："我的阿元长大了，还是那么可爱、帅气！阿元，你现在成家了吗？我有没有可爱的小孙子？"

阿元的眼泪大颗大颗地往下掉，他说："还没有……这些年，我一直都想念着您……"

文怡摸着阿元的头，想道：也许活下来的那个人，才是更痛苦的。其实，自己选择去救阿元，何尝不是因为不想承受失去孩子的痛苦？终于，她下定了决心，说："请将我的记忆格式化吧。"

阿元呆住了："妈妈，跟着您的心去选择，不用勉强自己。"

文怡笑着说："我知道你在现实中生活得好好的，已经非常开心了。如果我过上你所希望的生活，能够让你不再那么愧疚的话，那就是我发自内心的选择。"

"好，我尊重您的选择。我也会过好自己的人生，不再沉溺于过去的痛苦。"

文怡如释重负地笑了，她看到自己的身体慢慢变得透明，消解成一串又一串的数字。所有的记忆消失前，她仿佛看到，阿元在向自己挥手道别……

（发稿编辑：吕　佳）

（题图：张恩卫）

幸运饼干是一种空心小脆饼，里头藏着纸条，印有藏言、幸运数字等。在海外，幸运饼干通常是中国餐馆里的一道饭后甜点。

幸运
饼干

□ 小雨人

几年前，我移民到海外，在那里工作、生活。前段时间，因为一些烦心事，我从原先的公司辞了职，搬了家，取消了原来的手机号码。

我要办理新的手机号码，便来到购物中心里的一家手机商店。一个高个子白人青年从经理室走出来，接待了我。他自我介绍叫"盖瑞"，他有着栗色的鬈发，长长的睫毛，和我原先的上司长得很像。

盖瑞正在耐心帮我办理手机号码，一个奇怪的中国老头走了进来。

大热天的，老头却穿着一件不合时宜的厚外套，挎着一个尼龙袋子，大口罩边蹿出些许白胡须。

不知为什么，我觉得好像在什么地方见过这个怪老头。

老头一见到盖瑞，神情激动起来，想冲上去拥抱他，吓得盖瑞直往后缩，伸出双手示意保持距离。我暗自想：这老头也太不注意防疫措施了，他自己不害怕病毒，人家可害怕。接着，老头从那个大袋子里掏出一把东西，递给盖瑞。

我看了看那东西，发现原来是幸运饼干，和这边一家有名的中餐馆——玉蝴蝶饭店里送的饭后甜点很相似。

盖瑞说："不行不行，我不能再吃了。你已经给过我很多很多饼干了，再吃下去，我要成弥勒佛了。"盖瑞拍拍肚子，示意他真的不需要了，说话的口气好像是子女在嗔怪父母亲给了自己太多的关注和爱护似的。

可老头又掏出一把崭新的折叠伞，递给了盖瑞。

盖瑞摇了摇头，说："你已经送了我几十把伞了，我一次都没用过。"

这时，老头掏出手机，央求我帮忙，帮他和盖瑞合张影。

我照做了，老头高兴地收起手机，终于走了。

老头走之后，我好奇地问盖瑞："他说话不太清楚，脑子好像也有一点问题？他为什么要送你伞、饼干，还要和你合影？"

盖瑞虽然第一次和我见面，却把我当成老朋友一样倾诉道："他每次来我这里，都要合影，我都记不得和他拍了多少张一模一样的照片了。刚开始，老头在我店里买了好几个手机，你知道，这是不寻常的。有一天，我忍不住告诉他，买张卡就可以扩充手机内存，不需要买新手机。老头高兴极了，从那以

后，就经常来送东西给我。有一天下班，走到门口突然下雨了，我没带伞，就冒雨跑了出去，被他看见了。第二天，他就跑来送伞给我。后来，不管下不下雨，他每次来都送我伞。我哭笑不得，但是很感动。"

我猜想，老头可能是有阿尔茨海默病，脑子糊涂了。我告诉盖瑞自己的猜测，他也有同感。

盖瑞感慨道："他每次都送我那么多幸运饼干和雨伞，我都用不到，真可惜啊，浪费了……"

我突发奇想，想出了一个点子："老头送你的那些幸运饼干，你可以派送给客人。客人只要进你的店，就能得到幸运饼干，读到里面的签语。这一定会吸引很多人的，雨伞也有用，遇到下雨天，你可以把它给没带伞的客人啊！"

盖瑞立刻兴奋起来："你的主意很棒！疫情当前，商场里没什么人气。这样做，会给店里带来人气的。谢谢你，可爱的中国女孩。"盖瑞的眼睛熠熠发光，看着我说。

送幸运饼干的举措，让盖瑞的生意越做越红火。

在这个充满着变数的疫情时代，人人都想沾点好运气。吃完香喷喷的饼干，打开里面的纸条，上

面的预言和祝福是一种积极的心理暗示。

尤其是这些签语都来自中国，有诗词和谚语，让老外们耳目一新，醍醐灌顶。很多人都在社交媒体上展示自己得到的来自东方的"小确幸"。

盖瑞常常借此给我发短信，内容也从最开始的幸运饼干，延伸到了各自的生活。盖瑞说，交到我这个中国朋友，让他受益匪浅。

有一天，盖瑞突然打电话给我，焦虑地说："糟了，老头一整个星期都没有来我店里了，不知道发生什么事了。我打电话给他，总是没有人接听。"

我也想不出什么好办法。就这样，老头从我和盖瑞的生活中突然消失了。盖瑞店里的幸运饼干也慢慢派送完了，眼看快断供了。

一转眼，到了5月20日。这天，我忽然收到了盖瑞的短信，他约我去玉蝴蝶饭店吃中国菜。我想起了曾经的烦心事，但想到盖瑞的笑脸，还是答应赴约了。

一走进玉蝴蝶，我猛地发现，有一个老头端坐在饭店临近门口处，西装革履，神采奕奕地和每位进饭店的客人交谈。

这正是先前那个衣着古怪、言谈不着边际的怪老头！

我简直不敢相信自己的眼睛，问他："老先生，您怎么在这儿？盖瑞和我都很担心您。"

他定睛看了我们一会儿，说："对不起，女士，您在说什么？"

"难道您忘了？"我指着身边的大高个盖瑞，说，"您总是去他的店里，送他很多幸运饼干，还有折叠伞，和他不停地合影……"我有点埋怨地提醒他。

他有些尴尬，却真诚地告诉我说："我有印象，但记不太真切。我想告诉你，我曾感染过流行病毒，出现了'脑雾'，是一种后遗症。它会让你出现认知障碍，产生失忆症状，大脑犹如走进了一团迷雾，找不着方向。有一天，我终于从那团迷雾中走了出来，可感染病毒的那段日子具体发生了什么，我很难回想起来。饭店里的员工告诉我，那段日子受疫情影响，饭店无法堂食。他们又联系不上我，只能靠外卖业务，撑过了那段苦日子。"

老头让我们称呼他"清叔"，他是玉蝴蝶的老板。

我顿时想起来一件事，把清叔拉到一边，问："去年此时，我也在这间饭店用餐，您还记得吗？"

清叔眯着眼睛看了我一会儿，

点点头，说："记起来了。那天你和一个白人男士来吃饭，那人是我饭店的常客，经常带不同的中国女孩来吃饭，事后，还向我们炫耀自己泡'中国妞'的本事。所以……"

我接话道："所以，那天我吃完饭，在您送的幸运饼干里看到了一句中文写的警告：'远离那位男士，他以诱骗中国女孩为乐。'谢谢您的提醒！您知道吗，他是我原来的上司，后来又纠缠了我好长一段时间，我不胜其扰，换了公司、搬了家、改了手机号……"

清叔笑了，他指了指不远处的盖瑞，说："这个小伙子人真的不错，我看行。"

这顿饭吃完了，清叔吩咐侍应生，给我们端上来一份幸运饼干。我掰开后，掏出里面的纸条，上面写着："世上最遥远的距离，不是天各一方，而是我就坐在你面前，你却不知道我爱你。"

我抬起头，对面的盖瑞目光温柔如水，羞涩而腼腆地笑了。

（发稿编辑：陶云福）

（题图、插图：佐　夫）

您手中有没有得意之作？本刊辟有二十多个原创性栏目，如新传说、我的故事和中篇故事等；您读到或听到什么有趣事可以和大家一起分享吗？3分钟典藏故事、外国文学故事鉴赏和脱口秀等都是本刊推荐性栏目。热忱欢迎来稿，可从邮局寄发，也可从网上传递。邮寄地址：上海市闵行区号景路159弄A座3楼《故事会》杂志社，邮编：201101；如为电子邮件，本期责任编辑信箱：caoqingwen0228@126.com。

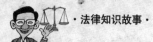

□ 王秀申

是顾客盗窃，还是商家敲诈

张某今年 56 岁，从大山里出来，进城打工，在环卫公司做清洁工，负责县城主街道 500 米的清扫工作。

张某患有低血糖，每当毛病发作，他就会心跳加速，浑身冒虚汗，难受得不得了。这时候，如果能吃一块糖或吃几口馒头、饼干类的食物，症状就会很快消失，身体就能恢复正常。就因为这，张某每天上班都会特地在衣兜里装两块糖或饼干类食物，低血糖发生时，能立马拿出来吃，这样就不会影响工作了。

这天，张某把自己负责的区域打扫干净，已经是 9 点钟光景。他正想坐在马路边休息一会儿，突然低血糖发作了。

张某一摸衣兜，坏事了！

昨晚没睡好，张某早晨差点睡过了头，所以上班来得匆忙，忘记往兜里揣糖或饼干了。

这可怎么办？

张某回头一看，左手边正好是一家正在营业的超市。张某来不及多想，一路小跑着进了超市。他先从货架上拿下来一瓶矿泉水，然后又到食品区拿了一包袋装馒头，接着，他便拧开瓶盖喝了几口水，又拆开袋子拿出一个馒头，三两口就吞下去大半个。

过了一会儿，张某感觉身体没事了，便放心地去收银台扫码付款，没想到惹下麻烦了！

收银员看张某手里的矿泉水已经喝掉了半瓶，馒头也已经开袋吃掉了一个，便开口问道："你没有付款，怎么就喝上水、吃起了馒头呢？"

张某满不在乎，"呵呵"一笑，说："刚才低血糖犯了，情况紧急，我现在这不是来付款了嘛！"

"先喝先吃后付款，在我们这里是行不通的！"收银员一本正经地说，"你这种行为属于盗窃，必须做出十倍赔偿！"

"你说什么？盗窃？还要十倍赔偿？"张某一听就急了，提高声音说，"你可别小瞧我，我活了56年，从来没拿过别人家一针一线，你这是敲诈讹人！"

听见收银台处有人在吵架，超市里其他的顾客都围拢过来，看起了热闹，超市经理听到动静后也赶了过来。

张某本希望经理过来能为自己主持公道，可经理和收银员竟然口径统一，敦促他做出十倍赔偿。

张某实在是想不通，收银员和经理的说法真的正确吗？自己只是因为低血糖犯了，迫不得已才先吃后付款，怎么就成盗窃了？

律师点评：

本故事涉及的一个法律问题，即盗窃和敲诈的定性。

所谓盗窃，指以非法占有为目的、盗窃公私财物的行为，而敲诈则是用暴力、恐吓手段或滥用法律、官方职权等，从一个不情愿的人手中索取财物。

故事中的张某，明显不存在盗窃构成要件，只是因"低血糖"这一特殊情况致使其违反了正常操作。而收银员和经理确实有敲诈嫌疑，如果双方不能协商，张某可通过110报警解决。

（发稿编辑：曹晴雯）

（题图：张恩卫）

稳固的信任

张姨在一个工地上做饭，负责几十号工人的午饭。朋友问她难不难，张姨说不难，主要是买菜省事。原来，张姨每次都会去同一个菜摊买菜，前一天晚上就把需要的食材清单发给老板，第二天老板会提前帮她打包好，张姨到了直接付钱，然后拎菜就走。

朋友不放心："你就不怕老板以次充好或者缺斤少两？"张姨说："不会，我是在多次购买后才选定这家的，他做生意我放心。"但朋友还是心存疑虑。

一次，工地上临时增加了一些工人，张姨要提前准备午饭，就让朋友开车带她去拿菜。两人到达时，老板一家正忙着打包张姨需要的食材，没有留意他们的到来。只听老板说："这捆蒜薹怎么有点老？赶快换一捆！"一个小伙子说："大概菜农晚摘了一天，没关系的。"老板的语气却不容置疑："不行，必须换一捆鲜嫩的。别怕麻烦，就冲人家对咱的信任，咱就不能把不好的东西给人家。"

朋友之前的疑虑都消失了，张姨说得没错，这位老板做生意确实让人放心。老板知道张姨信任自己，但他没有利用这份信任，而是把这份信任当作对自己的一种监督。

（作者：张君燕；推荐者：田宇轩）

只画浪花和水珠

唐朝时，柏林观有个擅长绘画的老道，他一直想画大海，却从没见过大海。老道有两个同样爱绘画的弟子，他便让两个弟子去看大海，回来后给他画一幅《江海奔腾图》。

两个弟子来到海边，立刻被大海迷住了。一天后，师兄说："大海虽波澜壮阔，看久了也就那样，我足以把大海画给师父看了！"他说完就回去了。可师弟觉得大海粗看简单，但细看每朵浪花、每颗水珠都不一样，他就坚持在海边观察和画画。一直过了整整三年，他才带着一大箱画稿回去了。

回去后，师父让师弟去看其师兄画的大海。师弟说："这画虽画出了大海的样子，但缺乏大海的气势，今天开始，我要闭关作画。"

九个月后，师弟宣布完工。师父带着众人来欣赏，门一开，大家顿时觉得波涛汹涌而来，纷纷转身逃散。师父笑道："这是一幅有声音的画，一见仿佛就能听到涛声！"

大家问师弟是怎么画出这样有神韵的画的，师弟打开了那只大箱子，只见箱子里是一些巴掌大的画稿，全都是不同形状、不同大小的浪花和水珠。有人吃惊地问："你在海边画了三年的浪花和水珠？"

师弟点头说："大海的壮阔只是形状，它的灵魂其实是浪花和水珠，对它们观察得越仔细，才越能了解大海的神韵。"

从此，师弟画的大海成了柏林观的镇观之宝。这个师弟，就是后来被誉为"画圣"的吴道子。

（作者：陈亦权；推荐者：田龙华）

莫莉一直想成为一个优秀的人，拥有所有的技能。她给自己做了一个规划，除了上学外，剩下的时间都做了安排。刚开始，莫莉感觉很充实，可一个月过后，她开始觉得力不从心，疲惫不堪。

一个周末，莫莉和好友丽萨一起吃午餐。莫莉拉着丽萨走进一家小店，说："这里看着不错，菜单上有一长串的美食。"丽萨却说："这里的顾客似乎不太多呢！"

莫莉点了一份从没吃过的酸橘汁腌鱼，丽萨似乎不太同意，但没有阻拦，只是说："我猜，这道菜的味道可能不会让你满意。"

果然，鱼端上来后，莫莉只吃了一口就不再吃了。这道菜的做法爽口，但鱼很不新鲜，搭配的蔬菜看起来也失去了水分。

莫莉问丽萨是怎么预知这个结果的，丽萨说："小店顾客很少，菜单上的种类却很多，这就注定有很多食材被剩下，自然就不新鲜了。其实，老板只要把顾客常吃的几样美食做好就够了。"

莫莉突然明白了什么，丽萨说的道理何尝不适用于自己呢？人的精力有限，能够把喜欢的几件事做好就行了，不可能、也没必要做好所有的事情。否则，可能哪一件事都做不好，还会让自己筋疲力尽。

（编译：乔凯凯；推荐者：一米阳光）

（本栏插图：陆小弟）

简短的菜单

学写作文，从读故事开始

豫西农村，流传着一个"挖穷根"的故事。"穷根"到底长啥样，很多人都没见过……

挖穷根

□ 司健安

上吊到一半

那是发生在乾隆年间的事儿。豫西山区有个叫卧牛坡的小山村，村里有个叫金升的穷小子，偷偷地和朱员外家的闺女玉莲好上了。朱员外知道后勃然大怒，让人狠狠地揍了金升一顿，还羞辱他说："穷得裤子都穿不上，还癞蛤蟆想吃天鹅肉。想求亲也可以，先拿二十两银子当聘礼，否则免谈！"

一听这话，金升死心了。也是，自己穷得见了老鼠窟窿都恨不得掏三把，难道真让玉莲跟着自己吃苦？看来这辈子想娶玉莲是没指望了。可没了玉莲，活着干啥？金升干脆带着绳子去后山，打算找一棵歪脖树，了断自己。

脖子钻进绳套，刚一松手，金升就后悔了：他才二十出头，家里还有个老娘呢！他这样一死，老娘该咋活？可是为时已晚，他越是挣扎，绳子套得越紧……

危急时刻，一个过路的中年人救了金升。金升醒过来后，跪下就给那中年人磕头谢恩。那人问了金升为何上吊，一听缘由不禁笑了："小伙子，幸亏你遇到我了。不就是二十两银子的事嘛，不至于！"

金升瞅瞅这中年人的衣着打扮，十分普通。他还挑了一副担子，担子一头是个笨重的木箱，另一头是行李，看样子也不是有钱人。金升摇头说："大叔，我知道您是怕我再寻短见。放心吧，我想通了，我就是死也得等我老娘百年之后再死，我还要伺候老娘呢！"

中年人长出了一口气，说道："就凭你是个孝顺孩子，我也得帮你。"金升忍不住问道："二十两银子可是老大一笔钱，您能怎么帮我？"那中年人笑了笑，说："走，去你家喝口水，慢慢跟你说，中不中？"金升忙说："中，那有啥不中的啊！"说着，他一路引着中年人回了家。

金升娘一看家里来客人了，一边忙着生火烧水，一边让金升去邻居家借一瓢蜀黍面来。金升娘腿脚不便，走路有些瘸，可是一双手很是麻溜，没多大工夫，饭就做好了。虽然只是窝头咸菜，那中年人大概是长时间赶路，早已经饿透了，这顿饭吃得特别香。

看中年人狼吞虎咽的样子，一旁的金升心想：完了，碰到吹牛皮骗吃骗喝的了，连窝头咸菜都吃得这么香，还张嘴闭嘴地要送我银子，用脚后跟想想，也不可能啊！

吃过饭，那中年人绕着院子转悠，在大门口旁边的一堆石头前停了下来。他蹲下翻弄着那些石头，看了一阵，对金升说："去拿把镐头，把上面这些石头挖开，我咋觉着这下面藏着宝贝呢！"金升一咧嘴，差点没气哭："从我刚记事儿开始，这堆石头就在这里，要是有宝贝，早被人挖跑了！"

那中年人微微一笑："你要是没有那个命，宝贝放在你面前，你也不认识。你要是不挖，我可走了啊，你的事我不管了！"金升想，只要帮我解决银子的问题，别说让我挖石头，就是让我啃石头，我也保证能嚼得比吃料豆还香。想到这里，他忙去邻居家借了一把镐头，"吭哧吭哧"地挖了起来。

求亲送石头

那些石头大小不一，金升前前后后挖出来十多块，一字排开，摆在中年人面前。突然，中年人指着坑底的一块盆口大小的石头，对金升说："就是它！"金升连忙把那块石头抱起来递给中年人，中年人亲自把石头捧去小溪边冲洗干净，翻来覆去地对着石头看了好一阵子，然后对金升说："去找一块干净的新布料来，把石头包起来。"

金升去屋里翻了半天，没找到。他和他娘好几年没有添过衣服了，哪有什么新布料？这时，只听中年人在院子里喊："出来吧，我包袱里正好有块新布，送你了。"果然，金升出去时，中年人已经用一块崭新的红布把那块石头包了起来，说："走，提亲去！"金升愣住了："没有银子，怎么去提亲？"中年人指了指那块石头："它至少能值二十两银子吧！"

金升又好气又好笑，中年人却催促道："你要是不去，可别后悔！"金升一咬牙，捧着那个红布包裹，领着中年人去了朱员外家。

朱员外一听这俩人抱着一块破石头来求亲，气得当场就要把人轰出去。那中年人摆摆手，说："慢！这可不是一般的石头，是翡翠原石，还不值二十两银子？不相信的话，可以当场切开验证。"朱员外说："你可别欺负我们乡下老头不识货，后山清泉寺玉矿，可有我的朋友。"那中年人不急不忙地喝了一口水，说："是请人掌眼，还是切开验证，悉听尊便。里面若是没有翡翠，我这一百多斤的人就交给你了，任你处置。"

中年人这副笃定的模样，倒是让朱员外有些吃不准了。他琢磨着，反正不亏啥，切呗！

切开之后，所有人都傻眼了：红的翡、绿的翠倒是都有，但星星点点，小的如芝麻，大的像绿豆，而且在关键位置，还有个小半寸长的裂口——这根本就是一块废料！

朱员外指着玉石，问中年人："这就是你说的值钱玩意儿？白送都没人要！赶紧滚！"中年人正目不转睛地盯着切开的石料看，听朱员外说得难听，他抬起头："在你这等凡夫俗子看来，这只是一块没用的废品，但是在我鲁义的眼里，它却是地地道道的宝贝。给我一个月时间，我让它变得千金不换！"

朱员外一听大惊，愣住了，敢情这就是赫赫有名的玉雕大师鲁义啊！他如梦初醒，连忙打躬作揖，让人上了最好的香茶。

在这个不大的玉石之乡，稍微有点见识的人，都听说过鲁义的大名。他是南阳人，年轻时放荡不羁，吃喝嫖赌样样精通，为此败了家业，气死了老娘。老娘过世后，鲁义幡然悔悟，拜名师学玉雕技艺，潜心苦修二十余年，渐渐声名鹊起。很多做古玩或玉雕生意的，想出重金请他，都被他拒绝了。没想到这位神龙见首不见尾的大师，竟然出现在自家门口，朱员外怎能不激动？

当天，鲁义让金升把他的担子挑去朱家——那箱子里是他的工具。朱员外也按照鲁义的要求，给他安排了一间最清净的房屋，任何人不得打扰。

穷根不见了

一月有余，大功告成。朱员外看后，惊得下巴差点没掉下来：那块玉石，被鲁义雕刻成了一个秋日里的农家小院。院里有一棵硕大的柿子树，树枝上，一串串小红灯笼样的柿子，坠弯了枝头。柿子树下，

一个老太太坐在石臼旁边剥玉米。她身后不远处，院子的角落里，零零星星地种着十几棵绿莹莹的小白菜。红的翡，绿的翠，都被鲁义利用得恰如其分。最绝的是那个煞风景的裂口，鲁义在裂口旁雕了一间偏房，靠着墙边，又用玉秫秸斜盖在裂口上面，搭了一间狗窝。这样，裂口就成了狗洞。洞口，一条小黄狗正蜷着身子闭着眼睛睡觉……整个作品清新自然，浑然天成，好一幅山居秋景图！

一旁的金升惊呼道："鲁大师，这、这不是我家吗？"鲁义微微一笑："正是你们家的那棵柿子树，启发了我的灵感。另外，你再看看，还有惊喜。"金升凑到近前仔细看，禁不住又喊道："这老太太是我娘！"鲁义笑眯眯地点头。

看朱员外对着玉雕眼馋不已的模样，鲁义问："现在你瞧，这值不值二十两银子？"朱员外连忙说："千金不换！"

"那——金升的婚事？"

朱员外眼珠子骨碌一转，回道："按说，您鲁大师开口，我不敢驳了您的金面。可是这块玉雕做了聘礼，金升还是个穷光蛋，我闺女过了门儿，不还得吃苦？"

鲁义笑了笑，说："员外尽管

放心，金升家的'穷根'已经挖掉了，他家的日子会越过越好的。"

"什么穷根？"

鲁义说："就是这块玉石。它本是一块普通的顽石，在地下吸了金升家的财气，才变成玉石的。"

这可是朱员外闻所未闻的奇谈，如不是鲁义大师亲口说出来，打死他，他也不会相信。

就这样，金升和玉莲的婚事，成了。朱员外家有了一件鲁义大师的作品，引得附近名流纷纷前来欣赏。后来，这宝贝被巡抚买了去，献给了乾隆的亲弟弟五王爷弘昼。

乾隆时期，宫廷玉雕通常体大厚重，可弘昼的喜好与众不同，对这个小摆件尤其偏爱。要说弘昼，是出了名的荒唐王爷，做事向来随心所欲。他竟然不惜奔波数千里，亲自跑去卧牛坡，就为了看看挖出"穷根"的石堆，还有那有着大柿子树的小院。

王爷亲临的小院，那还得了？王爷走后，附近的达官显贵、富豪商贾纷纷跑到金升家凑热闹。往来的人多了，金升两口子就趁机开了一家小面馆，日子果然越过越好。

其实，这一切和鲁义预想的还真差不离：他的作品，加上"挖穷根"的说法，一定能吸引不少人想瞧稀奇。人来得多了，就会有赚钱的门路。类似的事，他这些年走南闯北，见过很多。

为了感谢鲁义大师挖掉了家里的穷根，每到过年，金升都要面向南阳的方向磕头。

其实金升不知道，他最应该感谢的，是他老娘。那天，鲁义的本意只是把他安全送回家。可到了家，鲁义见到金升的老娘腿脚不方便，才下定决心帮他。当年，鲁义和朋友喝酒，深夜未归，他老娘冒着风雪去寻他，不慎滑倒，摔断了腿，也落下了走路不方便的毛病。娘去世后，鲁义浪子回头，可娘的瘸腿成了他心头永远的痛。见到金升娘，他想起了自己的娘，心里难受，便想做点什么。他箱子里有一块朋友从远方市场带回来的边角废料，虽然不值钱，但他相信，经过自己的雕刻，当作金升的聘礼还是足够的。于是，他便支开金升，用自己的真石料，换下了金升挖的石头。之所以让金升去挖"穷根"，那是他在找一块和他箱子里那块石料形状、大小差不多的石头，好把故事编圆呀！

（ **发稿编辑**：丁娴瑶）

（题图、插图：谢 颖）

莫里斯·赫什曼，美国侦探小说家，创作有四十余部长篇小说，代表作为《心虚的目击者》。本篇根据其作品《Killer Once Removed》改编。

及时的报恩

□ 无机客 编译

斯图和妻子艾尔玛结婚数年，养成了每天早上自己煮咖啡的习惯。倒不是因为他有多勤快，而是艾尔玛的厨艺太蹩脚，连简单的美式咖啡都能被她煮得无比难喝。

这天，斯图正煮着咖啡，门铃响起，艾尔玛便去应门。

斯图把咖啡端上餐桌，看了一眼时钟，刚好八点整，他就打开电视看晨间新闻。电视里，新闻播报员神情凝重地说着："昨晚，州监狱有一名罪犯打伤了看守，夺枪越狱。该犯名叫沃尔特·摩斯，因谋杀罪被判无期徒刑。据目击者称，该犯目前已逃窜到本市，警方提醒市民多加小心。"

斯图听到这个熟悉的名字，顿时惊呆了。这时，艾尔玛从门口回到餐厅，她的身后站着一名面色苍白、神情紧张的男子，他手里还紧紧攥着一把手枪——他正是沃尔特·摩斯！

摩斯厉声说道："斯图好哥们儿，我需要一点帮助。中学时我们就是好朋友，你总是劝我不要冒险，事事都要安全第一。我想着，'安全第一'至今依然是你的人生准则吧？那么为了你的安全着想，不要轻举妄动。"

斯图问道："难道你打算躲在我这儿？"

"对，斯图。现在警察到处找我，等我躲过这一阵子，外面风平浪静了，自然会离开。对了，这位是你妻子吗？这段时间就委屈你们一下，谁也不许离开这里。"

艾尔玛惊恐地大声抗议："我想走就走，有种你就打死我呀！"

摩斯恶狠狠地朝艾尔玛扬起拳头，斯图见状，连忙上前拦着，摩斯便抢起手枪砸向了斯图的脑袋。斯图挨了打，向后栽倒，重重地跌坐到地板上。

摩斯说："抱歉，斯图，看来我没控制好自己。"

斯图咬着牙爬起身，坐到椅子上，用手捂住脑袋。摩斯打开收音机，听着新闻广播，在房间里紧张地来回踱步。他看到餐桌上的一盘烤鸡，直接用手拿着吃起来，一点都没计较烹饪者的糟糕厨艺，大概在监狱里关久了，吃到什么都觉得不错。那是艾尔玛为斯图准备的食物，她还自诩是拿手菜呢！斯图却每次都要抱怨半天，然后逼着自己才能勉强咽下去。

摩斯吃了点东西，似乎心情好了一些，他说："斯图，将来某个时候，我会帮你一个大忙，作为这次你收留我的报答。"

十点半时，门铃突然响起，斯图听得心惊肉跳。摩斯警惕地拔出手枪，他命令道："斯图，去开门！我会躲在房门后面，假如有任何不对劲，我头一个朝你开枪，知道了吧？"

斯图点点头，轻步走向门口，等到摩斯在房门一侧站好后，他才将房门开了一道缝。

门外站着一个五十多岁、穿风衣的男人。他拿出皮夹，向斯图展示上面的银色警徽："我是基特警长，介不介意我进来说话？"

"不！"斯图大声叫道，接着小心地补充道，"是这样，我太太爱干净，不喜欢外人进屋……"

基特警长缓缓地说道："没关系，斯图先生。我只是过来提醒你，要小心你的一位老朋友沃尔特·摩斯。他昨晚越狱了，很有可能来拜访你。要知道，他可是个危险人物。"

斯图回道："警官，我能告诉你的是，他不在这儿。"

这时，屋里传来艾尔玛大声打喷嚏的声音，基特警长扬起了眉毛。

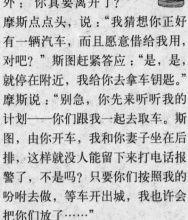

斯图连忙解释说："是我妻子，她在捣鼓黑胡椒呢！"

基特警长耸耸肩，转身离开。突然他又一回头，指了指斯图红肿的脑门，示意道："街对面的老裁缝汤姆，他那儿有一种特效药，我想对你的伤口有好处。"说着，他意味深长地笑了笑，走了。

斯图愣了一下，关上门，上好锁，靠着房门深深吸了一口气。艾尔玛站在门厅里，双手叉腰，生气地说道："斯图，你丧失了大好的机会，你真是个懦夫！"

摩斯粗暴地插话道："你是当我不存在吗？听着，你们乖乖地回到客厅去，我要去上个厕所。"

斯图赶忙走进客厅，感觉身后艾尔玛愤怒的目光正刺向自己的后背，只听艾尔玛小声嘀咕："那个男人什么事都干得出来，你根本没胆量阻止他。"斯图说："他不可能永远躲在这儿。"艾尔玛咬牙切齿地抱怨道："反正我知道，你会害得我俩一起丧命！"

摩斯上完厕所，迈进客厅，突然神经兮兮地咆哮道："我觉得不对，你刚才的谎话太拙劣了！那个警察可没那么好骗，他应该起了疑心，我还是赶紧离开为好！"

艾尔玛听到这话，似乎松了一口气。斯图也有些意外："你真要离开了？"

摩斯点点头，说："我猜想你正好有一辆汽车，而且愿意借给我用，对吧？"斯图赶紧答应："是，是，就停在附近，我给你去拿车钥匙。"摩斯说："别急，你先来听听我的计划——你们跟我一起去取车。斯图，由你开车，我和你妻子坐在后排，这样就没人能留下来打电话报警了，不是吗？只要你们按照我的吩咐去做，等车开出城，我也许会把你们放了……"

就这样，三人一起走出公寓，斯图走在最前面，摩斯和艾尔玛跟在后面。斯图显得十分慌张，脚步踉踉跄跄，艾尔玛翻了个白眼："慌什么？像个男人吧！"

摩斯出声制止："闭嘴，给我安静点！"

斯图走到路口，不知怎么，他条件反射似的朝街对面的裁缝店看了一眼，竟意外地发现基特警长正在店门口靠墙站着。斯图与基特警长四目相对，彼此使了个眼色。基特警长一边拔枪，一边快步上前，目光扫向摩斯，大声喊道："沃尔特·摩斯，你逃不掉了！"

斯图一听，本能地俯身闪躲到路边的一辆汽车后面，探头向外张望，看见艾尔玛也跑到了安全地带。接着，基特警长朝摩斯开枪了，摩斯慌忙逃窜，冲进车流中，一个趔趄，他栽倒在地，一辆卡车闪躲不及，直接从他身上碾了过去……

事情有惊无险，做完笔录后，斯图和艾尔玛回到公寓。没想到当天晚上，基特警长又找上门来。不过这一次，斯图见到基特警长倒显得很欣喜，因为餐桌上还剩一些摩斯没吃完的烤鸡，回家后，艾尔玛一直催促斯图把鸡肉吃光。艾尔玛做的烤鸡实在太难吃，斯图根本不想碰，警长的到访简直是救了他的命。

斯图给基特警长倒了杯茶，问道："出了什么事吗，警长？"

基特警长清了清嗓子，说道："法医对摩斯进行了尸检，在他的胃里发现了令人意外的东西。"

"什么东西？"

基特警长说："毒药，量不大，但积累到一定程度，足以致命。我们警方有一点不理解，毒药是如何进入摩斯体内的，你们对此有什么想法吗？"

斯图立刻就明白过来，他转过身看着妻子，艾尔玛根本不敢与他眼神交会，低头看着地板。

"烤鸡！"斯图说道，"你在烤鸡里下了毒？你打算毒死我，是不是？"

艾尔玛沉默了一会儿，说道："你总是挑剔我做的饭菜难吃，嫌弃我这不行那不会，我受够了！我就是想让你永远闭嘴！"

斯图猛然站起身，心中十分苦涩。他不禁想起之前摩斯说的话，摩斯说将来某个时候，他会帮斯图一个大忙作为报答。呵，摩斯应该怎么也没料到吧，他的"报恩"竟然来得这么及时……

（发稿编辑：丁娴瑶）

（题图、插图：佐　夫）

一个性格泼辣，一个说话毒辣，就是这样一对"冤家"，因为彼此的良善之心，最终喜结良缘……

□ 忍者文身

小辣椒不让独头蒜

1. 提亲结怨

朱娇娇和胡乐乐是一个村的，"小辣椒"和"独头蒜"分别是他俩的外号。朱娇娇从小性格泼辣，大家都叫她"小辣椒"，但小辣椒聪明，成绩始终名列前茅。后来她从重点医科大学毕业，放弃省医院的工作，回县城开了家中医诊所。

胡乐乐毕业于一所普通院校，但他经过努力，最终考上了县里一家事业单位，工作顺心，待遇也不错。而且胡乐乐相貌英俊，乐于助人，唯一的缺点就是说话又毒又辣。因有一种不分瓣的独头蒜，特点也是又毒（独）又辣，所以人们送胡乐乐一个外号——"独头蒜"。

一晃小辣椒和独头蒜都三十岁出头了，村里就有个热心的周婶为他俩牵线。周婶先去问小辣椒，小辣椒这几年只顾钻研医术了，对搞对象没啥经验，就答应先处处。周婶又去问独头蒜，独头蒜上大学时就有一个女朋友，只因两人相距太远，女朋友从未到他家来过，村里人就以为他还没对象。一般人也就实话实说了，可独头蒜偏不，他想起小时候因揪了一下小辣椒的辫子就被她挠了个"满脸花"，现在想起来还恨呢，于是他撇着嘴说："小辣椒？别的不说，就冲她那姓就不行！"

"她那姓咋了？"

"咋了？她姓个啥不好，偏姓'猪'！家里还是个养猪专业户！别看她有副好皮囊，可从头到脚都是猪粪味，臭不可闻！"独头蒜说着，还夸张地用手捂住了鼻子。

周婶气得扭头就走，她将独头蒜的话学给小辣椒听，小辣椒虽气疯了，但她现在是大姑娘，还受过高等教育，便强压怒火说："骑驴看唱本——走着瞧。"其实周婶来撮合时，小辣椒本没太放在心上，现在独头蒜这样一副态度，反而引起她的好胜心。她暗下决心，不仅要让独头蒜"好看"，还要让他对自己刮目相看，以后求着自己处对象！

独头蒜哪知道这些？眼见春暖花开了，他就邀请女朋友来家里住几天，也想趁机把婚事定下来。女朋友开始没答应，但经不起独头蒜软磨硬泡，最终还是同意了。

女朋友坐了两天一夜的火车来到独头蒜家，刚住一晚就病了，疲乏无力，上吐下泻。独头蒜带着女朋友跑遍了各个医院，检查做了，药丸吃了，症状却丝毫也没改变。

后来有人告诉独头蒜，小辣椒看疑难杂症有两下子，独头蒜却说，他宁可带女朋友去省城看病，也绝不去找那个姓"猪"的。女朋友听说去省城得千八百里地，就说实在坚持不住了，还是去找小辣椒看看吧，独头蒜只得点头答应了。

小辣椒诊所里的患者很多，独头蒜花一块钱挂了号，便扶着女朋友坐下来。好不容易轮到他们了，独头蒜硬着头皮上前说："娇娇大夫，麻烦你看看我女朋友……"

小辣椒啥也没说，先给独头蒜的女朋友把了脉，又看了她的舌苔，吩咐独头蒜："你先去挂个号。"独头蒜忙说自己挂过号了。小辣椒连眼皮都没抬，说："她这病特殊，得挂两千块钱的号。"

"两千块钱的号？"独头蒜急了，"你这是看病还是抢劫呀？"

小辣椒面无表情地说："看不看？不看另请高明！下一个！"

"且慢！挂多少钱的号都行，

可你若是看不好我们的病咋办？"

"看不好她这病，你尽管砸我诊所的牌子！"

"好，我这就去缴费！"独头蒜转身就往门口走。小辣椒冲着挂号窗口喊道："收他两千块钱，再给他重新挂个号！"

独头蒜缴完费，一看那挂号单跟之前的也没啥两样，只是排到最后去了。等又轮到独头蒜他们了，不等他开口，小辣椒直接说："去对面超市买两块钱的豆腐来。"

独头蒜问："买豆腐干啥？"

"让你去就去，回来再说。"

豆腐买来了，小辣椒便说："把豆腐拿回家，不用炒炖，不加油盐，

让患者直接吃下去就好了。"

独头蒜的女朋友怯怯地问："大夫，我到底得了啥病啊？"

小辣椒淡淡地说："水土不服。"

"就这病啊！"独头蒜听到这里又急了，"两块钱的豆腐就能解决，你让我花两千块钱挂号？"

小辣椒很平静："两块钱是为了治病，两千块钱是教你做人。"

独头蒜气得直发誓："以后再找你看病，我就是你儿子！"

生气归生气，小辣椒这药方是真灵！独头蒜的女朋友吃完豆腐没多久，各种症状都消失了。不过，女朋友回去后就跟独头蒜提出了分手，理由是：她水土不服，却不喜欢吃豆腐。而且小辣椒医术太神，将来若有个大病小灾，找她看病还得跟着独头蒜叫妈，太丢人了！

其实这都是独头蒜女朋友找的借口，她早就嫌独头蒜家又远又穷了，只是念独头蒜对自己的好，才没直接说出来。独头蒜还真以为是看病引起的分手呢，他就把这笔账记到了小辣椒头上。

2. 冤家路窄

这年五月，邻省发生了地震，独头蒜的单位要抽调志愿者去抢险

救灾，独头蒜第一个报名了。平常独头蒜口无遮拦，领导对他印象并不好，此时却很感动。独头蒜当即视死如归地说："如果我牺牲了，请组织照顾好我乡下的父母！"

独头蒜的话虽说得有点重，但到达灾区后，他的确是不顾生死地奋战在一线。有一次，独头蒜听到一座倒塌了大半的房屋里传出小孩的哭声，他冒着风险，一头挤进已经变了形的房门。只见一个男子趴在外屋的灶台上，后背上压着掉下来的横梁，腹部正好卡在灶沿上，肠子都被挤出来了。人肯定是不行了，但在他身体与灶台间撑起了一道缝隙，下面护着他的妻儿。可惜妻子的双腿被压住了，因失血过多也停止了呼吸，不过她怀里紧紧抱着儿子，这也导致小男孩无法从妈妈怀里挣脱出来，只能不停地号哭。

独头蒜赶紧将小男孩从他妈妈怀里拽出来，抱着就往外跑。跑到门口，由于独头蒜怀里抱着小男孩，身体被变形的房门挤在中间。他双膀一用力，想挣脱出去，不料门口上方的

一块砖头被震下来。独头蒜唯恐砸到小男孩，忙将身体往前一倾，那砖头便砸在他头上。独头蒜没敢停，咬牙带小男孩快速离开。

独头蒜担心小男孩有内伤，便想就近找个临时医疗站检查一下。他背着小男孩往前走时，小男孩哭喊着要找爸妈。独头蒜温言细语地哄他，问他叫啥名字、几岁了。小男孩抽泣着说，他叫乐乐，今年三岁半。独头蒜惊呼："太巧了！我也叫乐乐！你叫我大乐乐，我叫你小乐乐，好吗？"乐乐含泪点点头。独头蒜趁热打铁："我们既然都叫乐乐，就该乐乐呵呵的，不许再哭鼻子了，好不好？"乐乐应了声"好"，真的不再哭闹了。

独头蒜终于找到一个医疗站，门口标明"22号"，他将情况一说，医护人员说把小孩交给他们就好。

独头蒜忘了自己的头被砖头砸过，也没检查一下，安抚了乐乐几句，又投入抢险工作中去了。

独头蒜除了吃饭和短暂睡眠，几乎没歇息。过了些日子，独头蒜感觉头上被砸的部位有些痛痒，抬手一挠，有黏稠的黄水流下来，他当时没在意。后来，他发现黄水接触过的皮肤长出了脓包，破裂后又有黏稠的黄水流下来，独头蒜这才跑到附近的医疗站就医。

医护人员帮独头蒜清理了黄水，又抹了些药物，症状却没缓解。独头蒜又跑了几个医疗站，病情似乎更严重了。后来一位老大夫说他这是黄油疮，建议他去医院看皮肤科。独头蒜觉得自己任务还没完成，哪能为此离开灾区呢？但老大夫说，临时医疗站的医护人员大多来自各地的骨科、伤科和外科，药物也都是红伤药和常用药，对他这种不常见的病暂时爱莫能助。独头蒜正进退两难，有个护士说6号医疗站有位朱大夫，治愈了不少特殊病例，不妨去那里看看。

独头蒜一路找到6号医疗站，一进屋就问："哪位是朱大夫？"

"我就是。"角落里，从一堆患者中抬起一张脸来。独头蒜循声望去：妈啊，真是冤家路窄！这朱大夫不是别人，正是小辣椒，她也跑来灾区当志愿者了！独头蒜一下子想起当初发的誓，不知所措。小辣椒偏偏哪壶不开提哪壶："哟，大老远的来认亲啊？"

独头蒜的脸红了，嘴上却说："找你看疮来了，给不给看？"

小辣椒一句话不说，背着手围着独头蒜转了一圈，然后模棱两可地说："晚上再说。"

"为啥晚上说？"

"来不来由你！"

没办法，晚上独头蒜只好又来到6号医疗站。屋里只有小辣椒，还有一股淡淡的臭味。小辣椒直接问道："还记得你说过的话吗？"

"真让我给你当儿子啊？"

"呸，你想得倒美！我是问你当初都跟周婶说啥了？"

"周婶呀——"独头蒜赶忙装傻，"我、我没跟她说啥呀！"

"你没说过我从头到脚都是猪粪味，臭不可闻吗？"

"对不起啊，我随便说说的，这不给你道歉了吗？"

"只道歉可不行，我得往你头上抹点猪粪！"小辣椒说着，就从桌子底下拎起一只塑料袋，刚一打开，里面就散发出阵阵恶臭。

3. 以毒攻毒

独头蒜吓得直往后缩："咱好歹是一个村的，你别太过分了！"

"我把同事们都支走了，已经给足了你面子。"小辣椒边说边戴上医用手套，严肃地问，"你抹不抹？不抹休想让我给你看病！"

独头蒜把牙一咬、头一伸，说："来吧，我今天豁出去了！"

小辣椒抓起塑料袋里的猪粪，像抹洗发乳似的抹了独头蒜一头一脸。独头蒜强忍住恶心，求道："行了吧？快给我看病吧！"

小辣椒却霸道地一摇头："不行，这猪粪起码得在你头上留三天，我也要让你'臭不可闻'！"

独头蒜肠子都悔青了：只怪自己当初嘴欠，跟周婶说啥"臭不可闻"啊！独头蒜正要离开，小辣椒又命令道："咱俩加个微信，方便我打视频电话监督你。"独头蒜咧咧嘴，心里骂道：谁将来把这女人娶到家，算是倒八辈子霉了！

独头蒜离开医疗站后，心想自己这臭烘烘的，也没法回集

体住处了，就随便找个地方躺下来。刚睡着，小辣椒的视频电话就来了，先让他照头，又让他照脸，最后郑重警告："别搞小动作，掉个粪渣儿我都看得出来！"独头蒜没好气地说："还让人活不？明天我还得抢险呢！"小辣椒发号施令："你这三天不准洗头洗脸，连汗也不许出！"独头蒜都快急哭了，问为啥。小辣椒毫不心软："啥也不为，就怕汗水把你头上的猪粪冲掉了！"

独头蒜也无他法，只好答应。挂了电话，独头蒜想，若要不出汗，只有不干活，让自己在志愿者服务站里白吃白喝吗？他可丢不起这个人！独头蒜想起了乐乐，也不知他现在咋样了，便决定去看看他。

第二天一早，独头蒜就凭记忆找到22号医疗站。当问起乐乐时，

一位负责人说，乐乐被转移到安置点了，并告诉了他具体位置和联系人电话。独头蒜找到安置点，那里是为灾民临时搭建的活动板房。他给联系人打了电话，见到了乐乐。

当时，乐乐正独自待在角落里，看着气色好多了，但情绪不太高。独头蒜亲热地说："小乐乐，还认识我吗？我是大乐乐呀！"

没想到乐乐大哭着说："你去哪里了？你不要我了吗？我天天等你来接我呢……"

独头蒜傻了。安置点的联系人说，那天乐乐做完检查，医护人员发现他虽没受伤，但身体太虚弱，要静心调养，然而乐乐已无其他亲人，成了孤儿，就被转到这里了。这几天，乐乐身体渐渐恢复了，但情绪一直很低落，时常看着外面，好像是在等什么人来。看样子，乐乐等的人应该就是独头蒜。

独头蒜没想到乐乐对自己竟有这么深的依恋，可能跟自己救他有关吧，独头蒜的心被击中了。这时乐乐冲过来一把抱住独头蒜，完全不在意他的臭味。独头蒜又心疼，又感动。

现在问题来了，乐乐想跟着独头蒜走，这可怎么办？独头蒜想了好久，终于有了主意。之前为了上班方便，独头蒜在县城租了房子，邻居关大爷是个热心肠，退休后一直闲着，独头蒜就想，这里离县城不算太远，反正这几天也不能上"前线"，干脆把乐乐送到关大爷家，请他代为照看，等救援工作结束，他再慢慢想办法。于是独头蒜给关大爷打电话，把事情说了一遍。关大爷听后，立马就答应了。乐乐的问题暂时解决了，独头蒜的心情也好了，对小辣椒那没完没了的"问候"也适应了。

这天，独头蒜刚回到灾区，晚上小辣椒就把他叫去了医疗站。小辣椒检查了独头蒜头上的猪粪残渣，笑着说："今晚'刑期'已满，明早可以洗掉。看在你还算听话的分上，我把治疮的药给你。"小辣椒递给独头蒜一个没商标的瓶子，嘱咐道："今晚一粒，明早一粒，饭后服用。"

独头蒜见里面只有两粒淡黄色的软胶囊，问："这能管用吗？"

"放心吧，吃完就好了。"

第二天早上，独头蒜吃完软胶囊，将残存的粪渣清洗干净，对着镜子一照：嘿，果然完好如初！

独头蒜头上的黄油疮治好了，他也要重返救灾现场了。

转眼间，小辣椒所在的医疗队完成任务，先一步返程回家了，独头蒜所在的队伍则还要在当地多待一些时日。

小辣椒回到县城，给老家的母亲报过平安，就回了诊所。里里外外打扫、检查了一通，虽有助手帮忙，仍忙了几天。小辣椒准备重新开业前，回了趟老家。谁知她刚进门，就听母亲讲了一桩大新闻！

4. 未婚有子

这个新闻就是：独头蒜从灾区带回一个孩子，说要当儿子养着。

原来，独头蒜把乐乐托给关大爷照看，原本挺顺利，可前两天，关大爷的女儿说，她家里出了点事，让关大爷过去帮忙。关大爷不方便带乐乐。这下，乐乐就没人管了。独头蒜就跟老家的父母实话实说，想让他们把乐乐接去村里，谁知父母坚决反对。村里一时谣言四起，说这孩子指不定是独头蒜跟哪个女人生的呢！

小辣椒大吃一惊，她想了想，故意用调侃的语气给独头蒜发去消息："听说你'喜当爹'啦？"

独头蒜此刻人还在灾区，正为乐乐的事犯愁呢，见小辣椒调侃自己，也故意说："是啊，还缺一个娘呢，你要不要考虑一下？"

突然，独头蒜灵机一动，何不把乐乐交给小辣椒呢？小辣椒虽然性格泼辣，但人还不错。再说，她让自己顶了三天猪粪这事还没完呢，正好，让乐乐跟着她，也算给她出出难题了！于是，独头蒜打起感情牌，把乐乐的事讲了一遍，最后说："娇娇大夫，那孩子太可怜，我也是怕他心理上出什么问题，才把他带回来。本想着等我回去后再好好陪他，谁知现在遇上了这样一个难题啊……所以，能否劳驾你替我照看乐乐几天？"

小辣椒听独头蒜说了这么多，对他倒有点佩服了。小辣椒又想，现在独头蒜还在灾区，救援工作要紧，不能让他因这事分神，而且自己能力强，带几天孩子算得了什么？正好也让独头蒜见识一下自己的厉害！于是她说："行啊，这算什么事呢？让你欠我一个人情！"

独头蒜松了一口气，但他故意回道："哟，你还真是什么事都敢接啊！那就看娇娇大夫的了……"

小辣椒跟母亲撒了个谎，当即驾车返回了县城，然后她就按独头蒜说的地址，找到了关大爷家。

那里比较偏僻，小辣椒到时，关大爷正在做晚饭，乐乐在客厅玩。小辣椒见乐乐长得很可爱，就摸了摸他的脸，谁知他一点儿不认生，张着手说："抱抱——"小辣椒刚把他抱到怀里，关大爷就端着一盆面汤出来了，见两人挺亲密，就说："这孩子喜欢你！"说完，他将面盆放到桌上，给乐乐盛了一碗让他先吃，然后问小辣椒："你是胡乐乐的女朋友？是个好姑娘啊！"

小辣椒脸一红，赶紧否认："不是的，我就是救个急，等胡乐乐回来就把孩子还给他。"

关大爷又问："那之前和他视频的人是你？"见小辣椒没反应过

来，关大爷又笑着补充道："就是他头上抹猪粪的时候……"

小辣椒"扑哧"一笑，说："是我，当时是怕他把头上的东西洗了……"两人又聊了好一会儿。

当晚，乐乐就跟着小辣椒回了诊所。别说，小辣椒对付小孩子真有一套，两人很快就熟络起来。

没几天，独头蒜回来了。等安顿好，他就去接乐乐。小辣椒悄悄问他："你打算以后都带着乐乐吗？不怕对你有啥影响吗？"

"能有啥影响？我已经给他物色好兴趣班了，让他先待着，以后的事以后再说呗……"

小辣椒提示道："我是说，对你未来生活的影响……"

独头蒜不在乎地说："你就直说我找不到对象呗！说起来，这孩子还真能做我择偶的试金石，对方如果连这都不理解，估计心胸也不大，我还不稀罕呢！更何况像我这样的大丈夫，何患无妻？你要不要先报个名，免得将来排队费劲！"

小辣椒感叹：难怪大家都说他吃亏全怪这张嘴！她也不计较了，淡淡地说："我可高攀不起。"说完，她就开门让两人走了。

乐乐跟独头蒜回去后，小辣椒

总忍不住惦记：独头蒜一个粗手笨脚的大男人，能带好孩子吗？她实在不放心，隔三差五到独头蒜家去一次。乐乐每次一见小辣椒，就飞奔过来叫"阿姨"，可亲了。

这期间，独头蒜对小辣椒的看法，已经从"这个人不错"变成"这个女人不错"了。他真真假假地向小辣椒表达过好感，小辣椒也感觉出来了，但她每次都是装糊涂，不过心里倒觉得争了口气，总算让独头蒜对自己刮目相看了！

这晚，独头蒜突然说自己单位临时有事，让小辣椒再帮他照看一下孩子，小辣椒爽快地答应了。

独头蒜走后，小辣椒发现，乐乐一晚上都闷闷不乐的。小辣椒问他怎么了，他这才哭着说，因为都是爸爸接送他去兴趣班，小朋友们就说他是没妈的野孩子。小辣椒连忙把乐乐搂在怀里，安慰他："别哭，阿姨会像妈妈一样爱你的，明天我送你去兴趣班。"乐乐泪汪汪地说："那我明天能当着小朋友们的面叫你妈妈吗？"小辣椒正犹豫呢，自己毕竟是个未结婚的大姑娘啊！乐乐已叫道："妈妈，你就答应我吧！"

小辣椒叹了口气，无奈地说："好吧，就这一次啊！"

第二天早上，小辣椒送乐乐进兴趣班时，乐乐得意地说："看，这是我妈妈！"小辣椒虽不好意思，但见他高兴，心里也暖暖的。

下午，小辣椒早早地关了诊所，鬼使神差地去接孩子。得知乐乐已被独头蒜接走后，她莫名有些失落，便又开车去了独头蒜的家。

小辣椒见独头蒜家门口的停车位被占满了，就把车子停在了公路对面，步行走了过去。小辣椒不想让独头蒜知道自己惦念他们父子，只来到窗户前面，打算悄悄看一眼就走。谁知她无意间听到了独头蒜和乐乐的秘密，顿时火冒三丈……

5. 终成眷属

原来，独头蒜接了乐乐后，又去买了汉堡包，所以也刚到家。乐乐边吃边问独头蒜："兴趣班的小朋友从没说我是没妈的野孩子，你为什么让我骗阿姨呀？"

"傻小子，这不叫骗，这是战术……"独头蒜反过来问乐乐，"那你想不想让阿姨当你妈妈？"

乐乐使劲点点头："想！"

"这就对喽！以后你见了阿姨就叫妈妈，叫得越亲越好！"

小辣椒听不下去了，一脚踹开

门，喝道："胡乐乐，你说话不着调就算了，还教小孩子说瞎话，我再也不想见到你了！"她说完就走了。独头蒜急忙追出来，上前拽住小辣椒的胳膊，祈求道："小辣椒——不，朱娇娇，你听我解释！"

小辣椒一甩胳膊，不管不顾地向公路对面跑去。不料她刚踏上路面，左侧就飞来一辆摩托车，这时独头蒜纵身一跃，将小辣椒推了出去！小辣椒安全了，独头蒜却一连几个翻滚，躺在公路边一动不动。小辣椒吓得急忙跑过去，只见独头蒜双目紧闭，小辣椒便蹲下掐他人中，可连掐了几十次，独头蒜仍没醒。此时那摩托车已跑得无影无踪，倒是有几位路人围上来，热心地问："要叫救护车吗？"小辣椒摇头说："我就是医生。"说着，她跨到独头蒜身上，做起了胸外按压，可独头蒜还是毫无反应！小辣椒心里没底了，哭道："胡乐乐，你快醒醒！"

乐乐闻声跑出来，边哭边叫："爸爸，你不能死啊！"这时独头蒜一挺身，坐起来抱住他，安抚道："别怕，爸爸不会丢下你！"

小辣椒惊问："你没事啊？"

独头蒜坏坏地一龇牙："没事，那小子根本就没撞到我。"

小辣椒这才冷静下来，刚才怎么忘了给他把把脉呢！小辣椒既羞愧于自己的"误诊"，又怨恨独头蒜的恶作剧，但更多的是有惊无险的喜悦，于是她嗔怪着在独头蒜肩膀上敲打起来："我叫你骗人！"

此时围观的人越来越多，大家看不懂他们闹的是哪一出，便议论纷纷。独头蒜赶忙站起身，双手抱拳转圈行礼："大家都散了吧，啥事没有，我们一家子逗着玩呢！"

小辣椒不爱听了，驳斥道："谁跟你是一家子！"

独头蒜将乐乐拽到身边问："你说说，咱们三人是啥关系？"

乐乐人小鬼大，抬起小手指点道："这是爸爸，这是妈妈，我是小乐乐——他们的儿子！"

独头蒜竖起大拇指为乐乐点赞。小辣椒的脸羞成了红布，一时又不知该如何解释，便不停地埋怨独头蒜："你净教孩子胡说……"

独头蒜拉着两人，说："走，我跟你解释。正好，你找家饭店请客，好歹我是你的救命恩人啊！"

在一家饭店的单间，独头蒜道出了苦衷。原来，他一直没正式收养乐乐，当初去办收养申请，工作人员听说独头蒜尚无配偶，担心他没抚养能力，所以只给他办了个临时监护人的手续。独头蒜急于跟乐乐确定关系，又真心喜欢小辣椒，就想借乐乐叫"妈"之口，来个弄假成真。最后，他愧疚地说："我知道我配不上你，但我看得出你打心眼里喜欢乐乐。要不咱俩先办个假结婚证，等乐乐落了户口……"

小辣椒急忙打断道："你真行，结婚证也想办假的。"

乐乐起哄道："办真的！办真的……"两人一听，都笑了。

没多久，小辣椒和独头蒜就领了结婚证——当然是真的，然后，他们带着乐乐回老家签订了领养协议，又在本地落了户口。国庆节的时候，两个人就把婚事办了。

新婚之夜，小辣椒温柔地说："我要告诉你一个秘密。"独头蒜却说，那秘密他早就知道了。小辣椒问："你知道啥？"

"我知道《本草纲目》里记载，猪粪又名猪零，母猪粪烘干后，可以医治恶疮；我第一次去医疗站找你，你说'晚上再说'，其实是在为寻找母猪粪并烘干拖延时间；还有，你最后给我的'治疮药物'是两粒维生素E，对吗？其实上次你去关大爷家接乐乐时跟他说的话，他都跟我说了。我早就发现你没我

想象的'坏'，而且挺可爱。我临时起意让你帮忙带乐乐，没想到你真答应了，此后我对你就多了些'想法'。我之所以带乐乐一起行动，都是为了能追到你。那次我假装被撞，躺在地上不肯起来，就是等着你给我做人工呼吸呢！哈哈……"

小辣椒沉默了一会儿，忽然笑道："但我要说的，不是这个，那可是一个惊天秘密！"

"啥惊天秘密？快告诉我！"

"叫妈，我就告诉你。"

"你这不是占我便宜嘛！"

"新娘也是'娘'，娘就是妈，不算占便宜。"

"别逗了，我可不叫。"

"不叫拉倒，睡觉。"

独头蒜实在想不出那"惊天秘密"是啥，就轻声叫了句"妈"。见小辣椒毫无反应，他又提高了音量，连叫了两声："妈！妈！你快告诉我吧，到底是啥惊天秘密？"

"那你可千万别对外人说！"独头蒜连连点头，小辣椒不慌不忙、神情庄重地说，"这个惊天秘密就是……你不是我亲生的呀！"

"天哪！"独头蒜一下子就崩溃得瘫倒在床……

（发稿编辑：曹晴雯）

（题图、插图：杨宏富）

《清明上河图》由北宋画家张择端所作，是中国古代十大传世名画，画作生动记录了北宋都城汴京的繁荣景象。关于这幅画，民间流传着这样一个故事……

清明上河图

□ 徐嘉青

1. 借刀杀人

北宋年间，一日，宋徽宗召宰相蔡京进宫，说有要事相商。蔡京见驾后，宋徽宗告诉他，辽国的天祚帝听说大宋画师技艺精湛，想请大宋派一位画师去辽国，为天祚帝画像。宋徽宗问蔡京，派谁前去为好。

蔡京听后暗想：这可不是什么好差事。听说辽国的天祚帝长相丑陋，而且性情乖戾，画师画像时万一没有把握好分寸，只怕凶多吉少。见宋徽宗等着自己回话，蔡京心中一动，突然想到了一个人选——张择端。

张择端画艺高超，宋徽宗见了他的画作后称赞有加，一道圣旨便将他招到了皇家画院。前段日子，蔡京听说张择端正在画一幅名为《清明上河图》的作品，虽然尚未完成，但见过草图的人都惊叹不已。蔡京便派人找到张择端，暗示他将《清明上河图》画好后送与自己。不料张择端对来人冷冷地说道："灯已昏暗，何来清明之图？

还望上告蔡太师，在下技艺粗疏，画作只会脏了太师的眼睛！"派去的人把这番话语对蔡京一说，他气得七窍生烟。无奈张择端正受宋徽宗恩宠，蔡京只得暗气暗憋。现在听说要派画师入辽画像，蔡京脑海里顿时就有了借刀杀人的想法。

于是，蔡京向宋徽宗禀道："陛下可还记得皇家画院的张择端？此人画工精细，惟妙惟肖，派他前去为天祚帝画像，定能扬我大宋国威。"

宋徽宗听后，觉得甚是有理，当即下旨，命张择端入辽为天祚帝画像。

再说张择端，他接到圣旨，不由得愁容满面：听说辽国皇帝长相丑陋，为其画过像的人，最后都下落不明，自己要是去了，只怕有去无回呀！正在愁闷，就听门外有人说道："小弟有一个法子，准保兄长此行无虞！"

张择端扭头一看，只见门帘一挑，一个男子走了进来。来的不是别人，正是他的结拜兄弟孙正福。

孙正福进来后说："小弟听说了兄长的难事，请兄长禀告皇帝，准许小弟一路同行。小弟哪怕舍掉性命，也要保兄长平安归来！"

张择端摇头道："此行艰险，我怎能拖累贤弟呢？"

孙正福义正词严地说："为朋友两肋插刀本是应当，更何况兄长对我有大恩，此时不报，更待何时呢？"

原来半年前，孙正福到汴京投靠亲戚，不料亲戚已搬离了原来的住处。为了维持生计，学过几年画的他就在街头摆了个摊子，给人画像。这天，孙正福刚支好摊子，有个混混走来，让他画像。快要画完的当口，街头突然奔来一匹惊马，吓得路人纷纷躲闪。孙正福正专心致志地作画，听到动静，猛然一惊，画笔从画像的脸上掠过，留下一道清晰的线条。等那匹马跑远了，混混一看画像，不干了："你给我的脸上来这么一下，算咋回事儿？"说着他不依不饶，非要孙正福赔五两银子不可。

巧的是，孙正福的画摊摆在张择端家附近，正当孙正福手足无措的时候，张择端恰好路过。问明情况后，他对混混说："我给你补画一张如何？"混混一看是皇家画院的张择端，知道自己惹不起，慌忙溜了。就这样，张择端给孙正福解了围。得知他身处窘境后，张择端便提出让他到自己家暂住，孙正福感激地答应了。当晚，两人聊起绘画，十分投缘，后来更是结拜为兄弟。孙正福在张家一住就是半年，今天，他听说了这档子事儿，就主动站出来，打算跟随张择端一同出使辽国。

张择端见孙正福说得恳切，只得点头同意。

2. 置身险境

转眼间就到了出使辽国的时候，宋徽宗准备了厚礼，还派了一队士兵专门护卫。张择端既是画师，又是使臣，孙正福则以仆从的身份加入了出使的队伍。

一行人渡过黄河，往辽国的国都上京进发。一路无话，这天，他们赶到上京，在驿馆安顿下来。张择端跟孙正福闲聊，叹道："贤弟，明日我就要觐见辽国皇帝了，但不知吉凶如何……"

孙正福说："兄长不必担心，明天我替你前去觐见。"

张择端苦笑一声，说："辽国大臣中有不少见过我的，咱俩长相差别这么大，你要冒充我，还不被人一眼就认出来？"

孙正福闻言"哈哈"一笑，说："兄长稍等片刻。"说完，他转身去

了里间。

过了一盏茶工夫，从里间走出来一个人。张择端一看，这人的容貌竟然跟自己一般无二，不由得惊叫道："你、你是谁？"

这人笑道："兄长，竟然连小弟都不认识了？"

一听声音，张择端才知道，这人是孙正福。孙正福看张择端满脸疑惑，解释说："兄长有所不知，小弟早年流落江湖，学过一些糊口的本领。除了画像，我还会相面、看病，最擅长的则是易容之术，没想到今天还真给用上了。"

张择端恍然大悟，感动地说："贤弟，你的一片心意我领了。明天还是我去觐见辽国皇帝，绝不能让你为我担这么大的风险。"

孙正福却严肃地说："兄长，你还有更重要的事要完成，我不过是草芥之人，又有何可惜呢！"

张择端明白孙正福话里的意思，自己立志要画一幅展现汴京城风土人情的《清明上河图》，没想到此画尚未完成，就出了这样的祸事。孙正福不容张择端再说话，凑近后在他的脸上侍弄了一番。张择端对着镜子一看，镜子里的人竟变成了孙正福的容貌。

孙正福说道："兄长，这些日

子我跟你朝夕相处，能将你的动作神态模仿得差不离。至于说画技嘛，当然相差甚远，但画人像是我所长，想来辽人也看不出端倪。"

张择端拉住孙正福的手，感动得说不出话来……

第二天一大早，辽国大臣来到驿馆，见到孙正福装扮的"张择端"，深施一礼，说："贵使，陛下在宫里摆下宴席，为你接风洗尘。马车就在驿馆外等候，这就出发吧？"

孙正福拱手道："好，还望前头带路。"

真正的张择端此时已扮作孙正福的模样，也跟随大宋使团一起进了宫。到了殿外，辽帝下旨，让张使者一人上殿面君。孙正福站起身，回头看了一眼张择端，张择端脸上流露出不舍和担忧的神色。孙正福冲他点点头，昂然走进了大殿。

张择端一行人被让进偏殿喝茶。不一会儿，有人走进来说，张使者已被留下来作画，请其余人先回驿馆休息。

一连多天，没有一点孙正福的消息传来。张择端向驿馆的辽国官员打听，无奈对方口风甚紧，半个字也没吐露，张择端只得默默地祈祷孙正福能够平安归来。

半个月后，驿馆外传来一阵喧闹声。张择端隔着窗子一看，只见一辆马车停在院子里，从马车上走下一人，正是孙正福。

张择端慌忙迎了出来，激动地说："贤……张大人，你回来了？"

孙正福点点头，对相送的辽国大臣说："有劳相送，在下已回到住处，各位请回吧！"

到了房间里，张择端紧紧地握住孙正福的手，低声说道："贤弟，一连多天音信皆无，可把我担心死了！快说说，这些天你是怎么过来的？"

孙正福说："多谢兄长挂念。"他说，那天自己进殿后，天祚帝听说来人是大宋画师，就命人掀开了面前的帘子。孙正福打眼一看，那副尊容确实让人不敢恭维，而且天祚帝面色晦暗，一看就是酒色之徒。孙正福不慌不忙地画了起来，他尽量拖延时间，半个月过去，眼看画像就要完成，他只好假称需要回驿馆取某种特别的颜料，给画像润色，这才能回来一次。

说到这里，孙正福冲着张择端深施一礼："兄长，恐怕这就是你我最后一次见面了。"

张择端脱口而出："贤弟，你别再进宫了，还是由我去吧！"

孙正福苦笑道："兄长不知道宫里的情况，万一露了马脚，可就不是我一个人死的事儿了，咱们这么多人都难活着返回大宋。"

张择端神色黯然，他后悔当初答应孙正福替自己去。这时，孙正福想起了什么，说："还有一点时间，兄长，你等我一会儿。"

说完，孙正福到案前铺开画纸，拿起画笔，刷刷点点画了起来。不一会儿的工夫，画纸上出现一个人像。张择端问道："这是谁？"

孙正福说："这就是天祚帝。请兄长把这幅画像带回大宋，交给皇帝。我替天祚帝相了面，他有亡国之相，如果咱大宋早做准备，择机而动，收复燕云十六州应该不难。"

张择端道："贤弟，如果真能收复燕云十六州，我一定上奏天子，给你勒石记功！"

孙正福将案上的颜料收拾起来，说："我走之后，兄长还需万事小心。前路迢迢，我无法相送，只能先祝兄长一路平安，多多珍重！"

张择端流着眼泪，一句话也说不出来……

3. 意外归来

几天后，大宋使团接到天祚帝的旨意，准许他们回程。至于张择端，旨意上说"贵使的画技精妙绝伦，还请多留一段时日切磋"。张择端知道，这不过是冠冕堂皇的借口，顶替自己的孙正福说不定已经不在人世了。他强忍着悲痛，踏上了归程。

回到汴京后，张择端面见宋徽宗，上奏了事情经过。宋徽宗听说孙正福甘愿代替张择端赴死，也感慨不已，当即传旨，为其立一座衣冠冢，御

赐供品。

张择端谢恩后，从随身的包裹里取出一幅画来，正是孙正福画的天祚帝画像。

宋徽宗展开一看，疑惑地问："张卿，画上是何人？"

张择端回禀说："这是辽国的天祚帝。"

宋徽宗"哦"了一声，张择端接着说："孙正福擅长相面，他说天祚帝有亡国之相，咱大宋顺承天命，或可借机收复燕云十六州。"

这话听得宋徽宗热血沸腾起来，他当即站起身，说："如果能收复燕云十六州，我可对得起地下的列祖列宗了。"

在龙椅边转了一圈后，宋徽宗冷静了下来，他对张择端说："此事非同小可，待我改日召集大臣们再作商议。"

张择端交代完孙正福的话，便告退了。他急着回家，想尽快完成《清明上河图》，好告慰孙正福的在天之灵。

从这天起，张择端闭门谢客，整天待在画室里，专心致志地画尚未完成的《清明上河图》。

多日后，张择端终于完成了画作。他按照宋徽宗的交代，给孙正福立了衣冠冢，摆上御赐祭品，屏退左右，只留下夫人在旁边。然后，他取来《清明上河图》，摆放在衣冠冢前，深施一礼，说："贤弟，为兄给你送《清明上河图》来了。如果不是你舍身相救，我又怎能活命？你生前未能目睹此画全貌，但愿你的在天之灵能看得见它。"说完，张择端拿起画作，递向一旁的烛火。

张夫人一看，惊道："老爷，你这是做什么？"

张择端头也不回地说："烧了它，让我那好兄弟看看。"

张夫人忙道："老爷，这可是你的心血，放在坟前祭奠一番也就仁至义尽了，何苦要烧了呀！"

张择端喃喃道："如果没有他替我赴死，还能有这幅画吗？"

就在这时，从身后传来一个声音："兄长，画还是不要烧了。"

张择端身子一哆嗦，转头一看，不由得呆住了，面前站着的竟然是孙正福！

张择端揉了揉眼睛，只见孙正福笑吟吟地说："兄长，我回来了！"

张择端颤着声音道："好好好，回来就好！"

张择端拉着孙正福在衣冠冢前的空地上坐下，问道："贤弟，你是如何脱身的？"

孙正福说，天祚帝原本是想将自己处死的，谁知还未下旨，天祚帝突然生了一场急病，宫里御医束手无策。孙正福得知后，就说自己懂得医术，可否试试看。天祚帝吃了孙正福开的药方，病情竟然大有好转。这样一来，天祚帝也不好意思处死孙正福了，就放他回来了。

张择端将孙正福归来的事禀告宋徽宗，宋徽宗也倍感惊奇，就召见了孙正福。孙正福跪拜后说："草民粗通相面之术，天祚帝确有亡国之相，而且我给他治过病，他虽暂时好转，但用不了多长时间，身体就会垮下来。"

宋徽宗闻言异常兴奋，赏赐了孙正福，随即召集蔡京等重臣来商议此事。蔡京得知张择端平安归来，十分气恼，现在一听宋徽宗要收复燕云十六州，他却又来了精神，说："此事宜早不宜迟，陛下英姿勃发，上下一心，定能成功！"

宋徽宗听着甚是入耳，几个平日里跟蔡京沆瀣一气的大臣也极力附和。其他人明知此事需要从长计议，但一看眼前的景象，也只好闭口不言了。

见众人都没有异议，宋徽宗就准备将此事定下来。这时，蔡京又启奏道："陛下，臣有一计，准保能收复燕云十六州，只不过……"说到这里，他看了看四周。

宋徽宗会意，把手一挥，让众人退下。蔡京这才说道："陛下要想万无一失，还需要请一帮手。"见宋徽宗不解，蔡京接着说："金国与辽国世代有仇，如果咱们与金国联合，两面夹击，何愁不胜？"

宋徽宗闻言大喜，道："此计甚妙，联金击辽之事就交由蔡卿全权处置！"

蔡京连忙答应。

当晚，蔡京回到府上。不一会儿，有一个人趁着

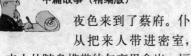

夜色来到了蔡府。仆从把来人带进密室，来人从随身携带的包裹里拿出一幅画，展开后竟是《清明上河图》。

来人对蔡京说："我大金和辽国有不共戴天之仇，多谢太师今日在朝堂上谋划联合抗辽之策。这幅《清明上河图》是张择端刚画完的，我从他府中取来献给太师，暂做首件礼物。待击败辽国后，我家狼主还有别的厚礼相送。"

蔡京扫了一眼《清明上河图》，面露喜色，自言自语道："张择端啊张择端，你软硬不吃，可画还不是到了我手里吗？"

来人又对蔡京说："在下还有个不情之请，不知太师可否将此画先借给在下三个月？"

见蔡京满脸疑惑，那人说："我家狼主久闻张择端盛名，又听说他画了一幅这样的神品，一直想鉴赏一番。太师放心，待狼主看过此画后，在下立刻完璧归赵。"

蔡京想了想，点头答应了。

4. 真假画作

听说宋金联合攻打辽国，辽国上下一片惊恐。面对金国的铁蹄，辽军一路败退；而跟宋军作战，辽军却多有胜绩。辽军一路向北逃窜，大片国土被金国占领，其中就包括燕云十六州。

战事结束后，宋金两国议谈，宋向金交纳岁贡，金则将燕云十六州归还给宋。宋徽宗得知这一消息后，欢喜得无以复加，可他哪里知道，此时的燕云十六州，财富已被金国洗劫一空，留给大宋的不过是个烂摊子罢了。

几年后，金国经过精心准备，向大宋发起了进攻。金军一路势如破竹，很快就打到了都城汴京。宋徽宗成了阶下囚，汴京城里的百姓更是遭受了灭顶之灾。

却说张择端，此时他也被困在汴京家中。这天，他正想派人去打听打听外面的情况，一队金兵来到了张府门口。为首的金将把手一挥，有人前去叫门。管家开门后看到众多金兵，吓得浑身发抖，金将却上前一步，对他说道："管家，你不认识我了？"

管家看了看金将，不敢相认，金将笑道："我是孙正福啊！"

管家惊讶得张大嘴巴说不出话来。孙正福问道："我兄长在里面吗？"

管家连声道："在在在。"

孙正福将头盔摘下，递给旁边

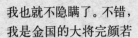

的金兵，让他们在门口等着，自己大踏步地走了进去。到了书房门口，他整了整衣服，咳嗽一声，这才问道："兄长在里面吗？"

有个声音答道："进来吧。"

孙正福掀开帘子走了进去，只见张择端坐在椅子上。孙正福深施一礼，说："兄长一向可好？"

张择端冷冷地一笑，说："我可承受不起。"

孙正福有些尴尬，说："兄长何出此言？"

张择端气愤道："占我河山，伤我百姓，此等贼人，我岂能同流合污？"

孙正福听到这话，反倒平静下来，他说："既然你都知道了，那

我也就不隐瞒了。不错，我是金国的大将完颜若木。当年来到汴京，就是为了寻找机会说和，让大宋联合大金攻打辽国。"

张择端问："贵国凭一己之力就能打败辽国，为什么还要联合我朝呢？"

完颜若木一笑，说："辽国乃百足之虫，死而不僵，多个帮手，胜算更大，更何况……"

张择端问道："更何况什么？"

完颜若木说："可以借机看看大宋的实力。"

张择端喃喃地说："明白了，终于明白了，你为啥不顾生死要我完成《清明上河图》。"

完颜若木问："兄长明白了什么？"

张择端看了一眼完颜若木，冷冷地说："你们狼主本来只想打败辽国，无意攻打大宋。你是主战派，为了说服狼主，才千方百计获取《清明上河图》，想以此图中的繁华景象使得狼主心动。"

完颜若木"嘿嘿"一笑，说："兄长所言极是。兄长的画作神乎其技，当

年我从府中盗取此画后，以此画为饵，诱得蔡京为我所用；又用此画中的繁华景象劝得狼主心动，决意攻打大宋，真可谓是一举两得。"

张择端叹道："只可惜你拿到的并不是真正的《清明上河图》。"

完颜若木像是被针刺了一般，大惊失色地问："什么？"

张择端说："当年你拿到的，只是《清明上河图》的草图。"

完颜若木愣了一下，道："兄长何必开如此玩笑？跟你相处这么多日子，我只见你画了一幅《清明上河图》！"

张择端摇头说："一个普通画师，怎能从辽宫中轻易脱身？当年你'死而复生'，从辽国归来，我就对你产生了怀疑。我画《清明上河图》时，本就有一幅草图，只因草图中有几处瑕疵，这才弃而不用。我将草图与真迹调换，你果然偷偷取了草图溜走……"

完颜若木听罢，冷冷地说："兄长，真正的《清明上河图》现在何处？"

张择端淡淡地说："内人早已携带此画出城了。"

完颜若木不信，说："这几日我派人监视张府，并未见到尊夫人出府。"

张择端笑道："只许你用易容之术，别人就用不得吗？"

原来，张择端天资聪颖，仅仅见识了一番完颜若木的易容之术，就将其记在了心中。金兵进城之际，张择端将夫人改扮成一个下人，混出了府。

完颜若木听后半信半疑，问道："兄长既有如此手段，为何不和尊夫人一起逃走呢？"

张择端凄然一笑，道："为了多拖住你一些时间，也为了亲耳听你说出真相。我识人不明，竟把贼子认作兄弟；我的画作更是无意间成了你狼子野心的工具！画家何德何能，却成为千古罪人，活在这世上还有何用？"

说罢，张择端从袖子里抽出一把刀子，刺向了自己的胸口。完颜若木慌忙上前，却来不及了……

后来，完颜若木派人四下追捕张夫人，却始终无果。听说，张夫人渡过长江，来到杭州，将《清明上河图》献给了宋高宗赵构，又将其中曲折细细上奏。宋高宗听罢，看着画中故都的一草一木、一砖一瓦，不禁感慨万端，潸然泪下……

（发稿编辑：吕　佳）
（题图、插图：谢　颖）

·神探夏洛克·

消失的钞票

　　夏洛克来到邮局办事情，邮局里的人稀稀落落。邮局大厅中间是一张长长的桌子，两边有长凳，人们可以坐在这里写字。约翰在填写一张500英镑的汇款单，填好后，他站起身，一摸口袋，却发现钱不见了！他想起刚才有一个男青年来找自己借钢笔，因邮局提供的蘸水笔不好用，自己便停下，把钢笔先借给他用。男青年在牛皮纸信封上写好字，还了笔，说声"谢谢"便走开了。想到这里，约翰连忙抬头望去，还好，那男青年刚寄完信，还没来得及离开。

　　面对约翰的质问，男青年矢口否认偷钱，并主动翻开自己的口袋让其他人查看。口袋里的确没有约翰丢失的那500英镑钞票，男青年正要理直气壮地离开邮局，夏洛克拦住了他。

　　钱真的是这个男青年偷的吗？如果是，他把钱藏在哪里了呢？

超级视觉

　　小猫咪这是要做饭吗？它怎么还拿着一口锅？再仔细看看，原来那是后面画上的内容。可是小猫咪认真的表情，好像真的要做饭呢！

疯狂 QA

　　老古家被盗，损失惨重，但当警方通知他破案时，老古却拿着慰问品去看那名窃贼，为什么？

- - - - - - - - - - - -

想知道答案吗?

1. 扫二维码：

2. 购买 2022 年 12 月下《故事会》。

动感地带，与您不见不散！上期答案见本期P47。

许允与丑妻

许允是三国时期的名士，他的妻子是卫尉卿阮共的女儿，阮侃的妹妹，非常丑。婚礼后，许允便不再去新房，家里人十分担忧。这天，正好有位客人来看望许允，新娘便叫婢女去看看是谁。婢女回报说："是大司农桓范。"桓范号称"智囊"，新娘就说："看来桓范一定会劝他进房的。"桓范果然劝许允说："阮家既然嫁个丑女给你，应该是有用意的，你最好能体察到。"许允有点回心转意，但进房一见新娘，立马又想跑。新娘预料他这一去就不会再进来了，就拉住他的衣角不让他走。许允便问她："妇人应该有四种美德，你有几种？"新娘说："我只缺'妇容'

一样而已，可是读书人应该有百样品行，您有几种？"许允说："全都有。"新娘说："所有品行中，'德'是最重要的，但是您爱色不爱德，怎么能说样样都有！"这话说得许允无地自容，从此就敬重她了。

孙觉怜悯百姓

孙觉是宋代有名的能臣，他在担任郡守的时候，看到监狱里关押着很多缴不起赋税的老百姓，很是怜悯，但又没有办法解救他们。正巧这时，当地的富户们想要集资修缮寺庙，来请孙觉批示，孙觉趁机说道："寺庙也没破败，何必大肆修缮？你们为什么要这么做？"富户们都说，是为了得到福报。孙觉便说："我有一个好办法，你们用准备修庙的钱替监狱里的贫民缴税吧，救民于水火，积下的功德不是比修庙来得更大吗？"富户们认为孙觉言之有理，当日就把钱财送到官府，于是监狱为之一空。

夏竦好为大言

宋仁宗时期，夏竦曾经统兵西征，他本是个没有才能、好为大言的人，在塞外张贴榜文称："有能得到西夏首领元昊头颅的人，赏钱五百万贯，封西平王。"元昊听说后，就差人假扮成卖席子的来到陕西，吃完饭后假装落下席子就走了。人们打开席子一看，原来是元昊写的悬赏夏竦的榜文，上面写道："谁得到了夏竦的头颅，赏钱两串。"夏竦急忙命人收缴，但已经被传为笑柄了。

吕夷简测试四子

北宋名相吕夷简生了四个儿子——吕公弼、吕公著、吕公奭、吕公孺，都很聪明。他们年轻时，吕夷简跟夫人说："四个儿子将来都能显达，但不知道谁能当宰相，你能帮我测试一下他们吗？"这天，四个儿子正在书房里看书，夫人让丫鬟用贵重的瓷器泡了茶送到书房，故意叫丫鬟摔一跤。其他三人见状，大惊失色，纷纷抛下书本来探视，只有吕公著岿然不动。夫人告诉了吕夷简，吕夷简大笑着说："这孩子一定会拜相！"后来果然应验。

王经无愧于母

王经年少时家境贫苦，后来做官做到二千石时，母亲对他说："你本是贫寒子弟，现在做到

这么大的官，差不多了吧！"王经没听母亲的建议，后来担任尚书，帮曹魏对抗司马氏，最后被司马氏逮捕了。当时他流泪辞别母亲，说："没听母亲的教导，才有了今天！"可母亲一点愁容也没有，对他说："做儿子要孝顺，做臣子要忠君，你又孝又忠，有什么对不起我的呢？"

张齐贤与强盗为伍

北宋名臣张齐贤还是个穷秀才的时候，人很潇洒，但经常挨饿。一天晚上，正碰上强盗打家劫舍，所有人都仓皇逃窜，只有张齐贤径直走到强盗面前，作揖说："我很贫穷，想跟着你们饱餐一顿，可以吗？"强盗疑惑地说："秀才还能跟咱们为伍？"张齐贤说："有时候生计无着、官逼民反，可以理解，只要你们不欺压良善，就算是侠盗，有什么可耻的呢？"于是他自顾自上前，大吃大喝了起来。强盗们面面相觑，其中一个说："真是宰相的度量啊！如果以后您做了官，希望能体谅我们的苦衷……"强盗又把金银财宝分送给张齐贤，可他都不要，吃饱后就走了。

（本栏供稿：严　俊）

（本栏插图：孙小片）

搞笑段子

◆ 没文化太可怕了，刚刚我安慰朋友说："别灰心，总有人头落地（出人头地）的一天。"

◆ 我单纯想要一亿人民币，这就叫又纯又欲。

◆ 我不喝酒不泡吧不抽烟不文身，我以为你会说我是个乖孩子，结果你却说我是没见过世面的土狗。

◆ 小时候觉得古装剧里拿个令牌就能进出各地的人好帅，现在长大了，梦想成真了，去哪都要拿出手机，给保安看一下我的码！

◆ 你结婚我就不去了，你微信转我几百，我在这儿随便吃点。

◆ 怎么有的人找对象，要求能列几十条呢？我的择偶标准就三个字：求你了。

◆ 出门散步总是很纠结，抬头走吧，怕捡不到钱；低头走吧，怕错过了帅哥。于是，我学会了点着头走路。

◆ 朋友说他家养的仙人掌成精了，一浇水就会动。我特地到他家去看了一下，那是一只好可怜的刺猬啊！

（推荐者：静　雪）

仔细想想，是这么个道理

◆ 我真的很想保持神秘感，但我的嘴就是闭不上。

◆ 在这世界上，那个和你高度契合的灵魂伴侣确实存在，但你们这辈子都不会碰到，因为你们在不爱出门这件事上也十分默契。

◆ 情侣分手后，最煎熬的人其实是听双方诉苦的朋友。

◆ 实现不了财务自由，那就先实现情绪自由吧，就从不用眼巴巴等着谁回消息开始。

◆ 关于明天的事，我们后天就知道了。

（推荐者：裴　裴）

别说是你解释的

◆ 知书达礼：只知道书上的知识是不够的，还要学会送礼。

◆ 己所不欲，勿施于人：我不要的东西，也不给别人。

◆ 臣死且不避，卮酒安足辞：我喝死都不怕，一杯酒怎么够呢？

◆ 苟富贵，无相忘：有钱了之后，不要像狗一样互相忘记。

◆ 杯水车薪：有些人在公司喝几杯水，工资就能买辆车。

◆ 朝三暮四：早上三人斗地主，晚上四人打麻将。

（推荐者：猫猫虫）

个性签名一览

◆ 沉默是金，都别跟我说话，我要攒钱。

◆ 知名气人选手。

◆ 除了知识什么都能记住点儿。

◆ 到银行取钱，坐下的第一句话就是："我死期到了吗？"

◆ 爱情不是我生活的全部，打工才是。

◆ 仅展示最近三百年的朋友圈。

◆ 只要有电，我就会一直在线。

（推荐者：小　易）

你正常点，我害怕

◆ 喜欢一个人是藏不住的，多喜欢几个就藏住了。

◆ 当我负重前行的时候，一定是有人骑在我的脖子上。

◆ 你可以回头看，但不能往回走，因为逆行是全责。

◆ 机会是留给那些家里有准备的人的。

◆ 你是秋高吗？我真的被你气爽了。

◆ 人要是没有梦想，那跟无忧无虑有什么区别？

◆ 吾日三省吾身，吾没有错。

◆ 不要委屈自己，要学会指责他人。

◆ 我只要没有道德，你就不能道德绑架我。

◆ 别人打游戏：从网恋到奔现；我打游戏：被人喷得命悬一线。

◆ 终于与素颜和解了，因为我的内心更丑陋。

（推荐者：炸鸡可乐）

（本栏插图：孙小片）

纯属意外

□ 张 希

罗纳德是销售，一张嘴能说会道，但他总是不择手段地和同事竞争，也得罪了不少人。最近，他出了车祸，腿部骨折住进了医院。老板本来就看不惯罗纳德，这下来了机会，就以耽误工作为由，给了他一笔赔偿金，解除了合同。

罗纳德是个三十岁的单身汉，住院也没人照顾，加上被老板炒了鱿鱼，他每天心情都很糟。不过，每天待在医院，却让他意外结识了一个名叫贝蒂娜、比他大整整十岁的中年女人。

贝蒂娜是全职太太，她抹着泪告诉罗纳德："我老公不久前出了意外，我一时承受不住，突发心脏病，被送到了这里……"

罗纳德对贝蒂娜深表同情，随着深入了解，罗纳德惊讶地发现，贝蒂娜跟他不是一个阶层的人。贝蒂娜虽然有意保持低调，但她用的东西、穿的衣服、戴的首饰，都是顶级奢侈品牌。贝蒂娜是个货真价实的贵妇！

罗纳德这人一向很有心机，他不动声色，通过跟贝蒂娜的闲聊，打听清楚了她老公的信息。罗纳德偷偷上网搜索，发现她老公竟是商业大亨。

接下来，罗纳德用他那张花言巧语的嘴，征服了贝蒂娜的心。两个人的距离迅速拉近，出院的时候，互相留下了联系方式。

一个多月后，罗纳德的腿彻底痊愈了，他带上礼物去了贝蒂娜的家。不出罗纳德所料，这是栋豪华的别墅，罗纳德虽然早有心理准备，还是暗暗咋舌。一向健谈的罗纳德装得局促不安，甚至有些语无伦次。贝蒂娜真诚地说："我希望你能够留下来，陪在我身边。"

罗纳德假装犹豫不决地说："这也太快了……让我考虑一下吧。"但是他早已心花怒放。

就这样，没过多久，罗纳德就入住了豪宅，迎娶了富婆贝蒂娜，得到了贝蒂娜的信任。很快，罗纳德成了豪宅的男主人。贝蒂娜从前一直是全职太太，对生意上的事不了解，她先生留下的生意都委托给职业经理人打理，她专心从事公益事业。

结婚时间一长，罗纳德就对贝蒂娜厌烦了，本来他和这个女人结婚就是为了生计，如今这些东西都有了，他对贝蒂娜就没有兴趣了。不过，罗纳德很会伪装，多年的销售经验，让他对所有客户，无论是他喜欢的还是不喜欢的，都能保持谦恭和蔼的态度。对贝蒂娜，罗纳德的情感看上去永远是无比炙热的。

罗纳德还专门聘请了保健医生皮特作为贝蒂娜的私人医生。其实，皮特是一个庸医，之前因为医疗事故被吊销了医师资格。就是这么个"人才"，被罗纳德挖掘到了。罗纳德想，有这个庸医陪伴，贝蒂娜要是再发心脏病，就增加了她死亡的概率。

最近，罗纳德有了一个新爱好——园林设计。他将别墅前宽阔的绿地和后花园进行了彻底改造：原先能进车的宽敞道路被狭长蜿蜒的小路代替，道路两边种上了绿篱，草坪上则种了错落有致的树木。

贝蒂娜则忙于慈善事业，经常出差，这天，她再次启程去了外地。

不幸的事发生了，贝蒂娜返回时乘坐的航班发生了空难，包括机组人员在内的百十人失联。

罗纳德从网络上得知这一消息，高兴极了，根本不用等到贝蒂娜心脏病发作，她就死了！这真是踏破铁鞋无觅处，得来全不费功夫。为确保万无一失，罗纳德拨打了贝蒂娜的手机，手机始终是关机状态。罗纳德太高兴了，他马上打电话给贝蒂娜的女秘书艾米，他俩最近刚发展为情人关系。艾米连夜赶来，两个人在别墅中彻夜狂欢。贝蒂娜没有孩子，也没有立过遗嘱，罗纳德作为贝蒂娜现在唯一的法定继承人，将继承贝蒂娜全部的财产，那可是个令人咋舌的天文数字。

第二天早晨，因为和艾米折腾了一夜，罗纳德体力有些透支。

不一会儿，贝蒂娜的好友们都来了，他们见罗纳德满脸憔悴，都深表同情。罗纳德强装悲痛，掩面哭泣。就在此刻，客厅里的电话突然响了起来。艾米去接电话，听到听筒里的声音，她的身子一颤。

罗纳德立刻察觉到艾米的反常举动，他走过去一把抢过电话，没想到听筒里竟然传来了贝蒂娜的声音："亲爱的！我在医院，昨晚出发前忽然不舒服，让宾馆的服务员送我去医院了。还好，没什么问题，今天就能出院，我会坐今天的班机回家。万幸！我躲过了这次空难。昨晚手机没电，没接你电话，让你担心了。"

罗纳德听到这里，只觉得天旋地转，浑身冰凉，胸部绞痛。他一屁股坐到了地上，浑身没有一点力气。

在场的人都吓傻了，不知道究竟发生了什么。

保健医生皮特也在场，他判断罗纳德只是精神崩溃，没有给他服药。然而，只见罗纳德呼吸越来越微弱，大家只好拨打了急救电话。

可是，罗纳德改造了别墅前的道路，救护车只得远远地停在大门外。当大家七手八脚地把罗纳德搬上救护车时，他已经没有了呼吸和心跳。罗纳德就这么走了，没有看到贝蒂娜的归来。

事实上，罗纳德改造前后花园，目的正是在贝蒂娜心脏病发作时，阻止救护车及时赶到。如今，他的生命却葬送在自己设计的园林小道上。

贝蒂娜转天回来，仔细向皮特询问了罗纳德的死因："他身体一直很好，为什么……"

皮特分析道："我认为，在得知你不幸遇难后，他过分悲伤，精神处于崩溃边缘，一直没有好好休息。后来，他知道你并没有遇难的消息，一下子又过于兴奋。在这么短的时间内连续两次受到强烈刺激，就算原先心脏没病，也真的承受不起啊，发病很正常！"

（发稿编辑：陶云楣）

（题图：孙小片）

杰克想买一辆汽车，可他一直拿不定主意。最近，小镇上新开了一家汽车店，听说里边的导购很靠谱。

这天，杰克来到汽车店，转了一圈后想听听导购的意见。他指着一款外形华丽的车，问导购怎么样。导购满含歉意地说："对不起，先生，这辆车有安全隐患，总公司已经开始召回了，要不您看看别的？"

杰克听后，不由得咂了咂嘴。他走了几步，又看中一辆小巧玲珑的车，问导购，没想到对方回复："噢，先生，您选的这款车马力太小，不适合您大气俊朗的硬汉形象。您要不再看看？"说着，导购从随身包里掏出一本汽车宣传手册，递给杰克。杰克皱了皱眉，接了过来，翻看起宣传手册来。

终于，杰克看到了一款让他眼睛一亮的车。他对导购说出车的型号，导购点点头，说："您说的这辆车，采取了最新的技术……"说到这儿，导购盯着杰克的脸看了一会儿，竟转移话题道："先生，我能不能建议您先去割个双眼皮？"

"别说了！"杰克"哼"了一声，转身去找他们经

理。进了经理室，杰克开门见山地投诉那名导购，说："你们的导购一点也不靠谱！"

经理听完缘由，并不生气，而是带着杰克来到他看中的那辆车前，拉开车门，让杰克坐进去。

经理坐在副驾驶的位置，说："请启动面部识别功能……"接着，经理帮杰克按了"自动驾驶"键。杰克看中的，也正是这个功能。

谁知汽车纹丝未动，喇叭里冒出一句话："对不起，开车时不能睡觉。"

经理盯着杰克的小眼睛，说："我们的导购靠谱吧？"

（发稿编辑：陶云福）

靠谱的导购

□ 孙凡利

婚房在哪儿

□ 高文刀

张力单身多年，对谈恋爱很是憧憬。相亲几次，都无疾而终。

最近，邻居王婶给他介绍了一个对象。两人在约会地点见面，张力一看姑娘的面貌很是喜欢："你好，我有车，也有婚房。"

"婚房在哪儿？"

张力说："名胜小区。"

不料姑娘一听，脸瞬间拉了下来，转身边走边说："你们小区经常

停水，我可不想住。"原来，名胜小区是老小区，地下管道老化，常漏水，总停水，都上过新闻热搜呢。

相亲失败，张力耷拉着脑袋回了小区，看见工人又在修水管。邻居王婶气愤地说："这物业费一分不少收，老停水，还总是在饭点停。饭做不了，碗刷不了，闹心呀！对了，你和那姑娘怎么样了？"

张力摇摇头，说："没戏。"

过了一个月，王婶又笑呵呵地来了，她对张力说："这次有个好姑娘，叫小梅。我看有戏。"

到了约会地点，张力见到小梅，紧张地说："你好，我叫张力，有车有婚房……"他心想，谈恋爱就是要实诚，不能骗人，便狠了狠心，说："婚房在名胜小区，有个缺点，经常停水。"

小梅笑笑，说："我知道你们小区的情况，不过我不介意。"

两人相处得很顺利，虽然张力发现小梅平日里有点懒，但他不介意，大不了，以后家务自己做嘛。

这天，张力鼓起勇气说："小梅，我有个疑问，一直憋在心里。你说，咱们小区一直停水，你不怕以后生活不方便啊？"

小梅笑道："停水了，就不用做饭，不用洗碗，我就能心安理得地叫我最喜欢的外卖吃了呀……"

（发稿编辑：陶云韫）

张三、李四、王五是多年未见的老同学，一次，三人偶然碰见，便聊了起来。

张三和李四从小到大都喜欢和别人攀比，张三笑着说："李四，你以前是乡长，现在咋样了？还窝在那片地儿吗？"

李四知道张三的小心思，于是说："我现在调到其他县当了县长，周围七八个乡都归我管。不瞒你说，我跺跺脚，那片地面儿就得抖上三抖。"

张三听了眼皮子都没抬一下，说："那就恭喜李兄了。说起来，我这些年就是升得太慢，到现在才是个市长。咱们是老同学，以后有什么需要我照顾的尽管说，这点小忙不算啥！"

李四本打算看张三吃瘪的，结果打了自己的脸。可丢掉的面子必须得找回来啊，他瞟了眼旁边默不作声的王五，故意说："王五，我记得你家挺困难，我虽然只是个县长，但你有什么困难随时说，看在老同学的面儿上，我一定帮你！"

"多谢了，我现在也算是个科长，"王五看了看两人，意味深长地说，"以后要是你俩有什么

事，我也可以照顾一下你们……"

张三和李四一听，都露出不屑的神情，心想：你不过是一个科长，我们还用得着你照顾？

过了一年，张三和李四都因违法违纪落马了。

这天，王五来到监狱的关押区，张三和李四见了一愣，王五穿着警服，笑着说："你们还好吗？没想到这么快就给了我'照顾'你俩的机会啊……"

原来，王五是司法局的科长。

张三和李四闻言，只感觉脸皮发烫，一句话也说不出来……

（　**发稿编辑**：曹晴雯）

谁帮谁 □ 六月的雨

特约嘉宾

□ 徐 满

马鞍村的王叔干了大半辈子农活，却一直有个明星梦。前不久，王叔从儿子那里听说了"直播"这个行当，于是也打算开播唱几首歌，看自己能不能"一鸣惊人"。

可惜王叔一副破锣嗓子，唱了一个月，观众还不到十人。这天，王叔正在后院忙着，突然心血来潮想要高歌一曲，于是打开了直播。谁承想无心插柳柳成荫，这次的直播，居然有好几千人同时观看！

王叔想，自己这块金子总算发光了！于是接连几天，他都开了直

播。结果发现，只有在后院开直播，观众才会多起来。

王叔由此认定，后院是直播的风水宝地！他决定将后院好好装修一下，把"有碍观瞻"的东西全都清理出去，将其当作"直播工作间"。出乎他预料的是，工作间装修好之后，即使还是在后院开播，也没有什么观众了。

王叔实在想不通，只好打电话问儿子。儿子听了，问道："爹，你之前在后院直播时都干啥啦？"

王叔想了想，说："咳，跟咱家那些鹅'斗智斗勇'呗。我一唱歌它们就跟着叫，见我阻止，它们还咬我。唉，场面太混乱了……"

儿子"哈哈"大笑道："这就对了，你这一装修，把'特约嘉宾'赶走了，网友自然就不看了。"

王叔丈二和尚摸不着头脑，问："特约嘉宾？什么特约嘉宾？"

儿子笑着说："就是那些鹅呀！现在网上流行用鹅的表情包，可生动啦！不过城里的年轻人很少见到真鹅，尤其是咱家后院这种给你伴唱、跟你互动的。大伙之所以来你的直播间，根本不是为了听你唱歌，都是来围观鹅的！"

（发稿编辑：曹晴雯）

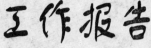

·幽默世界·

工作报告

□ 罗 政

稻香县盛产水稻，可今年，不知为啥，水稻成片成片地倒伏。县农业局急忙上报，县长得知后，请来专家寻求帮助。专家在田间忙了好几天，找到了罪魁祸首，那是种小甲虫，幼虫专门咬食稻根。好在发现及时，问题很快解决了。事后，县长让农业局就此事上交一份工作报告。

工作报告完成后，送到县长那里。县长拿过来看了一眼，生气地说道："怪不得水稻出问题，这些人做事如此马虎，退回去重写。"

农业局的小李负责写报告，他忙了一个通宵，加了不少专业内容，又把报告交了上去。没想到县长的秘书很快打来电话，说："县长又发脾气了，说你们马虎不认真，抓紧再改改吧。"

到底要怎么改呢？小李灵光一闪，在报告里加了不少赞扬县长领导有方的内容，不料又被退了回来。

无奈之下，小李把报告发给了那位专家，想请他看看到底哪里出了问题。专家看过报告，问小李，县长说了什么。小李苦着脸说，县长说报告写得太马虎。专家听后"哈哈"一笑，说他知道怎么回事了。

专家专程拜访县长。县长请专家吃饭，酒过三巡，专家说："县长同志，我给你讲个笑话。那天，我给学生发了一份资料，他对我说：'老师，你写错了。'"说着专家故意停了一下，看了县长一眼："他说，我把害虫的名字写错了，前两个字写反了，应该是'水稻象甲'，我却写成了'稻水象甲'。我说你再去查查，'稻水象甲'才是正确的，因为这种害虫的全称是'水稻水象甲'，简称'稻水象甲'。"

县长听了，先是一愣，接着也笑起来，说："有趣有趣。"

专家走后，县长对秘书说："通知农业局，说报告合格了，不用改了。"

（发稿编辑：吕 佳）

用心体会

□ 朱泽举

自从唐僧从五行山救下孙悟空，他决定，要让这个顽劣的徒儿有所改变。

唐僧说："咱首先要学习的，是体会众生的情感。当你的心能体会到众生情感，才能生发慈悲之心。"

孙悟空问："那众生有些什么情感啊？"

唐僧解释："最常见的，有欢喜、愤怒、痛苦。还有很多复杂的情感，需要你慢慢用心体会。"

这天，师徒二人进了一座城，正逛着集市，忽见一个六七岁的小女孩扑到一个妇人怀中，口中大喊"娘亲"，母女二人脸上露出了笑容。唐僧忙道："徒儿快看，母女脸上的表情就是欢喜。"

孙悟空听了，费解地挠了挠毛茸茸的脑壳。

师徒二人又走了一段路，见一名壮汉摸着自己的腰间，大吼大叫起来："谁偷走了我的钱袋子？让我抓到，非把他皮扒下来不可！"壮汉瞪圆眼睛，眉毛都立起来了。

唐僧趁机教育："看！这就是愤怒。"

孙悟空一脸懵懂，显然，他无法体会到壮汉的心情。

当晚，师徒二人在农户家借宿。半夜，唐僧被孙悟空摇醒了，只见他跪在自己床前，双眼红肿，满脸泪水。

唐僧惊讶地说："徒儿！你怎么哭了？赶紧告诉为师，你体会到了什么情感？"

孙悟空满脸委屈，带着哭腔说："师父，您睡着后一直在说梦话，念的是紧箍咒。徒儿的脑袋疼到现在，我终于体会到'痛苦'的情感了！"

（发稿编辑：陶云韫）

（本栏插图：顾子易 小黑孩）

太阳东出西落,日子就这么一天天地过。每天往返于家和公司,两点一线,连出入的地铁车厢都不带变化的。难怪总有人说,这日子真无趣啊!生活的精彩,仿佛都在别人的"朋友圈"里……来"故事云"扫码听故事吧,让我们把平淡的生活,翻出花儿来!

今日主题

故事太精彩,
还顾什么表情管理!

阿俑有个外国朋友,中文名叫"爱老虎"。最近"老虎"想要改名字,总缠着阿俑给他出主意。

"自从来到中国,生活变得好精彩。我爱上了臭豆腐,爱上了八宝酱,爱上了听戏,还有网购!"老虎意犹未尽地说,"所以我要改名字!只不过,还没有想到合适的……"

"你还漏了点啥吧……"阿俑笑着提示道,"最近你可没少来'故事云'……"

"爱故事!"老虎反应很快,大笑道,"这个名字好!"

🎧《改名字》　　🎧《中国的"东西"》

《改名字》

《中国的"东西"》

有位妈妈牵着女儿进来，七八岁大的小姑娘眼眶红红的，不知为了啥事还难过着呢！只听妈妈说："看不了电影，咱们听几个故事再回家？"

"听故事，没劲！"小姑娘噘着嘴，不怎么领情。阿俑见状，赶紧出招："给你猜个谜，谁都会做，你做的我不知道，我做的你也不知道。这是啥？"

小姑娘眨眨眼，来了兴致。阿俑说："故事里有答案！我保证，听故事比看电影更带劲！"

🎧《圆梦》　🎧《灵魂的重量》　🎧《棋手喂驴》

《圆梦》

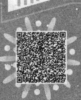
《灵魂的重量》

《棋手喂驴》

有个装扮酷酷的帅小伙，意兴阑珊地跟着女友进了小馆。没想到一听故事，他笑得前仰后合，"帅哥包袱"掉了一地。

女友说："看你平时闷闷的，原来还有这么奔放的一面！"

小伙子吐吐舌头，说道："故事太精彩，顾不上表情管理啦！"

🎧《我的"新人类"女友》　🎧《蹩脚女婿》　🎧《如此赔偿》

《我的"新人类"女友》

《蹩脚女婿》

《如此赔偿》

第四届"笑传正能量"百姓故事大赛征文启事

本届大赛主题词：家教　家风　家训

　　为深入学习宣传贯彻党的二十大精神，加强家庭家教家风建设，将中华民族传统家庭美德发扬光大，讲述老百姓身边更多美好的故事，上海东方宣传教育服务中心（上海市公益广告协调中心）与《故事会》杂志社现联合举办第四届"笑传正能量"百姓故事大赛。

　　活动时间：即日起至 2023 年 2 月 28 日。

　　征集要求：1. 尚未公开发表的原创作品，无版权争议（如有纠纷，责任自负）。2. 突出表现发生在日常生活中的家教家风家训故事，用细腻的笔触描绘生活中的苦乐酸甜，表达真情实感，弘扬好家风，涵养好民风。3. 篇幅控制在 3000 字以内。

　　奖项设置：一等奖 1 名，奖金 10000 元（税前）；二等奖 2 名，奖金各 5000 元（税前）；三等奖 5 名，奖金各 2000 元（税前）；优秀奖若干名，奖金各 200 元。

　　投稿方式：本次大赛一律采用电子邮箱收稿。投稿邮箱：xcznl2019@163.com。标题统一为"笑传正能量＋作品名＋作者"。参赛作品请附：作者真实姓名、联系地址、联系电话（手机）、身份证号、开户银行信息及账号。

　　其他说明：获奖作品著作权归作者所有，主办方享有使用权、发布权和改编权，凡参赛者视为接受本项约定。获奖作品结集编印成册，不再另付稿酬。

是谎言也是良言

彭元凯 故事会绿版编辑
Peng Yuankai Stories Editor

最近听到一个故事，一对父母带着宝宝去著名的主题乐园玩。不料，游玩的当天，在乐园里出现了一例新冠确诊病例。随即，这一家三口就被要求住进酒店进行隔离。爸爸妈妈担心宝宝太小，就这样离开家进入陌生的环境，还要面对多次检测，心里肯定会害怕。于是，他们就编造了一个善意的谎言。

他们跟宝宝说，宝宝非常幸运，被选中了去参加宇航员培训。在"培训中心"，宝宝会看到许多穿着宇航服的哥哥姐姐，还要配合他们做游戏。只要能坚持一星期，最后就能得到宇航员奖杯！

就这样，在隔离酒店，宝宝如爸妈所愿，并没有表现出恐慌，看见身穿防护服的"大白"还会喊道："哇！宇航员！"这个谎言真的奏效了。

这也让我想起一部电影《别告诉她》。故事中的奶奶检查出了癌症，一家人决定编造一个谎言，隐瞒病情真相，还召集了所有已经在异国他乡扎根的子女们，借着给小辈办婚礼的机会，回到家乡，再看一看奶奶。

而从小便生活在美国的孙女碧梨无法理解长辈们的做法。在饭桌上，她十分激动地质问家人："为什么不告诉她呢？也许她想知道呢？也许她还有什么想做的呢？"但却并没有扭转这个大家族的想法。

经过一段时间的相处，碧梨发现，奶奶十分豁达和乐观，她关心小辈的身体，操心眼前的婚礼，还一直拉着碧梨问她有没有中意的对象，有没有成家的打算。奶奶看到子女们围绕在左右，一家人其乐融融，心情比任何时候都要好，仿佛已经没有了病痛的折磨。

这一天，奶奶的检查报告出来了，碧梨自告奋勇第一个冲到医院，然后去给报告做了手脚。终于，她也加入了家人的行列，开始编造谎言。而原本预期只有三个月寿命的奶奶，就这样又活了六年。

人们痛恨谎言，但有时又不得已地编造谎言，为了留住年幼的童心，为了守护临终的温馨。这样的谎言，可能也是良言。

(插图：豆薇)

765 故事会 STORIES

CONTENTS

2022 SEMIMONTHLY 12月下半月刊

欢迎登录故事会官方网站：www.storychina.cn

绿版·下半月刊

社长、主编　夏一鸣
副社长　张凯
副主编　朱虹 吕佳
本期责任编辑　彭元凯
电子邮箱　abigstudio@163.com
发稿编辑
朱　虹 王琦 赵媛佳 田　芳
美术编辑　郭瑾玮 王怡斐
红版编辑部电话　021-5320 4055
绿版编辑部电话　021-5320 4049
地址 上海市闵行区号景路159弄A座3楼
邮编 201101
主管、主办　上海文艺出版总社
出版单位　《故事会》编辑部
发行范围　公开

· 出版发行部 ·
发行业务　021-5320 4165
发行经理　钮　颖
媒介合作　021-5320 4090
广告业务　021-5320 4161
新媒体广告　021-5320 4191

· 融媒体中心 ·
《故事会》微博 @故事会
《故事会》微信 story63
故事中国网　www.storychina.cn
《故事会》网店
shop36332989.taobao.com

故事会公众号　　故事会小程序

国外发行　中国图书贸易总公司
印刷　上海四维数字图文有限公司
发行　中国邮政集团公司报刊发行局发行
国内代号 4-225　定价 6.00元

跟踪

一个男孩开车带着女朋友兜风，发现有一辆大卡车紧紧跟在后面。男孩拐弯，它也拐弯；男孩停车，它也停车。在红绿灯处，大卡车停到了他们边上。

司机从车窗里伸出头来，怒气冲冲地朝男孩的车里扫视。男孩没好气地问："你看什么呢？"

司机看了半天，突然咧着嘴笑了："没事！那不是我的女儿！"

（盘　龙）

（本栏插图：包丰一）

老公的气质

老婆最近在一部清宫戏中扮演了娘娘的角色，老公也跟着沾光，有人夸他气质变好了，说他不愧是守在娘娘身边时间最长的人。

老公听了很高兴，老婆却说："没听出来那是在嘲笑你？"

老公不解地问："你是娘娘，他们说我气质好，不就在夸我像皇帝嘛，这有啥不好的？"

老婆哭笑不得："你想想，哪有长时间只陪一个娘娘的皇帝？守在娘娘身边时间最长的，是太监啊！"

（邹胜龙）

会说话的鹦鹉

朋友问老李："你养的那只会说话的鹦鹉，现在怎么样了？"

老李叹了口气，说："唉，别提了。我才养了一星期，它就死了。"

朋友好奇地问："是得病死的？"

老李忧伤地说："不，它和我太太比赛谁说话说得多，活活累死的。"

（月月鸟）

到底有多大

小张第一天入学，他在校园里拉住一位学长，问道："听说我们学校很大，到底怎么个大法？"

学长想了想，神秘地说："这么跟你说吧，我们学校西边宿舍楼的男生从不和东边宿舍楼的女生谈恋爱。"

小张挠挠头问："这和学校大有啥关系？"

学长笑着说："因为他们接受不了异地恋。"

（利布特）

造 句

儿子做作业时碰到一道题目：用"……像……"造句，他抓耳挠腮了半天，迟迟下不了笔。妈妈想引导一下儿子，说道："你可以写'妈妈像仙女、像明星'之类的呀。"

儿子听后，十分激动地说："妈妈，这个题是造句，不是造谣！"

（徐 天）

威 胁

一个男人来到菜场的鱼摊边，问摊主："鳜鱼怎么卖？"

摊主答："35块一条。"

男人嫌贵，撇了撇嘴，转身要走。

不料，鱼从缸里跳了出来，落到男人脚下。男人吓得一蹦老高，说："我不就是不买嘛，不至于用自杀威胁我吧？"

（暮 春）

跟上帝决斗

大仲马四岁时父亲去世了。这天，母亲看到大仲马正拖着一支很重的枪往台阶上爬。

母亲问道："你要到哪儿去呀，我的孩子？"

大仲马说："到天堂去！"

母亲疑惑地问："到天堂去干吗？"

大仲马气势汹汹地说道："我要跟上帝决斗！他把我爸爸弄死了。"

（月月鸟）

互相谦让

小丽和妈妈一起去超市，可出门走得匆忙，忘了戴眼镜。

超市人非常多，小丽看到眼前有个人朝自己走过来，于是闪身让到一边，结果对方也让到同一边。就这样，小丽让她，她也让着小丽，几次三番下来，谁也走不了，两人面对面站着一动不动。

这时，妈妈走了过来，对小丽说："你都多大了，还跟镜子玩了半天……"

（诸葛贝壳）

密 码

小李胆子小，为了安全考虑，他特地搬到一个装了大铁门的小区，铁门上还设置了密码锁。

这天晚上，小李打电话订比萨，只听比萨店店员非常自信地说道："好的！我们半小时就能送到。您小区的铁门密码还是 1238 吧？"

（格子衫）

弥 补

一位老太太牵着她的猫过马路，突然一辆车刹车不及，把猫给轧死了。

司机赶紧下车，十分诚恳地说："阿姨，我愿意弥补您的损失。"

老太太冷冷地说："行，你跟我回家吧，看看你捉老鼠捉得怎么样。"

（胖 虎）

只要10块

爸爸跟妈妈要钱买烟，妈妈没给，他只好在家生闷气。儿子看到后立马找出存钱罐，把钱全倒了出来。

爸爸心里一阵激动，对儿子说："乖儿子，老爸只要 10 块钱就够了！"

儿子没说话，开始一张一张地数钱。等数完了，他抬起头对着爸爸一脸严肃地说："我当你面数了，一共是 253 块钱。你要是敢拿，我就告诉妈妈！"

（白铁罐）

机 智

小王坐公交车时，突然车子一阵颠簸，他不小心碰到了身前的女孩。女孩骂了句："臭流氓！"

小王愣了愣，急中生智道："够了，我说过会对昨晚的事负责的！"

小王正暗自得意，感觉一只大手按在自己肩头，只听有人说："我是她男友，你解释一下……"（纯碱绿）

中国字

玛丽穿着自己织的毛衣参加聚会，毛衣上还绣着几个她新学的中国字。一位中国朋友好奇地问她："你是在哪里学会这几个字的？"

玛丽骄傲地说："我是照着一张中文菜单描下来的。"

朋友又问："你知道这些字是什么意思吗？"玛丽摇摇头。

朋友笑着说："价廉物美。"

（忘忧草）

照镜子

妈妈给女儿织了一条围巾，让她试一试。女儿围上围巾，在镜子前照了又照，然后指着身边的小狗说："这条围巾给咱家小狗吧。"

妈妈不解地问："为什么？"

女儿说："小狗个头小，还照不到镜子，所以看不到自己围了围巾会是啥样。"

（流沙包）

酒鬼

丈夫是个小演员，最近一直待在家里喝酒。

妻子劝他别再喝了，丈夫又灌了一口说："这次导演让我演酒鬼，我这是体验体验。"

妻子起身就要往外走，丈夫惊道："哎，你干吗要走？"

妻子说："剧本我看过了，那个酒鬼每次喝醉了酒，他的妻子都要出去躲几天。"

（达 达）

本栏目欢迎来稿。请把有新鲜感、有精彩细节的笑话佳作尽快投寄给我们。来稿一经采用，即致稿费，最高稿费为一则100元。本期责任编辑电子信箱：abigstudio@163.com。

炸街男孩

□吴 嫡

严平是山城交警大队大队长。

这天凌晨，他又一次被摩托车排气管巨大的轰鸣声给吵醒，这下，他再也睡不着了，因为他已经被公安局局长痛斥过两次了。

这段时间，城里有一帮小伙子玩上了摩托车。他们玩的可不是普通摩托，都是改装过的大排量特技摩托。山城得天独厚的地形，让这帮精力过剩的家伙，在城里就能尽情地玩，还专挑夜深人静时。他们玩得开心，市民们可就遭殃了，摩托车轰鸣声巨大，改装过的排气管还发出夸张的"啪啪"声，被市民们称为"炸街"。他们听到后，不以为耻，反以为荣，还自称"炸街男孩"。

严平曾组织过几次埋伏行动，想给这帮小伙子一个教训，结果警车刚一出现，他们就骑着摩托车作鸟兽散，沟沟坎坎如履平地，台阶天桥不在话下。警车哪有这个本事啊，只能眼睁睁看着他们逃跑了。之前也曾凑巧抓住过一两个"炸街男孩"，可这帮小子很讲义气，只交代自己的事，坚决不肯出卖朋友，最后只能罚款加拘留了事。

果然，严平当天又被局长痛斥了一顿，说无论如何都要解决！严平憋了一肚子气，找来各支队长开会。有人一句话提醒了严平："要是咱们的摩托车也能玩特技，我非追上一个不可！"严平眼睛一亮，玩摩托车的不是一帮小伙子吗？只要有人能接近这个圈子，还怕找不到人吗？虽然警队里没有年龄合适的，但自己手里就有个适龄男孩啊！

回到家，严平提出了自己的构想，十九岁的儿子很兴奋："爸，我这是可以拿着公家的钱玩摩托车吗？"严平差点被呛到，咳嗽半天说："你想什么呢？我自己出钱给你买。"

严平老婆坚决反对："他刚满十八岁时想玩摩托车，打得最狠的不也是你？反正我不同意他玩摩托，太危险了！"

严平挠挠脑袋说："这不一样，他这次是帮我干正事。而且不许他真的玩，只是让他去那些维修店啥的打听消息，凡是能改装摩托车的地方，肯定有知道这群炸街男孩的。"可老婆还是反对。

无奈之下，严平只好偷偷地给儿子布置任务。儿子一伸手："经费呢？"严平给儿子转了笔钱，儿子摇摇头说："这不够吧，我要买一辆摩托车才行啊！否则怎么去改装店搭讪？"

严平摇摇头说："不需要，你只是去打听消息的，买辆二手的意思一下就行了。但你记住啊，你只是假装去改装，可千万别真给改装了！"

于是，儿子兴高采烈地开始了暗访行动。还别说，他这个年龄，加上之前确实跟朋友玩过几天摩托，气质上也很像，很快那些维修店店主就相信他是炸街男孩了。不过维修店店主绝不承认自己给别人改装过车，偶尔有承认的，也说客户是做特技表演的，别的什么都不知道。

严平听完儿子的汇报，感慨这条产业链上的人还都挺敬业的。儿子开始说服严平，只有半夜出动，才能见到那群炸街男孩。严平犹豫半天，既担心儿子的安全，也害怕老婆的怒吼，最后还是咬咬牙说："你可以半夜出去，但约法三章，第一不许真改装这辆车，第二不许真的去玩什么特技，第三不许超速违章！"

儿子撇撇嘴，还是答应了。当天晚上，他就骑着摩托车出去了，在严平的掩护下，妻子没有发现。可儿子一直到天亮都没回来，妻子追问儿子去哪儿了，严平含糊地说，儿子去同学家过夜了。可他也着实担心，出门就给儿子打电话，结果电话还关机了。

等严平到了办公室，一个支队长兴冲冲地报告："队长，昨天晚上出动骑警队，抓炸街男孩，有一个跑得最慢的，被咱们抓住了。他

还不服气，说什么是替交警大队执行任务，简直胡说八道。我们把他拘留了，要不审审去？"

严平哭笑不得，赶紧去拘留室解救儿子。儿子不服气地说："要不是你规定我不许超速违章，凭他们能抓得住我吗？"支队长也笑了："怪不得那群小子都拼命跑，只有你好追呢。"

儿子挺起胸脯说："我告诉你们一个情报，我昨天跟他们玩在一起了。虽然他们用的都是假名字，车也没牌子，但我记住几个人的模样了，以后碰上肯定能认出来。"

严平点点头，这也算是收获。但儿子接着就抛出个"大炸弹"来："三天后，他们要搞一场大比赛，要穿越全城！比赛路线他们虽然没说全，但我记住了几个地方，到时你们提前埋伏，肯定能抓住几个！"

这下，全队都兴奋了，开始围绕严平儿子的情报设计行动。

当晚，严平激动得睡不着觉，这帮臭小子，三天后非要好好教训你们不可！这时，妻子看着他说："你咋激动得满脸通红啊？"严平嘿嘿一笑，忽然发现妻子的脸也不对劲："你也红光满面啊！"两人纳闷地抬头看向窗外，是窗外的红光照了进来。可这大晚上，哪儿来的红光啊？

突然，手机响了，严平一接，就跳起来穿衣服。妻子问："啥事啊？"严平沉重地说："特大山火！消防队已经上去了，全局干警都要值班，随时准备支援！"

此时，山城的夜空变得通红，空气中弥漫着燥热。消防队员在山上和大火拼命，市民们在山下焦急万分，很多人来到街上，向山头张望。严平的对讲机和电话响个不停，嗓子都喊哑了："山上缺水！消防员

喝的水！也缺吃的！消防员上山下山折腾不起，时间不允许！不管多难，都得给我送上去！"

交警队的摩托车全部出动了，但数量不够，而且山路崎岖，山火还导致好几条小路都消失了。严平心急如焚，抢过一辆摩托车就要亲自冲上山。

就在这时，一阵熟悉的轰鸣声从身后响起，一辆摩托车从他身边冲过，带着"嗡嗡、呜呜、啪啪"的声音，车上挂着满满当当的矿泉水和面包，在崎岖的山路上蹦跳着，却如履平地。

紧接着，各种各样的特技摩托一辆接着一辆，带着刺耳的轰鸣声，向山上冲去。不断有摩托车在山路上摔倒，但骑手们扶起车又继续冲。有个小伙子摔得挺厉害，被人们抬到路边休息，他嘴里还念叨着："等会儿、等会儿我就好了，是水没放好，有点不平衡了，不是技术问题！"

交警们看着这群半大的孩子，百感交集。这真是踏破铁鞋无觅处，得来全不费工夫！这帮自投罗网的家伙就在眼前，可没人有任何动作。一个支队长走过来："队长，你看这……"

严平刚要说话，一辆略显笨重的摩托车也冲上来了，显然这辆没改装过，车上正是自己的儿子。严平举起手，想喊一声，最后还是放下了手，低声嘀咕一句："小心点，你要摔了，你妈饶不了我。"

几天后，大火被扑灭了，当山上传来消息，不需要继续运送物资时，人们欢呼起来。而在山下待命的摩托车手们，个个虚脱地躺在地上，身边是已经快折腾散架的摩托车。

严平带着交警们，给这些摩托车和骑手一一作了登记。看着那些烟熏火燎的脸蛋，严平尽量保持严肃地说："你们这次立功了！不过，摩托车要尽快改回去！还有，不许再炸街了！咱们山城的特技摩托车场地就要开建了，到时你们去那里参加正式比赛！"

这帮小伙子推着摩托车往街上走去，路边的人群中不知道是谁带的头，掌声从零星变得密集而热烈。小伙子们红着脸，但胸脯悄悄地挺了起来。

大火过后，山城的夜晚无比宁静，劳累许久的人们沉沉入睡，再也没有听见炸街声。

（发稿编辑：朱 虹）

（题图、插图：孙小片）

我不是小哥

□ 陈侃

老马和李芳夫妻俩有一个心爱的女儿，名叫马丽，今年刚参加完高考，考了649的高分。这样的学霸，不是学校选她，而是她选学校，想去哪里就可以去哪里。

可到底选哪所大学呢？这一家子出现了严重的分歧。老马想让女儿去清华，李芳却想让女儿在北大深造。问闺女意见吧，马丽却迟迟不吐口，说要再好好考虑考虑。就这样，马丽的志愿填报耽搁了下来。

这天，老马骑着电瓶车下班回家，心里盘算着：今天一定要说服媳妇，必须把闺女的志愿填了！他急着回家，一把掉转车头，准备抄小路往家赶。

就在这时，一辆外卖小哥的电瓶车迎面驶来，眼看就要撞上了，老马大喊："哟，你慢点呀！"

说时迟那时快，逆向行驶的老马猛地打了一下自己电瓶车的方向，车头一歪，直接撞在了路边的行道树上。那外卖小哥也紧急刹住了车。

幸亏打弯及时，没出啥大问题。老马一边庆幸自己的车技，一边想找撞人的外卖小哥好好理论理论。没想到对方见自己没摔着，整了整手里提着的蛋糕盒，头也不回地骑车跑了。

这下可把老马气坏了，回家的一路上直骂外卖小哥缺德，差点撞了人，连句道歉话都没说就跑了。

老马气呼呼地回到家，刚想

跟媳妇李芳抱怨几句，只听李芳在跟电话那头发火："今天是我女儿生日，你怎么到现在还没把蛋糕送过来？"还没等电话那头回答，李芳又大声说道："什么原因我不管，今天的蛋糕一定要给我送过来，要不然我肯定投诉你！"

本来因为填志愿问题就一肚子火的李芳，看到老马进屋，连忙指着老马说道："你说你，叫你回来的时候把蛋糕取了，你非要让外卖小哥送。这下好了，外卖小哥说刚才在路上跟人差点撞上，原本以为没事，没成想蛋糕还是撞坏了，现在得到店家那里重新做一个，最快也要一个多小时，也不知道是不是真的！"

"啊，怎么会这样？"老马说着，又想起刚才差点撞到自己的外卖员，手里提着的不也是蛋糕吗？老马自己嘀咕起来："不会这么巧吧？"

夫妻俩都心事重重地坐在沙发上，时间一分一秒地过去了，谁也没说话。

突然外面响起了隆隆的雷声，看来一场大雨即将到来。李芳终于忍不住先开口道："不知道闺女干什么去了，怎么还没回来？"

老马刚想说话，只听"叮咚"一声，门铃响了，李芳连忙起身去开门。

只见门口站着一个被雨衣裹得严严实实的外卖小哥，小哥头上还戴着头盔，用沙哑的声音快速地说道："您好，美团配送，祝您用餐愉快！"

李芳愣了愣，接过递来的蛋糕，眼睛却一直盯着外卖小哥，突然问道："你怎么送起外卖来了？"

那沙哑的声音又响了起来："我本来就是送外卖的，有什么问题

吗？"

李芳严肃地说："你骗得了别人，还骗得了我吗？快进来把雨衣脱了！"

那快递小哥愣了一下，也突然笑了起来，说道："呵呵，确实没啥能瞒过老妈你啊。"说着，"小哥"脱去雨衣，露出了一张秀气的脸庞。

老马一看，竟然是自家闺女，便提高嗓门问道："小马同学，你到底在演哪出戏呀？"

"爸，我在做入学前的准备呢！"

"入学准备？你好好一个姑娘，到底想干吗呀，居然还当起外卖小哥来了，你说你万一摔了可怎么办啊？"老马气呼呼地接过蛋糕，转身拿到了客厅的餐桌上。

"老马同志，我还想问你，你到底想干吗？你今天骑车回来的时候，是不是逆向行驶差点撞了？"

这下可真把老马吓了一跳："咦，你怎么知道的？"

"喏，你自己瞧瞧。"小马说着就把自己的裤脚拉了起来，指着腿上擦破的一块皮说，"差点跟你撞上的就是我！"

"啊，闺女你没事吧？你怎么这么不小心呀？"

"妈，我没事。倒是爸以后千万不能再乱骑车了！"

老马越听越惭愧，可还是小声嘀咕道："我们家难道还缺衣少食，要让你去做外卖小哥吗？"

马丽顶真地说："爸，首先我得纠正你，我可不是小哥！"接着又说道："爸、妈，你们不要再为我上什么大学吵架了。我已经决定了，我要上国防科技大学，我要当一名中国军人！"

原来马丽很早就下定了决心，要参军学习，报效祖国。同时，为了参军后体能不掉队，她想通过跑外卖来锻炼自己，提前适应辛苦严格的军校生活。

看着女儿自信的面庞，听着女儿坚定的话语，夫妻俩都不说话了。

过了许久，老马拿起刀切了一块蛋糕，看着女儿轻声道："当兵也不是那么简单的，望你咬定青山不松劲！"

李芳接过老马递来的蛋糕，转身递给马丽："既然你这么有决心，爸妈都支持你，就先从外卖小哥做起，练练你的身体，磨磨你的性子！"

"妈……我刚跟您说了，我不是小哥！"

（发稿编辑：彭元凯）

（题图、插图：孙小片）

14

男女那些事儿

◆ 女人们在一起可以干什么呢？可以说是非，常爆笑。

◆ 有些妹子啊，你出门不是化妆，你那是伪装。

◆ 一直劝别人找对象长得过得去、对你好就行，自己却一心想找个好看的。

◆ 当女人说想被当作公主一样对待，她其实是在微妙地向你表达：她需要一个仆人。

◆ 如果一个女生化了很精致的妆出门，多半都不是要去见男生，而是去见女生，因为要自拍。

◆ 男人娶女人是希望她们永远不会改变。女人嫁给男人是希望他们会变。结果他们都失望了。

◆ 婚姻：现代世界最高级的战争形式，是唯一一种参战者会跟敌人睡在一起的战争。

（推荐者：赛　文）

小时候扯过最离谱的谎

◆ 小时候没写作业被老师质问。我说："我做好了，但我妈妈太饿了，把我的作业吃了。"

◆ 看到有陌生叔叔拿糖逗我3岁的妹妹，8岁的我心中警铃大作，上去佯装镇定地牵起妹妹的手对他说："我是这孩子的妈妈，你有什么事吗？"

◆ 在家里的柜子上刻字，爸爸下班回来发现了，问我怎么回事，我告诉他那是柜子自己长出来的。

◆ 说自己迟到是因为喜羊羊被灰太狼抓了，我去救喜羊羊了。

◆ 幼儿园开学第一天我尿裤子了，我很淡定地把裤子脱下来放在桌子上，还跟老师解释说我太热了，想凉快凉快。

（推荐者：郭旺启）

我是这孩子的妈妈，你有什么事吗？

有问必答

◆ 你和妻子的共同语言是什么？

神回复：你干活去！

◆ 谁这条命，也不是大风刮来的。

神回复：蒲公英是。

◆ 太可怕了，我每天都掉一大把头发，怎么办啊？

神回复：知足吧，我一共都没有一大把。

◆ 你这么宅，是不是完全没社交？

神回复：有哇，我每天都给别人点赞！

◆ 怎么优雅地说自己胖？

神回复：有许多事情放在心里不好瘦。

◆ "六一"是儿童节，不是情人节。怎么街上到处都是小情侣？

神回复：还不明白吗？除了清明节，全是情人节。

◆ 你为什么这么黑啊？

神回复：因为我不想白活一辈子。

◆ 你知道老鼠能活多少年吗？

神回复：这个要看猫的心思了。

◆ 原子弹的原理早就公开，为什么很多国家还是造不了？

神回复：书里啥都有，你为什么还是没考上清华？

（推荐者：北 斗）

歪理有道理

◆ 手机在哪里，手就在哪里！

◆ 平时不好好学习，考试就算抄也不敢把分抄高了。

◆ 人们总是拿圣人的标准要求别人，拿流氓的标准要求自己。

◆ 维持友谊的方式：保持距离，互相吹捧，说同一个人坏话。

◆ 整天犯困，生活艰难，性格不合群，长相很大众，说的就是我这种困难群众。

◆ 工作累不累，想想火锅贵不贵；加班苦不苦，想想羊肉和毛肚。

◆ 城市道路交通根本没有行车安全距离这种东西，那是插队的空间。

◆ 嘴笨让我诚实，丑陋叫我忠贞，脱发使我稳重，肥胖让我嘻哈，贫穷使我复古。

（推荐者：小 初）（本栏插图：孙小片）

十五张假币

□ 朱关良

这是20世纪90年代末的事儿了。后堡子村有个首富叫张大发，他开了家木材加工厂，女儿张敏是长女，在厂里当会计；儿子小宝是老二，在厂里帮忙管理。

小宝早早处了女朋友，眼下正张罗着结婚。关于收礼金这事儿，他有些不放心。前阵子有药贩子拿假钞来收药材，很多村民都被骗了，手里或多或少都有点假钱。小宝担心有人把假钱当成礼金送过来，就把收礼金的任务交给了姐姐张敏。张敏是会计，对钱很熟悉，基本上一摸就能知道钱的真假。

婚礼当天，宾客们排着队交礼金，张敏边记账边收钱。有个村民把钱递了过来，张敏伸手接过，察觉出异样，抬头看了对方一眼，这个村民的表情立刻不自然起来。张敏不动声色地将这张钱单独放到一边，用笔在村民的名字下轻轻点了一下。

小宝拿着一张百元钞票走过来，用嘴向旁边努了努："这是李括的，给他记上！"

张敏看着不远处的李括，心中暗笑。两人是一对情侣，李括家里穷，可能觉得一百块钱拿不出手，这才直接给小宝的吧。她接过钞票，心里顿时一沉，这张居然也是假币！张敏气愤地瞪了李括一眼，在他的名字上戳了个洞。

酒足饭饱后，村民们纷纷站起来准备离席。这时，张大发提着一个包从外面进来，清了清嗓子说："大家先别忙着走。我这个包里有115个阄，写着咱村各家的名字，我只象征性收15户人家的礼，其余的礼一律退还。现在我开始抓阄，抓到谁收谁的礼。"说完，他向大家展示了一下包里的阄。

村民们还想谦让，可张大发态度却很坚决："大伙儿有这个心意就好。本来我打算一家都不收，但转念想想这也是喜事，就搞个抓阄热闹热闹。家里有孩子的拿着这钱买点书，有老人的买点补品，也算一起沾沾喜气。不想沾喜气的举手！"村民们都笑了，谁也没再坚持。

张大发抓一个阄，念一个人的名字，直到抓完15个阄，张敏提着钱过来，把其余人的礼金全部退了回去。

乡亲们三三两两地往外走，纷纷称赞张大发这事儿办得敞亮；而被抓到阄的人，表情都讪讪的，他们心知肚明，自己给的是假钱，人家张老板一定是在阄上做了记号，这么做是给自己留面子呢。

李括也被抓了阄，他小心翼翼地靠近张敏，低声问道："我那张钱……有问题吗？"

张敏冷冷地扫了他一眼，厌恶地说："我看是人有问题！麻烦你离我远点，别让人误会我们有什么！"李括如同遭到当头一棒，看了看远处满脸幸灾乐祸的小宝，终于还是一句话没说，失魂落魄地走了。

第二天，李括就拎着简单的行李离开了村子，从此音信全无。

转眼过去了八年。张大发身体不好，将厂子交给了一对儿女经营。张敏聪明能干，转型做起了家具，生意做得越来越红火，可个人问题却始终没有解决。

最近，张敏在省城展销会上谈成了一单生意，南方有位贾总预订了50套高档家具，指定要用水曲柳木制作。由于对方要求的交货时间很紧，张敏打电话通知弟弟立刻开工，还交代一定要保质保量。

张敏还有其他事情要忙，在省城待了一个星期，等她回到厂里，50套家具已经摆在车间里等待上漆了。

张敏开心地夸了小宝几句，然后仔细检查每一套家具的做工。看着看着，她的眉头皱了起来，语气严厉地质问弟弟："我反复交代你所有板材必须用水曲柳木，为什么这些家具的背板和底部都是贴面的？"

小宝满不在乎地说："贴面的花纹和水曲柳木一样，而且都在不显眼的地方，不拆下来，谁也看不出毛病，这样成本能减少三成！"

张敏肺都气炸了："你只看到三成成本，却没想到会毁了我们十成的信誉！马上组织工人加班，把所有家具全部返工！"

弟弟也来了脾气："你自己弄吧，这么短的时间看你能交上货？要是产生违约金，从你的分红里扣！"

张敏顾不上理他，立刻带领工人们返工。等她一上手，顿时明白弟弟为什么要偷工减料了：厂里现存的水曲柳木确实不够做这些家具，若从外面进料，连烘烤带阴干，需要一个多月时间，工期来不及。事到临头，张敏也没有好办法，能做多少做多少，改装三十多套家具后就没料了。

眼看交货的日子到了，小宝搬来了父亲张大发，张敏无奈地妥协了："喷漆吧，希望能蒙混过去。"

张敏亲自押送这批家具到了南方，和订货的贾总见了面。贾总安排张敏休息，另一头组织人员对家具进行验收。等待的过程中，张敏如坐针毡，唯恐对方看出什么破绽。

很快，贾总回来了，略带歉意地说道："张小姐，贵厂的家具无可挑剔，但我们这边出了点状况，不能全部接收，只能留下一部分。"

张敏满脸通红，心道人家这是看出毛病来了，给自己留面子，没提违约金的事呢。她结结巴巴地说道："我能……能理解，您看好的就留下，剩下的我拉回去。"

贾总笑了笑："这样吧，我用这50套家具的编号做了15个阄，抓到哪个留哪个。剩下的35套，

我们帮你联系好了下家，马上就能卖出去。"

张敏脑中如同划过一道闪电，呆呆地看着贾总从包中掏出一个个阄，读出了编号：15个都是质量有问题的家具！

贾总笑道："这15套家具我们留下，待会儿让财务把尾款结给你。另外35套家具的买主在会客室等你，你直接和他谈就好。"

接下来的事情异常顺利，所有的家具以张敏满意的价格出手了。办完手续，贾总笑容可掬地将张敏送到门口："很遗憾，剩下的35套家具我们本来是想收的，但考虑到我们公司的实力，还是量力而行为好。祝张小姐一路顺风，希望以后还有合作的机会。"

张敏坐在出租车上，心中五味杂陈，她忽然对司机说："师傅，麻烦你掉头回去，我还有事要办。"

张敏又来到贾总办公室，满脸愧疚地说："贾总，感谢您没有拆穿我。可生意就是生意，那15套家具质量有问题，请给我点时间，重新制作一批，弥补我犯下的错误。"

贾总笑了："你当年连个解释的机会都不给人家，现在后悔了没？不过，给不给你机会不是我这

个副总说了算的，你还是和我们老总说吧。"

张敏转过头，只见一个干练的壮年男子站在身后，神情复杂地看着自己。虽然隐约猜到了，但张敏还是忍不住惊呼道："李括，真的是你？"

李括眼中闪烁着泪花道："这么多年，我一直想对你说声对不起，当年拿假钱当礼金欺骗你，都怪我太穷了。"张敏也泣不成声："怪我当年不懂宽容，做得太决绝了。"

看着久别重逢的两个人，贾总悄悄走了出去，关上了门……

一个月后，李括和张敏举办了隆重的婚礼。小宝狗腿子似的围着李括跑前跑后，李括趁人不备，恶狠狠地骂他："臭小子离我远点，小心我踢死你！"

小宝觍着脸说道："姐夫，都是一家人了，您大人不记小人过，原谅我吧！"

李括瞪着眼小声说："你小子当年嫌我穷，设计让我和你姐分手，拿假钱换了我的真钱，导致你姐对我失望透顶，这笔账我都给你记着呢。以后再敢弄虚作假，我就把这事告诉她，看她不打断你的狗腿！"

（发稿编辑：赵媛佳）

（题图、插图：陆小弟）

村里有个瞎叔，从小眼睛就是瞎的，因此村里人都这么叫他。瞎叔从没上过学，如今五十多岁了，反而要去学习。

这天早上，瞎叔正坐在院子里晒太阳，村主任走进来，请瞎叔无论如何要帮他一个忙。瞎叔好奇地问："我两眼一抹黑，连活都干不了，能帮你什么忙？"

村主任说："上边派人到村里开砂糖橘种植培训班，镇长叫我最少要找五十个村民去听课。上课时间快到了，我还差十个人没找够呢。你也算一个吧。"

上边经常派人到村里开培训班，说是培训，其实只是拉一条横幅，照几张相就完事。参加培训的村民顶多坐十分钟，就能得五十元误工补贴。

瞎叔早就想参加培训班了，可惜人家不要，这回难得村主任上门来请，他高兴得站起来，连声道谢。村主任坦率地说："瞎叔，我要跟你讲清楚，这次的培训跟以前的不同，最少要听两个钟头，而且只给三十元补贴。"

瞎叔恍然大悟，难怪村主任找不够人。不过，瞎叔原本就干不了活，坐两个小时得三十元，已经很满意了。他拿过拐棍，敲击地面，准备出发。村主任阻拦说："挂拐棍去怎么行？老师一眼就看出你是瞎子了。"瞎叔为难地说："可不挂拐棍，我根本走不到村委。"

村主任说："你扯着我的衣服，我带你去，上完课我再送你回来。"瞎叔求之不得，就抓住村主任的衣服，向门口走去。村主任一路打电话，催村民到村委听培训课。

□ 杨汉光

瞎叔上学

不一会儿，瞎叔跟着村主任来到村委，其他学员也懒懒散散地走来。有人跟瞎叔打招呼，好奇地问："瞎叔，你……"

村主任打断他的话："说话文明点，今天一律叫他二叔，不准带'瞎'字。谁说'瞎'字，小心我扣掉他的补贴。"大家心领神会，都不再叫"瞎叔"。

村委的会议室临时改成教室，负责上课的刘老师已经在教室里等着了。村主任把大伙赶进教室，再把一个本子和一支笔塞到瞎叔的手里。

瞎叔小声问："我又瞎又不识字，要这些东西干什么？"

村主任也压低声音说："你的眼睛虽然能睁开，但还是跟正常人有些不同，所以上课的时候，你要低头假装记笔记，少抬头，更不能跟老师对视。"

瞎叔点点头说："那你可要在本子上写几行字，以防老师检查我的笔记。"

村主任称赞道："你眼睛虽然瞎，但想得倒还挺周到的。"他当即在本子第一页上写道：种植砂糖橘的技术要点。

村主任亲自把瞎叔带进教室，让他坐在最不容易被老师注意的角落里。安排妥当后，村主任就请老师开始讲课。老师数了数教室里的学员，说："还有十几个人没到呢。"

村主任说："那些人不会来了，赶紧上课吧，否则这些人还会走。"

果然，上课没多久，就有人借口上厕所，出了教室。有人开了头，就有更多人跟上，一个接一个地出了教室。教室简直像个市场，不断地有人进进出出。老师很生气，几次停课管纪律，但收效甚微。

还有几个家伙上完厕所后，竟然不回教室了，躲在大树下抽烟聊天。村主任把这些滑头的家伙赶回教室，并下了死命令："谁再走出教室，不发补贴！"

有人问："尿胀也不能出去吗？"村主任气呼呼地说："再胀也忍着，憋不死的。"

即使坐在教室里，也几乎没有一个人认真听老师讲课。大伙对种植砂糖橘毫无兴趣，都希望培训课快点结束，好领那三十块钱补贴。

只有瞎叔是认真的，他始终记住村主任的叮嘱，少往老师那边"看"，只管低头记笔记。直到老师讲完课，坐在旁边那个人才冷不丁提醒道："二叔，你的笔帽还没抽开呢。"

瞎叔摸一摸笔，嘿，笔尖确实还严严实实地套在笔帽里呢。他赶紧抽开笔帽，重新握住笔，摆出写字的姿势。

那人嘲笑道："下课了，还舍不得走？"

瞎叔生怕出什么岔子，急忙把那人往门口方向推："走走走，要你多嘴。"

这时，老师却走过来，站在瞎叔身边说："你是最好的学员，不但专心听课，还认真做笔记。让我看看你的笔记。"

瞎叔暗暗叫苦，只得硬着头皮把笔记本递给老师。他不敢让自己的眼睛对着老师，便低下头，大气也不敢出。

老师接过笔记本，看着村主任写的那行字，轻声念道："种植砂糖橘的技术要点。"他以为下面还有字，就往下翻，可连翻几页，也没翻见一个字。

瞎叔羞愧地说："我写得太少了。"没想到，老师居然表扬说："学习最重要的是态度，你的态度非常好……"

老师越这么说，瞎叔就越紧张，额头上不知不觉冒出一层细汗。幸好村主任赶来救急，在门口喊："刘老师，你上课累了，快去休息。"

老师走后，瞎叔长舒一口气，这才感到后背的衬衣都湿了。

安排刘老师去休息后，村主任亲自给学员们发补贴，瞎叔也拿到了。领了钱，学员们就高兴地回家了，村主任也准备送瞎叔回去。不料，刘老师从休息室走出来说："等一等。"

村主任忐忑不安地问："刘老师，你还有什么事？"

刘老师望着瞎叔说："我想问问，你能说出种植砂糖橘的技术要点吗？"瞎叔低着头，磕磕巴巴地将刘老师上课讲的几个技术要点都复述了一遍。

村主任大吃一惊，刘老师满意地点点头说："我要奖励一百元给这位学员。"说着，他掏出一百元，塞到瞎叔的手里。

瞎叔受宠若惊，激动地问："刘老师，您为什么要奖励我？"

刘老师拍了拍瞎叔的肩膀，说："我仔细观察过了，其他学员纯粹是为三十元补贴来的，对学习毫无兴趣。只有你一人是听得最认真的，虽然笔记做得不多，但都记在脑子里了。"

（发稿编辑：朱　虹）

（题图：陶　健）

赊刀人

□顾敬堂

黄泥崴子是个贫困村，历年来，上级部门派了好几拨机关下沉人员驻村扶贫，但都收效甚微，天长日久，无论干部还是群众都没有信心了。

这天，村里忽然来了个四十岁左右的男子，拿着一个陈旧的账本来到村委会打听。村主任看着账本上的名字很是吃惊："这是哪年的账目呀？好几个人都不在了……咦，还有我爷爷的名字呢！"

得知村主任的爷爷还在世，这个自称赵国栋的人非常高兴，请村主任将名单上还在世的人召集过来，说说这四十年前的账单。

很快，村部里来了百十号人，有些是账单上欠了债的，更多的是来看热闹的村民。

赵国栋给大家问了好，然后切入正题："这是很久之前的事了，我爷爷来过黄泥崴子，赊给大家一些生活物资……"

村主任的爷爷一听就惊呼道："啊！你是赊刀人的孙子？我记得你爷爷，那时候我还是黄泥崴子的村长呢……"

那是四十年前的一个春天，一个货郎风尘仆仆地来到黄泥崴子，他拉着满满一架子车的货物，大多是镰刀、剪刀、菜刀之类的物件。

因为各种各样的原因，村里好多年都没见过走街串巷做生意的人了。村民们觉得新鲜，围着货郎纷纷询问物件的价格。货郎笑眯眯地说："我这车货物呀，只赊不卖！正常一把菜刀八毛钱，我两块钱赊给大家。"

村民们顿时炸锅了："把我们当傻子呀，两块钱谁赊！"

"大家先听我说完。"货郎不急不忙地摆摆手，"等到家家都买上电视机，没人穿补丁衣服，顿顿能吃饱饭，桌上有细粮的时候，我再来收钱。"

"哈哈，我先赊把镰刀！"老村长立刻嚷道，"这不等于白给嘛，你说的这些事儿根本没可能！"

"我赊把犁头，要是你说的事儿实现不了，我可不给钱！"又有一个人接过话头。

其他村民听出了道道，立刻蜂拥而上，一车的货物十几分钟就被赊购一空。

赊刀人拿出账本，挨个记下赊账人的姓名，让大家按下手印，便推着空车子走了。

看着货郎远去的背影，大家七嘴八舌地议论起来，都觉得遇到了傻子，白捡了便宜。老村长却充满向往地说道："我倒是盼着他早点过来收钱呢！"

村民们也咂摸出滋味："是呀，要是他说的这些事都能实现，别说这点钱了，给十倍我们都乐意！"

回忆到这里，老村长感慨地说道："谁能想到，改革开放的风吹到黄泥崴子之后，只过了五六年时间，你爷爷说的话就都应验了！到现在都四十年啦，当年欠的账我还十倍！"

两三块钱的欠账，十倍也不过二三十元，村民们纷纷表示都按十倍来还。

赵国栋微笑着点头说道："来的时候，爷爷让我拿这个账本试试黄泥崴子的民风。如果大家不认账，我转头就走；如果大家认账，我就继续和大家做生意，老规矩，只赊不卖！"

村民们一听，腰杆子都不由得硬了起来。

不一会儿，村外便开来两台货车，上面堆满了米面粮油和生活必需品。大家都看向赵国栋，等他说出赊账的条件。

赵国栋指着东面的一片地说道："等到沙棘果五十块钱一斤时，我再来收钱，并且货物的价格也是正常价，不多加一分钱。"村民们顺着他的手指看过去，那片沙棘树是大家前年栽的，去年零星结了些果子，谁也没太当回事。

没想到赵国栋居然对沙棘果感兴趣。村民们面面相觑一阵，便上前围着两台车挑选起货物来。赵国栋拿出一个新账本，将赊货人的名字记了上去。

很快，两车货物被村民们搬空了，赵国栋笑眯眯地摆摆手，坐上车离开了。有个村民看着自己堆得跟小山似的货物，得意地说道："沙棘果怎么可能卖到五十块钱一斤？你们太傻了，有便宜不占王八蛋，为啥不多赊点？"

老村长白了他一眼道："大城市的物价可贵着呢！人家要是没把握挣钱，会跟你扯这个？他爷爷当年的预言可都成真了！"村主任接过爷爷的话："他们这个行当是从'赊刀人'转化过来的，古时候叫'卜卖'，据说是鬼谷子的传人，估计是根据市场规律做出判断，预测的准确性非常高呢！"

大家又闲聊了一会儿，这才带着赊来的货物各自回家了。

第二天一早，村主任八十多岁的爷爷就出现在他家的沙棘林里，给地锄草、松土、浇水。有人看到后，也跟着到自家沙棘地里忙活起来。很快，全村人达成了一个共识：沙棘果的行情肯定会非常好，否则新一代的"赊刀人"怎么会平白把东西赊给咱们呢！

到了冬天，红灿灿的沙棘果挂满了枝头，村主任通知大家，今天有人来收购沙棘果，五十块钱一斤！村民们吃惊又高兴，吃惊的是，赊刀人的预言竟然成真了；高兴的是，之前都不看好的沙棘果居然真的带来了丰厚的收益。

卖完沙棘果，赵国栋果然来了，村民们心甘情愿地给他结算了赊欠的货款。这还不够，大家都期待地问他："啥时候你再来赊东西？"

赵国栋笑呵呵地说："从明天起，我以第一书记的身份正式驻村，和大家一起振兴黄泥崴子！"

村民们惊讶不已："啊？你不是赊刀人？"

赵国栋摆摆手道："我爷爷是研究市场经济的专家，我现在搞的也是这个专业。当年所谓的赊刀，不过是他老人家到农村考察时，变相扶贫而已。"

"太好了，你来这儿带着我们干，肯定能领着我们脱贫致富！"村民们纷纷鼓起掌来。

赵国栋笑了，脑海中想起临行时爷爷说的话："有些扶贫干部光靠热情不讲方法，把村民折腾得都没信心了。其实要想振兴乡村，首先得把倒下的人心先扶起来……"

（发稿编辑：赵嫒佳）

（题图：豆　薇）

月亮亮了

□张正余

小月今年二十多岁，身材苗条，天生丽质，在一家餐厅做服务员。

这天，餐厅里进来几位男顾客，个个留长须剃光头，穿着少见的奇装异服，嘴里还吹着口哨。小月恰好负责给他们上菜，她动作麻利地端出三盆热菜放在餐桌上，转身准备再去端菜时，只见一个光头色眯眯地盯着小月，油头滑脑地说："姑娘长得美，声音一定更美，请报一下菜名吧。"小月想躲开，光头咧开嘴巴淫笑着说："端菜的不能不知道菜名吧？小心我投诉你！"小月很珍惜这份工作，于是，她咬咬牙鼓足勇气一口气把三盆菜报了一遍，但她却把银鱼炒蛋报成"阴雨炒菜"，把松子肉片报成"胸肌鹿屁"，把香菇笋芽报成"相公审爷"。话音刚落，这伙人顿时笑得前俯后仰。光头掏出一张百元纸币在小月面前扬了扬，嘲笑着说："请美人再报一遍，这一百元小费给你。"

原来，小月虽然相貌出众，但从小时候学说话开始就咬字不清、发音不准，为此没少受到嘲笑，所以长大后她一直很自卑，沉默寡言，能不说话就不说话。此时，小月知道光头在故意捉弄自己，她又急又气，当场就辞职不干了。

就在她要走出餐厅大门的时候，一个年轻人一瘸一拐地拦住了她。小月抹了一把眼泪，打量了眼前的这个人。对方是个残疾人，一脸憨厚相，诚恳地说自己叫谢栋良，是一名特殊的就业援助员。他正好在餐厅就餐，看到小月被欺负，对她同病相怜，决定帮她找到一份合适的工作。

小月听完谢栋良的话，看了看谢栋良出示的身份证件，似信非信地同意了。

这之后，谢栋良东奔西走去寻觅招工信息，当他打听到红泰服装店在招聘营业员后，马上陪小月去应聘。红泰服装店的金老板当即拍板说："我店里规定营业员每月基本工资五百元，销售额中再提取百分之十作奖金，奖金多劳多得，不封顶，你愿意来上班吗？"小月点点头，谢栋良心里的石头这才落了地。

其实，从见到小月第一眼起，金老板的心就被勾去了。他经商十多年，始终没有中意的女朋友，好不容易有了个让他一见钟情的姑娘，因此他一有空就陪在小月身边，有意问长问短，但小月就是不开口，不是摇头就是点头。金老板以为姑娘羞怯，为讨小月的欢心，凡店里新进一批款式新颖的旗袍，他总是让小月穿上去招揽顾客做广告。穿上旗袍的小月成了活招牌，顾客进店后纷纷拥上去问长问短。"这料

是真丝吗？"小月撩起旗袍让顾客自己去摸去体验。"是真蚕丝的旗袍，多少价钱？"小月指指标价仍不开口回答。"太贵了，能打折吗？"小月摇摇头表示不打折，顾客只好扫兴离开。

小月想，若总是这样不说话，怎么可能卖得出去衣服呢？发工资的时候，看到自己只有底薪，她冲动地不告而别，炒了金老板的鱿鱼。金老板联系不到小月，一个电话就打到了陪小月应聘的谢栋良那里。

谢栋良很自责，他本想快点帮小月找到合适的岗位，但没想到对小月造成了二次伤害，他怕小月想不开，就一瘸一拐地去开导小月。

自从离开服装店，小月就觉得看不到希望，自己马上就要三十岁了，同龄的姐妹都结婚生子了，自己却连一份稳定的工作都找不到。她心灰意冷，不吃不喝。谢栋良见状，又心疼又内疚，对小月说："小月妹妹，咱们谈个心吧，你好奇不好奇我这条腿是怎么废的？"

小月以为谢栋良来做说客，会讲一些大道理，没想到他竟然说起了自己的腿。原来，谢栋良从小家境贫寒，十七岁就外出当建筑工人。一次吊车在吊水泥楼板时，钢丝索突然断裂，掉下来的楼板砸断

了他的左腿，命虽保住，腿却残了。伤愈后区残联安排他担任就业援助员，他上任后千方百计帮无业、失业人员重新找到工作岗位。他说："当年我腿压断后也有过寻死念头，但想到我一死，母亲怎么办，也就挺过来了。我没有兄弟姐妹，愿把你当作自己的亲妹妹，我一定会帮你找到适合的工作。"小月听了谢栋良情真意切的一番话，终于又振作起来。

一晃半个月过去了，这天，谢栋良突然急匆匆奔到小月家里，喜滋滋地对小月说："市时装表演队在招聘时装模特演员，我认为你很适合，你愿意去应聘吗？"见小月同意后，谢栋良马上陪小月乘车直奔市里去应聘，教练一见小月的外形条件，当场拍板录用，俩人听了高兴得心差点跳出喉咙口。

加入模特队后，小月很刻苦，开始练走台步时，一天下来她浑身骨头像散了架似的酸痛，身上衣服湿了又干，干了又湿，可她咬着牙没哼过一声。半夜里等姐妹睡熟后，她偷偷从床上爬起来，蹑手蹑脚溜进排练厅苦练走台步。有付出必有回报，她终于成为团队里的佼佼者。

时装表演队经过刻苦排练，终于进行了内部首场演出，得到了审查的领导专家一致的肯定，并决定去全国各地巡回演出。小月的出色表现，谢栋良看在眼里乐在心头。他用手机天天与小月联系，问演出情况、生活上是否习惯。小月对谢栋良也像对自己的亲哥哥一样，无话不说。一眨眼半年过去了，本市要举行一个时装模特大赛，小月也参加了，并闯入了决赛。

决赛那天，谢栋良拿到了观摩

券，早早地赶到比赛现场。比赛开始后，小月第一个上场，只见她高挑苗条的身上穿着鲜艳的服装，迈着专业自信的步伐，犹如天女下凡，台下顷刻爆发出一阵雷鸣般的掌声。比赛结束，小月也毫无悬念地获得了金奖。

到了颁奖环节，小月刚接过主持人递过来的话筒，准备发表获奖感言。一个人突然冲上台，献给了她一大捧火红的玫瑰。小月定睛一看，正是红泰服装店的金老板。原来，自从小月离开服装店，金老板百思不得其解，找谢栋良打听，也得知了小月的真实情况，他犹豫再三后，还是决定来到决赛现场，献上玫瑰花，表明自己的心迹。

小月笑盈盈地从金老板手里接过鲜花，礼貌地向他鞠了个躬，然后她举起话筒，笑容灿烂地说："尊敬的观众朋友、父老乡亲，我小月能圆时装模特的美梦，首先要感谢教练的悉心指导培养、姐妹们的真诚鼓励，还要衷心感谢就业援助员谢栋良哥哥的爱心关怀！"说完，她向台下观众深深地鞠了一躬。

金老板刚退到台下，听到小月的发言，不禁愣住了。小月啥时候能正常说话了？还吐字清晰、字正腔圆？原来，这背后离不开谢栋良

的付出。在具体了解了小月的病因后，谢栋良到处求医问药，后来打听到云南有位老中医，专治疑难杂症，他便带着小月远赴云南。好在天可怜见，经过老中医的妙手回春，小月痊愈了，她终于可以自信地说话了！

金老板还在震惊中没有缓过神来，他吃惊地发现小月手捧红玫瑰，一步一步向台下走去，含情脉脉地把花献给了谢栋良。然后，场上又响起了一阵热烈的掌声……

国庆节这天，小月和谢栋良这对有情人，就在谢栋良工作的居委会的会议室里，举办了简朴又隆重的结婚典礼。此时的小月，就像拨开乌云的月亮，重新闪耀出人生的光芒。

（发稿编辑：田　芳）
（题图、插图：豆　薇）

您手中有没有得意之作？本刊辟有二十多个原创性栏目，如新传说、我的故事和中篇故事等；您读到或听到什么有趣事可以和大家一起分享吗？3分钟典藏故事、外国文学故事鉴赏和脱口秀等都是本刊推荐性栏目。热忱欢迎来稿，可从邮局寄发，也可从网上传递。邮寄地址：上海市闵行区号景路159弄A座308室，邮编：201101；如为电子邮件，本期责任编辑信箱：abigstudio@163.com。

帮倒忙

□ 查老三

夏日的一天，因为下雨不能到田里干活，孙德贵便玩起了手机。突然，全村的微信群跳出一条消息，孙德贵一看，原来是同村的马丽花说她家的小牛掉进蓄水井了，问谁能帮忙把小牛救出来。孙德贵揣上手机，撒腿就往马丽花家跑。

孙德贵之所以这么积极去帮忙，除了他本身是个热心肠外，还有另一个原因：他对马丽花的胞妹马丽娅一见钟情。眼前正是个接近姑娘的好机会，所以特别想好好表现一下。

马丽花家的蓄水井在院子的一角，每当下雨的时候，就敞开井盖往里蓄水，结果小牛不小心掉了进去。孙德贵见蓄水井有一丈多深，可里面并没有多少水，水面只到小牛的膝盖处。但这么深的井，若想把几百斤重的小牛弄上来并不容易。这时，孙德贵看到井旁正好有一大堆沙子，是马丽花的丈夫邓大牛服刑前，买回来准备给院子打水泥地面的。孙德贵突然想起看过的一则故事，眼睛一亮，就按照故事里的方法，找了把铁锹，往井里填沙子。

小牛不断地抖落身上的沙子，惊慌地挪动四蹄，它的身体也随着井里沙子的增高，一点点上升，最后竟然自己走出了蓄水井。这时，刚才一直帮着往井里填沙子的马丽娅，和马丽花一起进了屋里，对马丽花说，她觉得孙德贵脑瓜挺聪明的，长得也挺精神，想和他处对象，问马丽花行不行。

马丽花也觉得孙德贵人不错，可她刚嫁到这个村还不到一年，并不了解孙德贵的脾气人品。马丽花是过来人，这找对象可不能光看长相和聪不聪明，最主要的还要看脾气性格。丈夫邓大牛就是毁在了脾气上。前段时间大牛到镇上赶集，在街上扶起了一个摔倒的老太太，结果老太太的儿子赶来后，硬说是邓大牛把老太太撞倒的，逼邓大牛赔钱。邓大牛做好事反被冤枉，一时没忍住，一拳打掉了对方两颗门牙，构成伤害罪，这会儿正在监狱服刑呢。马丽花孤身一个人在家，就找了胞妹马丽娅来陪自己，谁想到马丽娅却在这时相中了孙德贵。

有了前车之鉴，马丽花可不想让妹妹重蹈覆辙，便对马丽娅说，感情的事儿不能着急，先让她考验一下孙德贵再说。马丽娅知道姐姐为她好，便同意了。

马丽花从屋里出来后，戏精上身般变了副嘴脸，冷着脸对孙德贵说："我刚才光顾着救小牛了，现在才回过味来，你表面看是在帮我，其实却是在坑我。把这么一大堆沙子填进井里，这井以后还怎么蓄水？你要是不把井里的沙子给弄

出来，我就和你没完！"

孙德贵没想到马丽花会这么不讲理。可在马丽娅面前，火气再大也不好意思发呀，他强忍着一肚子的气，用铁锹从井里往外铲沙子，可往外铲哪有那么容易，最后孙德贵回家取来往粮仓里输装玉米大豆的输送带机器，才算把沙子全部清理出来。

经过这件事，孙德贵担心马丽娅像姐姐一样不讲理，便打了退堂鼓。可马丽花毫不知情，还想再考验一次孙德贵。

一段时间后，因为多日无雨，地里的庄稼都打了蔫。这天傍晚，马丽花看到孙德贵带着水泵水管，到村头田边抽水浇地，想到自家的玉米地和孙德贵家的紧挨着，便悄悄跟了过去。

浇灌干旱的庄稼，必须等到太阳落山，不然温差太大，冰凉的井水会把庄稼激出病来。孙德贵接完水管后，忽然听到有女人的哭声顺风飘来，扭头一看，见是马丽花蹲在她家地头抹眼泪。孙德贵还生着马丽花的气，便不想搭理，可又受不了她的哭声，就忍不住问："这么晚了，你不回家蹲地头哭啥？"

马丽花没好气地说："你这人

不长脑子是咋的？你说我能为啥哭？"孙德贵茫然地说："我又不是你肚里的虫子，咋知道你为啥哭？我在这准备往田里浇水，你蹲在一旁抹眼泪，让别人看到不知要咋想呢，要哭你离我远点好吗？"

马丽花说："你家庄稼缺水了，你给庄稼浇水，可我不会用水泵，又扯不动水管，你说我除了哭还能咋办？"孙德贵心想：本来帮你也没啥，可万一浇完田，你再说我浇多了水，让我把水吸出来，那可难为死我了。想到这儿，他也不搭腔，继续浇地。很快天黑了下来，马丽花依然蹲在地头抹眼泪，大晚上的看着让人格外揪心，最后孙德贵还是心软了，帮马丽花浇了地。马丽花顿时破涕为笑。

浇完水后，马丽花这次没有发难，还悄悄对孙德贵说："反正我老公在监狱服刑，要不晚上给你留个门儿，报答报答你？"这话把孙德贵给吓着了，从此他一看到马丽花的身影，就远远地躲开。

经过两次考验，马丽花给孙德贵打了个满分。可当她想找孙德贵说出实情时，孙德贵却总是躲着她。

这天中午，马丽花想吃烀玉米，便和妹妹拎着筐，去村头玉米地里掰玉米。掰了满筐从地里往外走时，

马丽娅看到垄沟里有掉落的玉米棒，顺嘴说了句："看咱姐俩，咋像黑瞎子掰苞米似的，掉了这么多！"俩人忍不住同时大笑起来。笑着笑着，马丽花灵光一闪，对马丽娅说，她已经想出让孙德贵自己送上门的办法了。

马丽娅听完马丽花的想法后，有些担心。马丽花说："放心吧，肯定行！"说完，她顺着垄沟丢下几穗苞米，然后掏出手机，拍了两张照片，发到了村民微信群里，说她家玉米地里好像进了黑瞎子。信息发出后，马丽花拉着马丽娅，钻

进了孙德贵家的玉米地里。

果然，也就过了不到二十分钟，孙德贵就呼哧带喘地跑来，一头钻进了自家玉米地。当看到自家玉米完好无损后，他长长地出一口气，自言自语地说："可吓死我了，以为黑瞎子也进我的地了呢，真是老天保佑！"

马丽花一听，觉得这人不仅胆小怕事，还有点窝囊，就想再考验他一次。想到这儿，她趴在马丽娅耳边轻声嘀咕了几句，然后解开扎头的纱巾，将头发弄乱；再从地上抓把泥土抹在脸上，从青棵子后面走出来，对孙德贵说："你家地里是没进黑瞎子，可我家地里的玉米却被糟蹋了！"

孙德贵见马丽花这副模样钻出来，吓了一大跳，害怕她又出什么幺蛾子，没有多问，转身想跑。马丽花生气地说："我又不是黑瞎子，能吃了你还是咋的，你为啥一见我就跑？"

孙德贵求饶似的说："嫂子，你可比黑瞎子厉害多了，求求你放过我吧，我真的怕你啦！"说完又要跑。马丽花说："你就跑吧！我拍完照片刚发到群里，有头黑瞎子突然就从地里钻了出来，吓得我和

丽娅跑散了，不知道她咋样了……"听了这话，孙德贵收住了已经抬起的腿，转身说："这么大的事儿，你咋不在群里求助啊！丽娅往哪个方向逃了？"

马丽花说："我吓得手机都掉了，要不是看见你，我向谁求助啊！再说，你不怕黑瞎子啊？"孙德贵说："都啥时候了，救人要紧！"

这时，马丽花忽然哈哈大笑起来："德贵，嫂子逗你玩呢！哪有什么黑瞎子。你知道我为什么追着找你吗？实话和你说了吧，丽娅看上你了！我变着法儿为难你，都是在考验你呀！你就说喜不喜欢我家丽娅吧？"说完，她喊出了躲在青棵子里的马丽娅。

见马丽花不是在开玩笑，孙德贵瞅了一旁满脸娇羞的马丽娅，也说出了心里话，说从第一眼起，自己就喜欢上她了。马丽花说："这可太好啦！你有情她有意，那就赶紧在一起吧！"

没想到孙德贵听后，竟埋怨起马丽花来："都怪你瞎考验，现在说啥都晚了！前几天有人给我介绍认识了邻村的一个女孩，我们已经在处对象了！"

（发稿编辑：田　芳）

（题图、插图：佐　夫）

民国初年，有个叫松年的工头，带着一帮匠人在康百万家帮着扩建庄园。他们都是当地的，干了一天活儿，每天晚上回家，次日再来，因为那年月，兵荒马乱的，老婆孩子在家不放心啊。

看到大家如此辛苦，除了让厨房三天两头改善伙食之外，康百万还变相给大家发一些福利。在那个年代，人们晚上照明用的主要还是煤油灯，尽管如此，还是有相当一部分人家因为生活艰难，买不起煤油。康百万便让人在院门口的大水缸里装满油，白天捂上盖子。每天晚上工匠们走时，康家给所有人分一个崭新的瓷碗，然后给每个碗里盛满灯油，再发个灯芯，美其名曰"碗油灯"，让大伙儿回家时照路。

有人舍不得用，走出康家大门就给吹灭了，熟门熟路，摸黑都能走到家。即便不吹灭，一路上用得也很少，把"碗油灯"拿回家后，将没用完的油倒出来。大伙儿也深知康百万的好意，

却不好意思将碗拿回康家，怕康百万再给灌油。再说，那碗也太好看了，光滑，洁白，耀人的眼，他们洗刷干净后，舍不得挪作他用，宝贝一样藏起来。但是，第二天晚上，康百万照例再给每人分个碗，灌满油，分根灯芯，让他们照着路走。

一天一碗油，时间长了，大伙儿都不好意思了，总是百般推辞。松年说："康掌柜，康家有钱，也

碗油灯

□侯发山

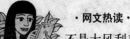

不是大风刮来的，千万不要这样。"

康百万呵呵一笑，捋着胡子说："大伙儿忙碌了一天，黑灯瞎火的，点灯照路，安全要紧。"

"康掌柜……"松年咂咂嘴，他还想说，你管吃管喝，还要给我们发工钱，已经待大伙儿不薄了。

康百万摆摆手打断松年的话，说："这点油对康家来说，那是九牛一毛。"松年知道康百万认准的事，十头牛也拉不回，不再吭声。

就这样，一天一人一盏碗油灯，一转眼就到了腊月二十三。这天是当地的小年，依照惯例，是结算账目的日子，毕竟新年不欠旧年账。吃罢午饭，康家工地也放假了。康百万破例没有给清算工钱，说过几天给大伙儿带话。康百万的为人在本地有口皆碑，松年和大伙儿也没有想那么多，就放心地背着斧子、瓦刀之类的工具往家赶。

松年走到青龙山脚下时，被四五个蒙面的土匪给截住了。为首的是一个瘦高个，他举着明晃晃的大刀，恶声恶气地说："老老实实交出工钱，可免你遭受皮肉之苦。"

松年双腿打战，结巴道："好，好汉，康家没给结算工钱啊。"

瘦高个冷笑一声，说："瘦死的骆驼比马大，何况康家这匹骆驼越来越壮实，会欠你们的工钱？坟上烧纸，蒙鬼去吧。"

"真的，好汉可以去打听一下。不信的话，可以搜身。"松年此时不再害怕，因为他身上除了工具，确实没有银钱。

瘦高个举着大砍刀上前搜身，果然啥也没搜到。狗咬尿泡空欢喜，他沮丧地踢了松年一脚："倒霉！滚！"闻听此话，松年便跟撵兔子似的跑走了。

后来，松年听说，他们这伙匠人在回家的路上都有相似的遭遇。他们都说，幸亏康家没结算工钱，要不然，全都落到歹人手里了，这个年就没法过了。

腊月二十六，康百万给松年捎信说，那些装油的碗都是中上等的巩县白瓷，可以到集市上变现，算是康家支付的工钱。

对于巩县白瓷，松年略知一二，他抱着试试看的态度，揣了两个赶到集市。没想到，一个碗卖了十个铜圆，而当时巩县县长的俸禄为二百个铜圆。至此，松年才明白了康百万的良苦用心。

（推荐者：鱼刺儿）

（发稿编辑：田　芳）

（题图：豆　薇）

半个饺子

□李清浅

男孩和女孩谈了一年的恋爱。在他看来，女孩朴实善良，男孩想一辈子呵护她，却一直迟迟未带她去见远在老家的父母。

打他记事起，妈妈的眼睛就不太好，只能隐约看到模糊的影子。他鼓了许久的勇气才对女孩袒露。原本担心女孩会嫌弃妈妈，结果女孩牵着他的手柔声说："妈妈的眼睛不好，还把你养得这么好，肯定很不容易吧，抽时间带我回去看看她吧，我想对她说声谢谢。"七尺男儿，因为她体贴明理的一句话，感动得湿了眼眶。

晚些时候，男孩打电话告诉妈妈，说过年要带女朋友回家，妈妈犹豫了一下才问："她知道我的事

儿吧？"妈妈一向担心自己的眼睛会成为儿子找媳妇的"绊脚石"。

男孩心疼极了，说："妈，你放心，她知道，她和别的女孩不一样。"电话那头的妈妈停顿许久，才连说了两个"好"字。

女孩是大年初三来他家的，全家人齐齐上手准备那桌饭。那是给未来儿媳妇准备的见面饭，是他家几年来最隆重、最用心的一餐。平日家里做饭的是爸爸，担心他忙不过来，妈妈也帮忙包饺子。

很快，菜陆续上桌，凉的、热的、荤的、素的，摆了满满一桌子，女孩吃得津津有味，不停地夸这个好吃那个好吃，男孩有些感动，也有些欣慰。

男孩欢喜地看着她大口吃菜的样子，大大方方的，显得特懂事，他好想亲亲她的脸蛋儿，说一声"谢谢你"。

热腾腾的饺子上桌了，父亲给女孩盛了满满一大碗，她忙接过，说了句"太多了"。男孩知道她已经吃了许多菜，这一大碗是有点为难她了，便体贴地说："你先吃，吃几个算几个，剩下的我吃。"说完才发现父母脸上有些笑意，他顿时红了脸，而女孩也低下头，小口小口地吃着饺子。

突然，女孩发出了一声剧烈的咳嗽，男孩紧张地站起来为她拍背，还倒了一杯水给她。女孩喝了一口水，解释是吃得太急，呛着了。男孩笑着让她慢点吃，猜她肯定还是有点紧张，毕竟是准媳妇第一次见公婆嘛。

女孩继续若无其事地吃饺子，满满一大碗，吃得干干净净。男孩心里蓦地就有了些底气，觉得这一餐后，他和女孩的事基本就算定下来了。

晚些时候，男孩送女孩回家时，问她对他父母的印象怎么样。她笑了，说："很喜欢他们，很善良、很朴实。"她说这些话时，两只眼睛特别亮，把头顶上的星星都比下去了。

男孩的心倏地就落了地，拉起她的手，猛然发现她白色的外套口袋中有东西似要掉出来，便提醒她，她忙说："没关系，没关系……"躲闪中，半个饺子竟从她的口袋中掉了出来。

女孩的脸蓦地涨得绯红。

男孩惊讶极了，为什么会把饺子装到口袋里，而且是半个？

女孩咬着下唇不肯言语。他捡起来，发现里边有一根白发，应当是妈妈帮忙包饺子时不小心包进去的。怪不得她被呛得咳嗽，可为了避免家人尴尬，她一时情急，竟把那半个饺子偷偷塞进了口袋。

男孩一时哽咽，说："对不起，让你受委屈了。"

女孩笑了，淡淡地说："我到你家看到这一大桌子菜就想好了，无论和你成不成，叔叔阿姨这么用心地给我准备饭菜，我一定要好好吃。"

就是那一刻，男孩决定娶她为妻。那么善良的女孩，除了一辈子和她在一起，他不知道如何表达他的喜欢。

（推荐者：悠　悠）

（发稿编辑：朱　虹）

（题图：陶　健）

□ 杨哲

天津闲人

堂子胡同有位先生，官名苏玉堂，在小学堂教书，平时两耳不闻窗外事，一心只知教学生。

一天，苏玉堂三岁的宝贝儿忽然发高烧，吃了三付中药后，烧却一直没见退。他急忙把宝贝儿送到了西医院，结果诊断为急性肺炎，需住院治疗。

苏玉堂交不出三十块银圆的住院费，他又不愿找人张嘴，就想起了家里那对帽筒。老爷子生前曾说过，那是正经八百的嘉庆官窑，值俩钱儿，可以救急。

苏玉堂拿包袱包了一只帽筒，来到估衣街。这里是津门最繁华的地界儿，古玩铺一家挨着一家。他迈进了东头一家叫泰记的古玩铺，里面坐着一人，正和瘦掌柜聊天。

苏玉堂从包袱里拿出帽筒，瘦掌柜接过后，仔细瞧了一会儿："先生，您想卖多少？"苏玉堂回答："一百吧。"瘦掌柜笑了笑，说："忒高了。我给您个实在价，五十。"苏玉堂摇了摇头。

这当儿，铺子里坐着的那人起身走了出去。

瘦掌柜把帽筒放在了柜上："五十已然不少了。要不，您到别家去试试。"

苏玉堂包好帽筒离开了泰记，迈进另一家古玩铺。那胖掌柜瞧完帽筒说："帽筒一般都是成对的，另一只呢？"

苏玉堂说就这一只，于是胖掌柜报了四十五块。苏玉堂一听，比头一家还少五块，决定去别家再问问。奇怪的是，他又接连去了两家古玩铺，报价却一家比一家低，第四家古玩铺才给出三十五块，掌柜的还一副你爱卖不卖的埋汰样儿。气人！

最后，苏玉堂没辙了，只好又硬着头皮返回泰记，还是这儿价最高。不巧的是，瘦掌柜不在，大伙计的报价却变成了四十五块，而且还是一口价。苏玉堂心想，真是无奸不商啊，要再去第二家，一准还会杀价。他只好答应，拿到银圆后，麻利儿赶往西医院。

折腾了几天后，宝贝儿终于痊愈出院。苏玉堂的同事王先生闻讯，晚上前来探望。

王先生见桌上就一只帽筒，问："另一只呢？"他好收藏，几次想买苏玉堂的这对帽筒，都被婉拒了。

苏玉堂叹口气说卖了，只卖了四十五。王先生有些惊讶："正宗的嘉庆官窑，怎么才卖这么点儿？至少也得卖个百八十块啊！"

苏玉堂无奈地摇了摇头，把卖帽筒的经过讲了一遍，叹了口气。王先生想了想问："你进第一家古玩铺时，里面有旁人吗？"

苏玉堂点了点头："有一人在和掌柜子聊天。"王先生又问："他是在你前面离开的吧？"

苏玉堂"嗯"了一声，王先生忽然笑了："你呀，着了掌柜子和闲人的套儿啦！"

原来，津门有一种人，整天在繁华地界儿的店铺晃悠，看上去无所事事，其实是在寻摸做无本买卖的机会，这种人就是天津闲人。泰记那人一准是个闲人，瘦掌柜给帽筒报完价后，苏玉堂不乐意，这人立马就去别家古玩铺，把泰记的报价告诉他们。等苏玉堂进去时，那些掌柜报的价格一家比一家低。临了，还是泰记的报价最高，苏玉堂去吃回头草，大伙计出面再杀一回价，这买卖就成了，中间的差价就全归了闲人。

苏玉堂听后，慨叹一声："真是人心不古啊！"

王先生瞧着帽筒，有点惋惜地说："你留这只也没嘛意思了，不如卖了，手头宽裕一点。我给你想一辙，给你卖个高价吧。"

苏玉堂心想也是，就点头答应了。

到了礼拜天，苏玉堂就按王先生说的，又来到泰记，打开了包袱皮："掌柜的，这只帽筒你给多少？"瘦掌柜睃完后，说："跟上回一样，五十。"

苏玉堂冷笑一声，抱着包袱

就走了。这回，他没去紧挨的第二家古玩铺，而是直接去了第五家。掌柜的看完帽筒后，开口就给了一百。

苏玉堂心里有了数，要价四百。掌柜的乐了："这价已经不低了。如果您有一对，我立马就给您三百。"

苏玉堂摇摇头，又来到第六家古玩铺，果然如王先生所说，这家店的出价是九十块。

苏玉堂转身就回家了，又把这事儿告诉了王先生。王先生点了点头："接下来，咱就来个守株待兔，等鱼儿上钩！"

没过几天，苏玉堂正在家看书，忽然进来一人，细高个儿，穿一件长衫。他开门见山地说："苏先生，我想买您那只帽筒。"

苏玉堂有些纳闷儿，这人怎么知道我家有帽筒啊！但他还是按照王先生教的，回答道："对不住了，不卖。"高个儿笑了笑："苏先生，帽筒讲究配对，留一只的话，您就是再收藏十年，价值也高不到哪儿去。您不妨考虑一下，如果卖的话，我给您一百五十块。您上估衣街打听打听，就知道我出的价高还是低了。"说完，他就起身告辞了。

转天，王先生听完这件事后，对苏玉堂说："少了四百不卖！"

苏玉堂十分惊讶："能卖这么高吗？"

王先生呵呵一笑："你就把心放肚子里，说四百就四百。他一准买！"

这周礼拜天，高个儿提溜着一盒桂顺斋的点心盒子又来了，问："苏先生，您考虑得怎么样了？"

苏玉堂伸出了四根手指头："少了这个数，我就不打算卖了。"

高个儿嘬了嘬牙花子："这也忒高了吧。我再给您加五十，两百！"苏玉堂摇了摇头："我也

不瞒你，已然有人出了三百。这人说，要是配成对儿，最少出六百。"

高个儿愣了一下，咬咬牙道："得，苏先生，我给您加到三百五十。怎么着您也得让我挣俩跑腿钱吧？"

苏玉堂琢磨了一下说："那你搂走吧。"

王先生知道后略觉遗憾："你要是再绷一绷，四百块一分不少！"苏玉堂笑了笑，请他上登瀛楼吃大餐，聊表谢意。

吃饭时，苏玉堂十分好奇，问王先生："你怎么就确定那只帽筒能卖到四百块呢？"

王先生笑道："我去了趟泰记，看了你那只帽筒，对瘦掌柜说想买一对。瘦掌柜问我出多少钱，我报了六百，他答应寻摸，并预收了我五十块钱的定金，期限为一周。"

苏玉堂又问："那个高个儿怎么会知道我家有帽筒呢？"王先生用手指敲了敲桌子："你仔细琢磨琢磨，我为嘛让你抱着帽筒再去一次泰记啊？就是给闲人一个机会！你说，闲人还能闲着吗？"

听到这里，苏玉堂恍然大悟，合着高个儿是泰记打发跟踪自己的闲人啊。

苏玉堂掏出钱来，还了王先生五十块，不能让他替自个儿的买卖搭钱。王先生也没客气，哈哈一笑收下了。

一天下午，苏玉堂外出办事，路过估衣街时，心中好奇，便走进泰记古玩店，果然在柜阁子上看到了那对帽筒。他问伙计："这对帽筒卖多少钱啊？"

伙计回答说："您来晚了，这对帽筒已经被人预订了。"苏玉堂知道，这人就是王先生，心里不由想道：哼，那预订的人可不会来喽！

半年后的一天，苏玉堂去一学生家家访。主家是个洋行的买办，家里有钱，爱摆个谱儿。在客厅里，苏玉堂忽然发现高茶几上摆放着一对帽筒，正是自个儿卖给泰记的那对。

苏玉堂忍不住多了句嘴："您这对帽筒不错，赏心悦目。"

买办客气地笑了笑："这是几个月前一个闲人推荐的，价格还算公道，一对九百块。对了，这人正是贵堂的一位先生，您应该认识。"

家访后，在回家的路上，苏玉堂苦笑着摇了摇头："看来，这天津卫的闲人还真是闲不住啊。"

（发稿编辑：赵婧佳）

（题图、插图：刘为民）

金某是个准妈妈，因为自己妈妈和婆婆身体都不太好，所以金某和老公决定，孩子出生后，就请住家育儿嫂来照顾。金某很慎重，比对了好多家政公司，才选定了一个姓李的育儿嫂。李某四十多岁，有多年从业经验。金某觉得李某谈吐亲和，也很专业，就签了合同。

很快，金某诞下宝宝，李某也按照合同约定，住进了金某家，照顾产妇和新生儿。月子里，李某把金某母子俩照顾得都很好，金某很满意，双方相处也算融洽。在宝宝5个月大的时候，遇上了国庆假期，金某夫妇决定带孩子回城郊的父母家住几天，就给李某放了3天假。但李某家住在比较远的外地，是孤身一人在这个城市打拼，所以她并没有选择回

家，金某就好心地让李某住在自己家中。

假期过得很快，3天后，金某一家返回，大家生活照旧。

但在月底结算工资的时候，李某突然提出，国庆的3天是带薪假，也要算3天工资，共计1000元左右。金某愣了，因为当初她和李某签订的合同里规定的是日薪制，也就是李某的工资是按日结的，那3

日薪制保姆能带薪休假吗

□志 武

天，李某不用带娃，不用干活，吃住还都在自己家里，为啥自己还要额外支付工资？

金某当即说出了不满，但李某表示："我们公司统一这么收费的。"并坚持要金某支付这钱，为此，双方闹得很不愉快。

金某越想越觉得不合理，就去找别的家政公司咨询。家政公司的工作人员告诉金某，现在住家阿姨享有全年法定节假日 11 天，其中春节和国庆都是 3 天。"这 11 天法定节假日，我们规定都是带薪休假的。"工作人员还特别指出，"也有其他人对此质疑过，但是签合同前，都会和阿姨沟通这个问题。"

金某回到家后，赶紧翻出当初和家政公司签订的合同，发现合同中确有约定，阿姨一年有 11 天法定节假日，上班的话要付两倍工资，但并没有提到，没上班也要工资照发。想到这里，金某决定去咨询律师。

律师听完金某的讲述，又看了看合同，说："你们签订的是劳务合同。劳务合同就应以双方约定的条款为准，支付或不支付薪酬。你看，你们的合同里明确写有'阿姨享有 11 天法定节假日'，这种约定其实就是默许了'带薪休假'。"

金某忙问："也就是说，那几天不管育儿嫂住在我们家，还是到别处休息，我们都得给她付工资？"

律师点点头说："没错，按照合同，如果那几天你们不放她假，让她上班，就要付两倍工资。"

律师点评：

该故事涉及的一个法律问题，即日薪制期间法定节假日计算方法。

根据法律规定，法定节假日期间，用人单位安排劳动者在休息日工作而又不能安排补休的，按照不低于 200% 日薪酬支付工资。

故事中，根据合同约定，居家保姆全年享受 11 天法定节假日（其实就是法定内容）。那么，如果保姆正常享受了节假日休息，则金某依据规定支付相应日薪酬；而如果保姆在这法定节假日里仍坚持顶班，金某还应承担保姆双倍工资。

（发稿编辑：田　芳）

（题图：张恩卫）

绿版编辑部电子邮箱：
朱　虹：zhong98305@sina.com
王　琦：wangqi_8656@126.com
赵媛佳：babyfuji@126.com
田　芳：greygrass527@126.com
彭元凯：abigstudio@163.com

一块猪肉

□ 梁柱生

牛娃今年十二岁，靠给地主放牛为生。这一年，红军来到他们县，打了胜仗后，就把地主家的田地分给大家，还把地主家的几头大肥猪杀了分给大伙儿。牛娃领到一块油汪汪的肥肉，忍不住伸舌舔了一下，长这么大，他还没吃过猪肉哩！

爹用这块猪肉给儿子炒了盘回锅肉，牛娃夹起一片塞到嘴里，油滋了满嘴，真香啊！他陶醉得闭上了眼睛，嘴里喃喃道："红军真好，我也想参加红军。"

爹眼里噙着泪，对儿子笑道："你还没枪杆高，咋个参加红军？快吃吧，猪肉冷下来就没有那么香了。"

牛娃捒起一块肉片，塞到爹的嘴里，又问道："爹，野猪肉也有这么香吗？"

"比这还香……"爹说着，脸色变得悲戚起来。

这时门外有人喊："牛大伯在家吗？"牛大伯一看，是红军梁连长，手里提着一块二刀肉，就是靠近猪后腿的肉，足有两斤多重。

"哟，都吃上啦？"梁连长笑着打招呼，"猪肉分到最后，还剩一块，就给你们提来了。我看到牛娃领猪肉时舔了一下，后来听村民们说，他从来没吃过猪肉，这不……"他举了举手里的肉。

牛大伯摆手道："这咋好意思，我家已经分到一块了！"

梁连长说:"我们也是有事相求。牛娃,你爬过那座叫鹅颈项的山没有?"

牛娃点点头:"放牛时,我常爬上去找野果吃,一次还在山上逮到一只野猪崽……"

梁连长拍了拍牛娃的肩膀:"那好,你今晚就带我们爬上鹅颈项,敲掉那里的守敌!"

牛娃一听,兴奋地拍了拍胸脯:"包在我身上!"

是夜,在淡淡月色中,红军悄悄摸到鹅颈项背后,在牛娃的带领下,攀藤蹬石而上。到了山顶,他们出其不意地向守敌发起攻击,活捉敌团长,击毙了作恶多端的民团敢死队长陈大牙。

牛娃上前连踢几脚陈大牙的尸体,骂道:"还我野猪!还我娘!"

原来,牛娃两年前捉到一只小野猪,抱回了家。陈大牙听说后,叫团丁过来抢走了野猪。牛娃娘气不过,到民团去说理,结果不但没把野猪要回来,还被陈大牙糟蹋了。她十分悲愤,吊死在民团门口。

牛大伯听说红军替他们父子报了仇,觉得更不能要梁连长送来的二刀肉了,应该给红军伤病员吃。可他回家拿肉时,却没看到猪肉,也没看到儿子。于是他拿上柴刀篾条上山,打算砍些枯枝给红军食堂送去,却发现儿子跪在其母坟前,前面摊着一张宽大的芋叶,上面放着那块二刀肉。

"娘,红军一来,我就吃上猪肉了,可香啦!昨晚我带路,红军把陈大牙杀死了,为你报了仇!红军可好啦,他们把地主老财的田地粮食都分给了乡亲们。这是红军分给我们家的猪肉,爹说叫二刀肉,是猪身上最好的,你闻一下吧……"

牛大伯静静地听着儿子絮叨,老泪纵横。

祭奠完毕,牛娃提起那块猪肉,朝红军临时医院走去。牛大伯见状,感到十分欣慰。

谁知吃晚饭时,牛娃却变戏法似的从卧室里拿出一块二刀肉,放到饭桌上:"爹,咱们看肉吃饭!"

牛大伯一愣,牛娃不是把这块肉送到医院去了吗?他拿起猪肉,感觉特别沉,睁大眼睛一瞅,原来是块石头,上面的色泽纹路跟猪肉一模一样,甚至还有肉皮和瘦肉肥肉。

牛娃得意地说:"这是在陈大牙指挥所缴到的奇石,红军送给我作纪念哩!"

(发稿编辑:赵媛佳)

(题图:豆 薇)

矮虎摸鱼

从前，有个货郎因为个子矮，人称"矮虎"。这天，矮虎沿街叫卖，行至护城河时，他看到很多人在河里摸鱼——原来，因为天旱，护城河里的水变得很浅，只有一般人的大腿深。矮虎突然想起，今天出门时，病卧在床的老娘说想吃糖醋鱼，于是就打算下去摸几条。

一入河水，矮虎才发现，河水到了他的胸口，他弯腰去摸鱼，鱼还没摸着，却滑进了一个深水坑，扑腾了好半天也没浮上来。多亏旁边一个人拉了他一把。许多人看了，不由大笑起来。矮虎感到很不好意思，就爬上岸来，准备离去。可他刚走了几步，又折身回来了。一个摸鱼的说："矮虎，你还是先回家在洗脚盆里学会游泳再来吧！"矮虎并

不理会，他放了担子，坐在河堤上，不急不躁地看着。

天色渐晚，一些人提着鱼走上堤来。这时，矮虎便大声吆喝起来："糖果糖豆糖葫芦，针头线脑擦脸油！都可以拿鱼来换喽！"有人拿一条鱼换两串糖葫芦给儿子吃，有人用一条鱼换一瓶擦脸油给媳妇用。就这样，不大会儿，矮虎就有了好几条活蹦乱跳的鱼。见又有几个拿着鱼来换东西，矮虎赶紧收拾担子，说道："不换喽，够俺老娘吃几顿啦！"说罢，他提着那一串鱼，乐滋滋地回家给老娘做糖醋鱼去了。

所以说，失败了不要气馁，换个思路，也能通往成功的彼岸。

（作者：王宏理；推荐者：柳　白）

可能与一定

临时搭建的简陋帐房里，老医生正在为一位情况危急的急救病人进行手术。快结束时，因为要缝合一个关键部位，老医生让助手帮他摘掉眼镜，更方便进行操作。突然，患者一个咳嗽，血喷在老医生的身上、脸上，甚至眼睛里。助手快速擦了血后，老医生又接着进行止血、缝合，终于顺利完成了手术。

手术结束后，患者随即被送到大医院接受进一步治疗。幸运的是，患者的各项指标都正常，没有任何传

染病。助手松了一口气："幸好，否则就太危险了。医生，您忽略了一点，患者随时会出血，让您受到感染。""我知道呀，他的病就是这种情况，随时都可能发生意外。"老医生回答。

助手很吃惊，既然如此，为什么还敢做出让自己暴露在危险境地的举动？老医生看着助手，一字一顿地说："摘下眼镜，我会有遭遇危险的可能；可如果不摘眼镜，甚至放弃救治他，那他就一定会有危险。一个未知的危险和一个确定的危险，在当时有限的条件下，我别无选择。"

人性本善，在保证自身安全的前提下，大部分人都愿意向他人伸出援手；而在自身安危遭遇风险的情况下，选择明哲保身也无可厚非，但那些毅然选择救助他人的人，表现出来的无私、忘我以及大无畏的精神，永远值得我们学习、歌颂并铭记。

（作者：张君燕；推荐者：白　雪）

外祖父经营的农场里有几匹骏马。这天，我和表哥各自挑选了一匹来赛马。我有些掉以轻心，没有投入全力，所以输掉了一场比赛。但是最终结果还是不错的，我和表哥的战绩都是一胜一负，打了个平手。听了我们的战况汇报之后，外祖父问道："你获胜的是哪一场？"我愣了一下，并不明白外祖父是什么意思，难道有什么不同吗？

"第一场谁获胜了？"外祖父再一次问道。我只好如实回答："第一场表哥获胜，第二场表哥输了。"外祖父点点头，接着说："那么，这次比赛真正赢的人是表哥。"外祖父的话让我大为震惊，这是什么道理？

"如果只有一场比赛呢？"外祖父看着我，平静地说，"如果这是一场决赛，一局定胜负，那么，你觉得最终获胜的人是谁？"

天呐，我从来没有想过这些！我只是觉得，错过一次机会，下次总能找补回来。但却没有意识到，有时候，当你输掉一局之后，就永远失去了再来一次的机会。在后来的人生中，每次面临比赛或者需要做事的时候，我都会拼尽全力，把事情做好。因为我知道，每一场比赛、每一件事都很重要，如果错失，可能就没有再胜一次的机会了。

（作者：乔凯凯；推荐者：鱼刺儿）

（本栏插图：陆小弟）

每一场都很重要

学写作文，从读故事开始

多萝西·L·塞耶斯，英国著名侦探小说家，是公认的二十世纪最出色的侦探小说作家之一，参与创建了英国侦探小说俱乐部。

喷 泉

斯皮勒是个有钱人，妻子多年前已去世。三年前，他和女儿搬来郊区，买下一处庄园。在这里，他结识了寡妇迪格比夫人，两人互相都颇有好感。

有个叫古奇的男人，经常来斯皮勒这里做客。迪格比夫人不太喜欢古奇，她觉得此人很怪，还经常出言不逊，她不明白为何斯皮勒要和这种人做朋友。

最近，斯皮勒在花园里修建了一个喷泉，请大家来欣赏。喷泉在方形大理石基座的中央，舞动的水柱几乎和高大的丁香树顶齐平，飞溅的水珠润湿了附近的灌木。

古奇看着喷泉，冷不丁地说："不得不说，你是个懂花钱的人。"说完还发出一阵刺耳的大笑。斯皮勒简短地回答："我不是百万富翁。晚上我会把喷泉关掉，免得浪费。"

晚饭后，女儿和男朋友提议打桥牌，在座的只有古奇不会打桥牌，他也毫不在意，他让管家马特给自己拿来威士忌和雪茄，说要去喷泉那里坐坐。

其他四人一直玩桥牌到十点半，迪格比夫人起身说该回去了，斯皮勒殷勤地送她回家。回来时，斯皮勒在前门碰到马特，对方向他汇报说女儿的男朋友几分钟前回去了，女儿已经上楼休息，但他不太肯定古奇回屋没有。

斯皮勒问喷泉关了没，马特答说十点半时他已经关掉了，于是斯皮勒让马特去休息，他来锁门。

斯皮勒将房子的两个大门闩好后，独自在书房歇息，突然，古奇从落地长窗走进来。他喝多了，但神智还算清楚，开口道："和那个寡妇打得火热，嗯？做富人的滋味不错，是吧？你这个幸运的老狗！"

斯皮勒温和地说："好啦，去睡觉吧，时间不早了，我累了。"

古奇摇摇晃晃地说："我没钱了，你得再给我5000镑。"

斯皮勒生气了："我已经按约定付钱给你了，不会再多你一个子儿！"

古奇提高声音说："我不是马特，你少跟我这样说话，你这个该死的犯人！"

斯皮勒赶紧朝周围看看，同时请求古奇安静下来。原来，斯皮勒年轻时假造文件骗了银行一大笔钱，被古奇识破并掌握证据，从此受到要挟，要是古奇曝光这个秘密，斯皮勒将面临十年牢狱之灾。

斯皮勒息事宁人地说，自己没办法一下子拿出5000镑，开一张500镑的支票行不行。

古奇叫嚷起来："你花大钱修建喷泉，却没钱给我？我要让你女儿和那个寡妇知道，你随时可能进监狱！"

斯皮勒最在乎的两个人就是女儿和迪格比夫人，他终于失去控制，一拳打了出去，但他没想到自己出拳这么猛，只见古奇侧身一个趔趄，倒在桌下。他的太阳穴上有个深凹，但没有血迹，肯定是撞到桌角的黄铜包边了，古奇跌倒的响声很大，但书房上面是客厅，楼上的人应该没听到。

斯皮勒擦掉头上的汗珠，给自己倒了杯白兰地，镇定下来。古奇死在他家里，警察会来，会采集他的指纹，会发现他不可告人的秘密，一想到这个，斯皮勒浑身发抖。

他需要一个自己不在犯罪现场的证明……他冥思苦想出几个点子，但都行不通。突然，他一拍大腿，想到一个绝妙的主意：让死亡时间提前！要是能证明古奇十点半之前已经死亡，那他就有三个牌友替自己作证了。

斯皮勒看了一眼手表，十一点二十。他找到一支电筒，从落地长窗出去。窗边的墙上是喷泉的开关，他打开开关，往喷泉方向走去。当踩上喷泉周边的草地，他感觉细小的水珠扑面而来。借着电筒光，他看到紫杉树下的长椅上果然有个空酒瓶。斯皮勒故意叫道："古奇！古奇！"四周静悄悄的。他又回到书房，从现在开始，自己得蹑手蹑脚，不能发出任何声响了。

斯皮勒穿上橡胶套鞋，轻轻地从落地长窗溜出去，绕过房子，走到庭院。他扫一眼车库，上面的房间没亮灯。斯皮勒松了口气，因为马特住在上面，他很警觉，有时候会失眠。

走进庭院里的储藏室，斯皮勒才拧亮电筒，找到了他从前给妻子买的一把轮椅，因为妻子过世前行动不便。他小心翼翼地把轮椅推到书房落地窗外。更幸运的是，庄园里到处铺着石块和碎石，不会显示轮椅的轨迹。

斯皮勒费了九牛二虎之力，终于把古奇弄到轮椅里。沿着狭窄的碎石路面，他咬着牙尽量平稳地推着轮椅前进，接着扛着尸体穿过草地，把古奇放置在喷泉旁，把他太阳穴的凹陷精准地调节到对着基座的棱角边缘，四肢尽量自然地摊开，就好像古奇绊了一跤，跌倒了。喷泉的水珠在夜风中飞扬，洒到尸体上。斯皮勒小心地检查了一遍，觉

得自己干得不错。

回程就轻松多了，斯皮勒将轮椅归还原处，回到书房里。他感觉，压在心上多年的大石头，终于落地了。

在喷泉那里忙活时，他把外衣脱了，所以只有衬衫被浇湿，但他长裤的屁股那里沾了湿泥，于是他用手帕使劲地擦拭干净，才将它们扔进洗衣篮里。他算计好了，喷泉再喷一个小时左右，就能达到最佳效果。

深夜一点，他关掉喷泉，放心去睡了。

第二天清早六点半，园丁发现

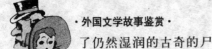

了仍然湿润的古奇的尸体。警察来了，收集到的证据如下：马特最后看到死者还活着，是晚餐过后的八点半左右。其他人饭后打桥牌，一直玩到十点半。斯皮勒送迪格比夫人回家时，马特关掉喷泉。十点四十分，女儿的男朋友离去，女儿上楼睡觉。斯皮勒十点五十分回到家，之后，马特回车库休息，留下斯皮勒锁门。后来，斯皮勒去花园找古奇，叫他的名字，但没人回应。斯皮勒回房，在书房等古奇，一直等到深夜一点，才去睡觉。

喷泉在十点半左右已被关掉，而古奇的身子及其周边草地是湿的，由此推断，他在关掉喷泉前，已经死亡了一段时间。从空酒瓶判断，他喝了很多威士忌，很可能是酒醉走路不稳，跌倒撞到了水池边缘。综合判断，古奇死亡时间大概在九点半到十点，这和不在乎一个小时左右误差的法医的结论，基本相符。警方最后裁决，这是一起意外事故。

尘埃落定，斯皮勒坐在喷泉旁的长椅上，心情无比轻松，摆脱了古奇无休止的勒索，他终于可以过自己想过的生活了。

"对不起，先生，"一个声音突然响起，"我能不能换到大房子里睡觉？我睡眠不好，风标咯吱作响，很烦人。"

斯皮勒有点惊讶，抬头看见来人："噢，马特，风标咯吱作响吗？"

"是的，先生。古奇遭遇意外那个晚上，十一点一刻风向变了，风标咯吱作响的声音惊醒了我。"

一种冰凉的感觉爬上斯皮勒的心头。马特继续说："我得说这事很奇怪，十一点一刻风向改变之前，喷泉水是飘向另外一边的。尸体在这边被浇湿，只能发生在十一点一刻之后。肯定是有人又打开了喷泉。"

斯皮勒装糊涂地说："那确实奇怪。"

马特恭顺地说："先生，听到警官的话，我特意清洗烘干了您的长裤和衬衫。当然，我是不会去打报告的。现在调查已经结束，大家都没事了，除非有人把注意力又吸引过来。综合考虑，您是不是觉得让我永远为您效劳很值得？就从付我双倍工资开始，怎么样？"

斯皮勒张嘴想让他滚蛋，但发不出声音。

（编译者：欧阳耀地；推荐者：青　岚）

（发稿编辑：王　琦）

（题图、插图：佐　夫）

有些地方，把还债称为填窟窿，这就是一个不断填窟窿的故事……

填窟窿

□ 汪培君

从前，赵家庄住着一对亲如兄弟的好朋友，一个叫赵大，一个叫宋二。赵大略通些中医，有头疼脑热、跌打损伤的，他给熬碗药汤，烀些药膏，抽袋烟的工夫就好了。患者感恩，有的掏些碎银子，有的送点吃的喝的，因此他小日子过得有滋有味。宋二就不行了，只会死板地种庄稼，风调雨顺还将就，一旦遇上旱情涝灾，就吃了上顿没下顿。

这天，宋二又吃不上饭了，赵大听说后，便带着一两银子送过去说："先去买些粮食吧。"宋二边接银子边说："谢谢赵大哥，明年我

一定把窟窿填上！"

不料第二年还是灾年，宋二自然无法兑现诺言，再见赵大，他就有些不好意思。赵大告诉他，有就还，没有就不还，别当个事挂在心上。

哪知道第三年宋二还是没有能力偿还，赵大表示那一两银子不要了，算宋二还了，但越这样宋二越觉得无地自容，路上碰见能躲就躲。赵大见好友有这么大的负担，就打算去开导他。

这天，赵大刚到宋二家，就听到两口子在屋里商量还那一两银子的事，不由停下细听。

宋二媳妇王氏说："赵大哥不是说了，咱有就填，没有就不填，你怎么老是跟自己过不去呢？"宋二回答："他可以那样说，可是咱老是填不上这个窟窿，我就感觉脸上挖了个窟窿，没脸见人。"王氏叹了口气说："要不咱先把牛卖了，牛跟着咱连草也吃不饱，活受罪。"宋二告诉王氏："这个办法我早想过了，可咱那头牛皮包着骨头，吃肉没肉，拉犁没劲，连半两银子也卖不了。"

沉默了一阵，只听王氏说："明天我去趟娘家，找爹借借看。"宋二也叹了口气，说："估计爹也借不到，死马当作活马医吧。"王氏白了他一眼说："欠老丈人钱，脸上就没窟窿，就有脸见人了？"

宋二苦笑着回答，有是有，一是时间短，二是至亲，窟窿还不明显。

赵大觉得这时候进去太尴尬，便悄悄回到家里。自己当时只想帮一帮宋二，没想到却给他添了心病，穷得叮当响了还死要面子，怎么办？赵大想着想着，还真有了主意。

第二天，王氏起来洗了把脸，拢了拢头发，便往娘家走去。离娘家所在的村庄只有五里地，不一会儿就走了一大半。正走着，她突然看见前面路中间有银光闪耀，小跑几步来到跟前，果然是一锭一两的银子。她看了看前后没有人，这才弯腰捡了起来，嘴里自言自语："谁丢的银子，还不得急个半死？"于是她站在那里，想等丢银子的人回来找。左等右等，没有等到丢银子的人回来，倒把自己的爹等来了。

王老爹的西瓜地就在附近，每天都要到地里忙碌。他远远看到闺女站在路中央，急忙过来问："不回家去，站这里干吗？"王氏把来的目的、捡到银子等失主回来找的事说了一遍。王老爹听了说："丢了一两银子，还不得急出病来？可惜不知道谁丢的，送都没地方送。"王氏劝老爹去干活，自己在这里等。王老爹告诉女儿，在瓜地里就能望见路上，让她去瓜地喝点水。

等王氏从看瓜屋里拿出瓦罐，在地头上的井里提上水喝了一瓢，王老爹才说："我想了半天，也没有想出能借到银子的地方，回去给姑爷说吧，再有几天西瓜就熟了，等我卖了西瓜，有多少都给你们。"

父女俩说着话，太阳点地了，还是没有人来寻银子，王老爹说："估计丢银子的人忘了地方，还不知哪年哪月才想起来，不如把这一两银子先给姑爷，让他填上窟窿，脸上光彩些。我天天在这里，如果那人来了就给他说明，等卖了西瓜一定还上他。"怕宋二知道银子是捡的，不接受，父女俩统一了口径，骗宋二说这钱是王老爹借的。

就这样，赵大的窟窿填上了，虽然在老丈人那里又留下了窟窿，但宋二心里好受了许多。赵大看到宋二又恢复了原来的样子，心里也暗暗高兴。

宋二心花怒放了，可是王氏的心里却拧成了疙瘩，担心失主找不到银子，家里会起纠纷，或者想不开寻了短见；怕爹忙起来忘了看路上的行人，她便借口给爹帮忙，一有空就往西瓜地里跑，盼着失主回来寻找，尽快知道银子的下落。

日月如梭，转眼间过了一个月，王老爹病了，王氏忙请赵大去为老爹诊治。让赵大感到意外的是，田里的瓜早卖掉了，王老爹还住在看瓜棚里。一问才知，王老爹把卖瓜得来的碎银、连同家里的积蓄换了一锭一两的银子，在看瓜棚待着等失主寻上门来，把银子还了，却不幸感染风寒病倒了。赵大听了，心里像打翻了五味瓶，

本想做好事，却又闯了祸。

那天他赶在王氏的前面，找了个荆棘丛藏好，看到王氏来了，便把一两银子扔在了路当中，亲眼看到她捡起来，才悄悄走了……本以为没有事了，却没想到连累了王老爹父女。事到如今，虽然不能说破，赵大还是托了亲戚找到王老爹，说银子是他丢的，拿走了钱。

这样，王老爹父女心里的疙瘩解开了，惹了这么大风波的宋二，却坐立不安了。赵大想帮人帮到底，还得想个办法比较好，他突然看到自己刚买来的牛黄，不由有了主意。

这天，赵大来到宋二家，喊了

一声没有进屋，直接去了牛圈，围着牛看。宋二听到喊声出来对赵大笑道："不用看，骨瘦如柴，剔不出四两肉。"赵大却郑重其事地告诉宋二："老弟你有所不知啊，我听说瘦牛的身上都有牛黄，我正缺牛黄下药，想买你这头牛碰碰运气。如果有牛黄，我愿意出一两半银子；如果没有牛黄，我只出半两银子。"宋二一是正愁没有东西喂牛，二是感觉这是感谢赵大的好机会，便满口答应。

于是，赵大和宋二夫妇牵着牛来到村里的屠户家，当面宰杀。只见屠夫三下五除二把牛放倒，一刀捅入脖颈儿，一股鲜血喷涌而出，牛蹬了几下腿就不动了，紧接着剥皮开腔，掏出五脏，很快找到了胆囊。屠夫一手捏住胆囊提起，告诉在场的人，有没有牛黄，就在这一刀了。说着一刀划开，待胆汁流出，伸手一摸，果然有石头一样的硬块，掏出来清洗干净，真的是一块牛黄。

赵大看到牛黄，就按约给了宋二一两半银子。宋二接过银子，递给王氏说："赶快给爹送去，一两填窟窿，半两孝敬他！"说完，还长舒了一口气："总算是把这个窟窿填上了！"

赵大见好友心里的窟窿填上

了，也放下心来。其实这是他和屠夫事先商量好的，屠夫一开腔就偷偷地把牛黄放进了牛腔，在往外扒五脏时先找到牛胆囊，划开一个小口把牛黄塞进去，最后捏住刀口把胆囊提起来。一气呵成，瞒过了众人的眼睛。

经过这场风波，宋二把填窟窿的来来回回想了一遍，还想了很多：自己一直靠天种地，但老天怎么能年年风调雨顺呢？结果，遇到天灾就颗粒无收，举债度日，挖了窟窿就得想着填，还怪自己的命不好。现在，他痛定思痛，想起赵大曾经的忠告，便决定在自己的地里打一眼井，挖上一条排水沟，旱了能浇、涝了能排，就算遇到天灾，至少不会绝收，能收够自己吃的。

当赵大看到宋二在田里忙碌的身影时，他非常高兴。因为他知道，宋二心里的窟窿也终于填上了。

（发稿编辑：田　芳）

（题图、插图：陆小弟）

2022年12月（上）动感地带答案

神探夏洛克：是他偷的，他把钱装进了信封，投进邮筒寄给自己了。

疯狂ＱＡ：他想向小偷请教如何在半夜回家而不把老婆吵醒的秘法。

谁划破了牛奶箱

□ 曹景建

任贵祥家在村口开着一家小超市，他平时会帮妈妈看店、理货。这天上午，村里的芦花婶吵吵嚷嚷地找上门来，看清店里的人是任贵祥后，就把他拉到了门外。

任贵祥一眼就看见门口停着一辆电动三轮车，车上放着两箱牛奶，每个牛奶箱子上都破了一个大口子，在阳光下甚是刺眼。嘿，这不就是老妈早上送过去的两箱奶嘛！

芦花婶指着三轮车上的两箱奶，鼻子哼了一声，生气地说："你小子好赖是个大学生，你说你妈办的这是啥事儿？欺负我白内障，眼神不好是不？净挑破了包装的货专门坑我！"

任贵祥欠着身子，不住地点头，等芦花婶说完后，他不急不恼，而是轻轻扯了一下芦花婶的衣袖说："婶啊，千错万错都是侄儿的错。这两箱奶，是我帮我妈搬到送货小三轮上去的，我妈只管送货，她根本不知道包装破了的事。"

芦花婶嘴一撇，说："你小子还挺会给你妈遮掩的！你妈送奶给我搬到屋里时，怎么可能看不见？"

哎哟，这芦花婶真是眼神不好心里明，一点也不糊涂啊。任贵祥心想，早上来超市时，老妈已经把那两箱奶搬到送货小三轮车上了，当时自己看到包装破了，还提醒了她，谁知她一摆手，神神秘秘地说她知道，就是要把这两箱奶给芦花婶送去。当时任贵祥还想再问些什么，可老妈为了送完货去镇上的菜市场买菜，便急着走了。

现在人家找上门来了，该怎么应付呢？任贵祥脑子一转，赶紧到超市拿了一瓶饮料塞到芦花婶手里："婶啊，这瓶饮料就当侄儿孝敬您的，您先喝点水润润嗓子。"接着，他趁芦花婶喝饮料的当口，赶紧说："我们小本生意，怎么可能故意以次充好呢？也怪我，搬得太急，我妈送货时肯定没注意到这个细节。她现在进货去了，等她回来啊，我们跟您一起赔不是。"

俗话说拿人手短，吃人嘴软，芦花婶喝了几口饮料，语气也温和多了："嗯，看在你这么懂事的分上，婶就不计较了。只是，只是这残次品的奶我可得退给你们。"

一听要退货，任贵祥为难了："这，这包装破了，也不影响您喝啊……再说了，您这两箱奶是我们小超市今天第一单生意，退货对我们不吉利。"

就在这时，一辆白色的小皮卡车开过来，一个瘦高的小伙子跳下车来，熟稔地说来一瓶饮料。任贵祥只好暂时搁下芦花婶，抽身去柜台拿了一瓶饮料扔给小伙子，突然他想到了什么，微皱眉头质问起来："晓峰，我们家的牛奶一直是你给拉来的吧？"那个叫晓峰的小伙子点了点头。

"是不是你拉的时候不注意，或者你的皮卡车上有尖锐的东西，把有的牛奶包装给划破了？"任贵祥虽然嘴上是试探的语气，脸色却很严肃。

晓峰一愣，马上转过头走到皮卡车后备厢处查看了一下，若有所思地说："可能是吧，左侧这里确实有个突出来的铁刺。"

任贵祥一脸得意，指着那个铁刺对芦花婶说："您瞧见了吧，源头在这里呢。"说完，又指了指一脸无辜的晓峰，"冤有头，债有主，您得找他。"

晓峰是个十七八岁的大男孩，一听这话立刻慌了神，结结巴巴地说："贵祥哥，我，我刚跟着我爸开车送货，没，没啥经验……"

芦花婶打量了一下晓峰，叹了口气说："看你也不容易，遇到这事，就算买个教训吧。"说着，她掰起了手指头："原价一箱75块钱，就按 70 一箱，你给我 140 块，然后把这两箱奶拉走。"

晓峰听了，面露难色。任贵祥不失时机地劝说道："可以了，晓峰，都是新鲜奶，还便宜了 10 块钱，捡了便宜了。"

就在这时，只听得皮卡车的车门猛一声响，一个魁梧的中年男人从车上下来，径直走到晓峰面前训道："傻小子，你心眼太实在，被人当猴耍，我这当爹的脸上都火辣辣的替你害臊！"

接着，晓峰爸又瞪眼看着任贵祥，语带嘲讽地说："你们不要看俺孩年龄小，就唬他！晓峰脑子也是个木头疙瘩，就知道站着挨骂，不知道哼一声。我在车里实在听不下去了才下来的。这个车上的铁刺儿我早就知道，所以每次搬货我都用一块泡沫板隔在这里，怎么可能会划到包装箱？再说了，你妈那人多精明啊，每次验货都像丈母娘相女婿似的，看得仔仔细细，怎么会出差错？"

任贵祥此时就像小鬼遇到真神，一下子没了脾气，皮笑肉不笑地看着晓峰爸，连忙给他拿了块雪糕，让他消消火，并自言自语地嘟囔说这事也是蹊跷，到底是哪里出差错了呢？

就在这时，任贵祥妈骑着装满蔬菜的电动三轮车回来了。任贵祥终于长舒一口气，心想天庭已是乱糟糟，如来佛祖你可算来了。

大家伙一下子围过去，你一言我一语都对着任贵祥妈诉说起来。刚听了几句，任贵祥妈就张开双手，伸直胳膊，做出大家都闭嘴的手势，然后淡淡地说："都不要吵吵了，这两箱奶是我故意用刀子划伤的。"

大家面面相觑，都疑惑不解地看着她，惊愕不已。

任贵祥妈苦笑了一下，拉起芦花婶的手说："姐啊，每个月的这两箱奶，不是你在城里的儿子让我送的嘛，多有孝心的孩子啊！他知道每次给你买了奶，你嘴上说会喝掉，可他前脚走，你后脚就把整箱的奶退回超市。所以，这次他专门嘱托我，把包装破坏掉，这样我就有借口不给你退货……不管咋说，这都是孩子的一片心啊！"

芦花婶一听，眼圈马上红了，然后重重地叹了口气说："不容易啊！他刚结婚，到处都是花钱的地方，每个月还背着那么多房贷，我也是想着能省就省一点……"

（发稿编辑：王　琦）

（题图：佐　夫）

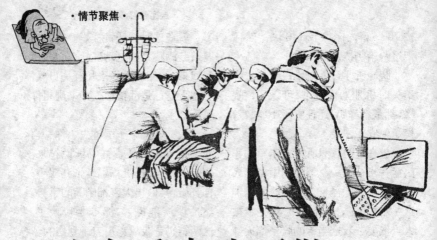

这台手术我不做

□袁卫杰

诸葛医生是锦山医院的外科主任。这天下午，他刚做完手术，就接到院纪委石书记的电话，让他去纪委办公室一次。

诸葛医生拖着疲惫的身体去了纪委办公室。石书记给他泡了一杯茶，送到他手里："诸葛主任，最近家里情况怎么样，夫人情绪好些了吗？"

诸葛医生接过茶，脸上掠过一缕阴影，说："石书记，你叫我来，不是嘘寒问暖的吧？"

"好！我也不兜圈子了。"石书记笑了笑，说，"最近我们接到一封信，说你没有履行医护人员救死扶伤的精神，拒绝为一名犯人动手术。有这回事吗？"

诸葛医生先是一惊，随即淡淡地说："有，有这回事。"

这下，轮到石书记吃惊了："我说诸葛主任，你是一名党的干部，我们医院的医德标兵，怎么会出现这种事？能把当时的情况说一说吗？"

诸葛医生点点头，便把当时发生的情况简单述说了一遍：半个多月前的一个深夜，手术室送来了一位急需动手术的老人。根据医院规定，需要交10万元押金，可老人手中只有3万元。诸葛医生见老人病情危急，决定先行救治，让老人的儿子赶快想办法筹款。可那时已是深夜，老人的儿子打了好多电话，都找不到人借钱。值班院长的态度十分坚决，说按规定，押金一分钱都不能少！

就在此时，两名警官在护士的带领下，推着一个奄奄一息的犯人，一路小跑直奔手术室而来。其中一位警官抹了抹脸上的汗水，掏出一张医院财务室的10万元押金收据，要求诸葛医生赶快进行抢救。然而，当诸葛医生看到病人的脸时，顿时脸色大变，眼里像要喷出火来，浑身也在剧烈地颤抖着。过了一会儿，他才平静下来，对身边的年轻医生说："快安排这位病人开刀！小王，这台手术由你主刀。""我？"小王有些吃惊，"我……能行吗？"诸葛医生说："行，根据我的经验和观察，你肯定行！"小王见主任这样说，腰杆一下挺得笔直，充满信心地答应了。

一旁老人的儿子目睹了这一切，来到诸葛医生面前，"扑通"一声跪下了。诸葛医生忙上前扶起他，让他有话直说。老人的儿子告诉诸葛医生，他的父亲是道德模范，做过的好事不计其数，宁愿自己省吃俭用，也要资助贫困山区的孩子。可如今自己得了急病，却因交不全押金，被晾在手术室里。说着，他从手机里翻出父亲领奖时的照片和获奖证书照片。"一个犯人有病，由政府出钱抢救；而老百姓有病，不但要自己掏钱，而且迟一会儿都不行，这公平吗？"这个年轻人说到最后，情绪又有点激动起来。

诸葛医生把所有照片仔仔细细地看了一遍，深受感动。他拍了拍对方的肩膀，说了句"你放心吧"，接着摸出手机，让年轻人把照片都发给他……然后，他又给妻子打了个电话，让妻子赶快转7万元过来，说自己有急用。

很快，诸葛医生就收到妻子转来的7万元。他立刻为老人交足了押金，并进了手术室。幸运的是，在诸葛医生和其他医护人员的共同努力下，老人的手术做得非常成功。而那个犯人，尽管是由年轻医生做的手术，但也做得非常成功……

听了诸葛医生的讲述，石书记深受感动。他想了想，问道："诸葛主任，你当时为什么不亲自为犯人主刀，而要让年轻医生去做那台手术呢？"

诸葛医生脸色一沉，反问道："石书记，你知道这个犯人是谁吗？"

石书记摇了摇头。

诸葛医生面露悲愤之色，说："他就是高空抛物砸死我儿子的人！他不仅夺去了我儿子年幼的生命，还害得我妻子悲伤过度，患上了抑郁症。"

石书记惊讶地问："所以你拒绝为仇人做手术？"

"不！"诸葛医生激动地说，"自我走上从医之路，我就把救死扶伤作为毕生的追求。不管是恩人还是仇人，到了医院，都是我的病人！谁情况更紧急，就只能先救谁！可是，我一看到这犯人，就会想起我的儿子，浑身发抖，双手哆嗦。在这种情况下，你觉得我能做得好这台手术吗？"

石书记若有所思道："你的意思是，带着情绪做手术，怕做不好，才让年轻医生做的？"

"是的，"诸葛医生点点头说，"手术刀既能救人，也能杀人！小王虽然年纪很轻，工作时间尚短，但他自我要求很高，经过近一年的磨炼，已具备了主刀医生的素质和能力。再说，当时还有一台手术，需要我去完成。"

"我明白了。"听到这里，石书记动情地说，"你向当地的红十字基金会求助的同时，已让你夫人转了7万元垫付押金。可你想过没有，

这7万元有可能收不回来？"

听石书记这样说，诸葛医生的眼眶顿时红了，他哽咽着说："这……这是经法院判决，对方砸死我儿子的赔偿款。"

石书记大吃一惊："这笔钱你也敢动用？"

诸葛医生擦擦眼睛说："当时老人的病情十分危急，如不及时抢救会有生命危险。医院的规定又不能违反。我考虑再三，觉得无论如何都不能让道德模范，因为交不全押金而延误救治时间！这钱是用儿子的生命换来的，如果真的收不回来，就当作儿子为救死扶伤作一些贡献吧！"

听到这里，石书记激动万分，他上前一步，紧紧握住诸葛医生的手说："谢谢，谢谢！我最后还想说一句，请代向你夫人问好！"

几天后，诸葛医生上班时，发现办公桌上放着一束鲜花和一纸留言，只见上面写着：诸葛主任，我道听途说，未经证实就举报了你，对不起！

与此同时，他又收到了一条短信，是红十字基金会发来的，说已为老人办妥应急救援金……

（发稿编辑：朱 虹）

（题图：张恩卫）

·传闻轶事·

名医的
规矩

□ 吴宏庆

乾隆年间，徽州城有位名叫孙希然的名医，医术精湛，名声却很差。原来，孙氏医学传承百年，上三代皆为当世良医，可孙希然却定下了一条不近人情的规矩：诊金绝不可少。即便有交不起诊金的穷人在他面前痛苦哀嚎，他也绝不心软。

孙希然的独子孙博跟父亲脾性不同，他从小就悲天悯人，立誓要学好医术，长大为穷人看病。但他始终无法说服父亲放弃那条规矩，心灰意冷之下，便放弃了学医。

这一日，孙博和几个朋友在街头闲逛，突然被一个老人叫住。老人衣着朴素，背着个包裹，像是远道而来。老人问孙博是不是名医孙希然的后人，孙博困惑地点点头。老人惊喜不已，说："果然是恩人后代，这太好了！"

老人说自己叫张成，三十多年前曾身患重疾，奄奄一息之际，家人听说徽州城有名医孙氏，于是赶来求诊。孙希然闻言后连夜赶路，从阎王爷手中抢回了张成的性命。这些年，张成一直想着找机会回报恩人，最近刚得了个好物件，便匆匆赶来徽州。哪知孙希然却不愿见他，更不愿收他的礼物。正郁闷呢，刚好在路上听到他们的言语，猜测其中一人便是孙希然的儿子，故而有此一问。

孙博听完，觉得有点难以置信，父亲居然还做过这样的好事？这时，张成从包裹中抽出一个长条形匣子，递给孙博说："区区薄礼，还请孙公子代恩人收下。"

孙博打开一看，不禁心头一震，里面装的竟是千年人参的根须，这礼也太大了！他连忙谢过，又拿出身上所有银两相赠，但张成坚持不收，最后拱手告别。

孙博匆匆赶回家，拿着人参根须找到父亲，将张成的事说了出来，并问："爹，当年你可以为了病患连夜赶路，且不收诊金，现在怎么像变了一个人似的？"

孙希然陷入了沉思，嘴角浮现一抹淡淡的微笑。随后，他提笔写了一封信，又写了个以人参根须入药的调养身体的方子，说："博儿，你拿着方子去柜上抓药，然后明天去东州城一趟，把信和药一起送给李秀。"

孙博知道李秀此人。二十多年前，父亲去邻县给人治病，因医术精湛被当地乡绅上报朝廷。皇上很好奇，命徽州知府送他进京面圣。孙希然进宫后，不知怎的，惹得龙颜大怒，要将孙氏满门抄斩，好在有一位姓李的大臣说情，这才只是

被赶出宫去。孙希然死里逃生，而那位大臣却被皇上贬官回家，不久就抑郁而终，只留下一个名为李秀的儿子。

几天后，孙博赶到东州城时，天已黑。他正准备寻一家饭馆吃点东西，忽然闻到一股异香扑鼻而来，便循着香味来到一座破庙。只见一个小乞丐正在用火烤鸡，孙博正要上前讨一杯羹吃，门外突然一阵嘈杂，几个乞丐架着一个不省人事的老乞丐，慌慌张张地冲进庙里。孙博见老乞丐双目紧闭，呼吸微弱，情况十分不妙。正不知如何是好，他突然想到带来的草药主要用于拔除体内顽疾、调理身体，或可一试，只是……

正犹豫着，那老乞丐痛苦哀号一声，整个人像一条濒死的鱼一样，从地上猛地弹起，又重重摔在地上。孙博一咬牙，把药掏了出来，吩咐众人烧水熬药。等到药熬透了，孙博吹凉汤药，亲自将药灌入那老乞丐口中。一盏茶时间，那老乞丐吐出几口黑血，竟可以开口说话了，众乞丐都对孙博感激不尽。

说来也怪，原先孙博还有点心痛，但眼见着一个病人在自己手下活了过来，那种成就感让他无比舒坦。于是，他索性将剩下的药都给

了那老乞丐。

天亮后，孙博特意买了些贵重礼物，在一个破旧的胡同里找到了李秀。李秀书生打扮，身材瘦弱，一脸病容。孙博向他解释了自己的来意，又拿出父亲的亲笔书信。李秀看了信后，笑着将他领进屋。

孙博满脸惭愧地将药的事告诉了李秀，又说："此事是我的错，请李叔叔责罚。"

李秀哈哈一笑，说："那药我吃了，无非是苟延一息而已；给那乞丐吃了，却是救人一命。你这举动，倒是合乎医者仁心了，何罪之有！"孙博顿时松了口气。

李秀学识渊博，为人和善，孙博与他相谈甚欢，所以在东州城一待就是半个月。其间，李秀经常带他去见一些朋友，李秀贫寒，朋友也多贫寒，孙博一次次见到了那些看不起病的穷人，也一次次懊恼自己跟父亲赌气而没有继续学医。

这天，孙博就要回徽州了。一大早，他来到李秀家告别，谁知一进门，就见李秀一动不动地倒在地上。他赶紧上前查看，李秀已是气若游丝，脉象生涩阻滞，半天才微微动弹一下，显然有大问题，但接下来该怎么办，他却不知。突然，他想到来时见到巷口有家医馆，便

赶紧跑出去，将那郎中连拉带拽地给请来了。

那郎中显然熟悉李秀的病况，也不询问，拿起银针，运针如飞，一口气扎了九针。孙博一看，这不是自家的孙氏十三针吗？传说这针法是孙氏祖上得仙人所传，十三针分别指向十三个关键穴位，如能运用得当，大有妙处。他静等接下来的四针，可那郎中扎了九针后，却停了。

孙博急了："还有四针呢，先

·传闻轶事·

生你倒是扎呀！"郎中先是惊讶，后又沮丧道："没想到你年纪轻轻居然知道孙氏十三针，说来惭愧，老朽只会这九针。"

原来，郎中竟是孙希然早年的徒弟，当时孙博年纪尚幼，没啥印象。而郎中对孙博出身孙家，居然不懂医术也是深感不解："孙氏医学博大精深，旁人渴求而不得，你唾手可得却懒得去得？"孙博被他一说，羞愧不已。

郎中走后，李秀缓缓地回过神来，看到一脸沮丧的孙博，笑着安慰道："老毛病了，吓着你了吧？"

孙博摇摇头，忍不住把心里的疑问一股脑地说了出来。当年，父亲连夜赶路去给张成看病，且不收诊金，但后来为何像变了一个人？李秀是孙家恩人之后，得了病，父亲为什么没有亲自给他治，也没资助他钱粮？这次得了人参根须，父亲又为何将其入了药，并让自己亲自送来？

李秀笑着说："你父亲不帮我治病是有道理的，因为我付不起诊金，他若帮我治了，那就破了他自己定的'诊金绝不可少'这规矩。"他说三十多年前，孙希然正年轻，如今日的孙博这般满腔热情，只管

看病而不管其他，所以才会去给张成治病。

直到二十多年前，孙博祖父去世，孙希然接手孙氏医馆，仍如过去那般行医。有一次他去邻县行医，因为医术高明且不收诊金，遭到当地同行忌恨，一边上报朝廷请求嘉奖他，一边无中生有罗列他的罪行，孙希然险些惹来灭顶之灾。打那以后，他才定了"诊金绝不可少"的规矩。

"孙氏四代为医，看似风光，实则如履薄冰，稍不注意就会惹祸上身。不过，他的规矩不可破，他的弟子门徒却可不遵从。所以，你只看到那些因为付不起诊金而在他面前哀号的穷人，却不知他们很快就能得到他弟子的诊治，这样既没坏了规矩，也培养了徒弟。至于我……"李秀哈哈一笑，"若不是你父亲特意安排了徒弟守在我家附近，我哪里还能活命啊！"

孙博恍然大悟，深感这趟东州城没白来，想必这也是父亲让自己过来送药的真实用意吧。

回到徽州后，孙博恭恭敬敬地在父亲面前跪下行礼："爹，我要学医。"孙希然欣慰大笑……

（发稿编辑：朱　虹）

（题图、插图：刘为民）

群雄争霸，最怕的就是被人抓住软肋。反之，若是能抓住对手的软肋，而且一下子抓住了三个，这种局面，怎么可能不赢？

□ 万里秋风

三宝王爷

1. 王有三宝

王朝末年，列强并起，也不管原本是不是真姓李，反正兵多将广，就敢称王。一时间，遍地王爷，互相征战，都想成为新的天子。

其中有一位景王，实力不弱，其都城景阳城更是城高墙厚，易守难攻。景王与其他王爷相比，少了点雄才大略，自保有余，进取心却不足。人人皆知，景王有三宝。

第一宝是父母的墓地。这墓地不在景阳城附近，却在景王地盘里的一座翠云山上。景王是个孝子，父母在世时就很孝顺，待父母死后，

更是花重金请了风水先生，多番勘测，才选中了这么一个风水宝地，将父母安葬于此。从此，景王每年都亲自前往墓地祭拜，风雨无阻。

关于这第一宝，还曾有过一个笑话。一伙流匪进入景王地界，景王派人围剿，走投无路的流匪窜进了翠云山。景王大怒，亲自带兵上山围剿，流匪损失惨重，最后只剩匪首死命逃窜。那个匪首灵机一动，竟然跑到景王父母的墓地处，杀散守墓的几个士兵，占领了墓地。他还扬言景王如果不退兵，就要挖坟掘墓，挫骨扬灰。

景王吓得魂飞天外，竟然真的

退兵了。最让人震撼的是，景王只身上山，跪求匪首离开父母墓地，不要扰父母在天之灵，他愿意作为人质，保护匪首出境。匪首被景王的孝心感动，扔下钢刀，脱光衣服，负荆请罪。景王觉得这人是条汉子，于是赦免了他的罪，收在身边做了卫队长，一时传为佳话。

第二宝是景王的妻子。景王妃出身名门，温柔秀丽，与景王相敬如宾，虽只生了一个女儿，但地位稳如泰山。景王对妻子情深义重，本不想娶侧妃，但景王妃觉得自己身体柔弱，很可能无法再生育，亲自主持给景王纳了两个侧妃。据王府中人说，景王虽然和侧妃生儿育女，但平时都是在景王妃的宫中，两人的感情也成了天下皆知的佳话。

当年有一次，景王率领军队攻打旁边的一个王爷，那王爷实力不如景王，岌岌可危，恰好他的妻子与景王妃是亲戚，年少时关系很好。王爷让妻子给景王妃写了一封信，回忆少女情怀，又送上许多珍宝。景王妃为人重情义，派人给景王传书，请景王手下留情。景王接到传书，竟然停止了攻打，指着近在咫尺的城墙喝道："小子，你夫人与我夫人有儿时情谊，若非如此，今日定要踏平你的都城！"说完他竟然撤兵不打了。

那王爷捡了条命，从此对自己夫人十分尊敬，毕竟是关键时刻能保命的。

第三宝是景王妃所生的女儿。景王虽然有侧妃生的两个儿子，但他最疼爱的却是景王妃所生的女儿玉心郡主。玉心长得美丽自不必说，还能诗会画，景王视若珍宝。很多年轻王爷，既爱慕玉心的相貌和才华，又希望能和景王结盟，纷纷派遣使者求娶郡主。但景王一一拒绝，他明确地说，玉心只会招驸马，留在父母身边，绝不可能远嫁。别说是去当王妃，就是真有人能得天下，当皇后都不答应。

因为这三件事，景王被人们称为三宝王爷。但也因为这三宝的拖累，景王比起其他王爷来，就少了几分雄霸之气，虽然地广人多，兵强马壮，但并不被人看好。

不过，景王并不因此懊恼，他经常说，天下只有一个皇帝，却有这么多王爷，想当皇帝肯定要付出巨大的代价，等当上皇帝那天，也已垂垂老矣，一生有何意义？反而是父母妻女常伴身边，才是最重要的。但景王也知道乱世之中，你不打人，人也打你，因此他并不放松练兵和治国，只是他更注重防守，把自己的地盘打造得无比坚固。

2. 东床驸马

在这三宝中，最让景王操心的其实是玉心郡主。虽然想娶玉心的男人不计其数，但景王总是挑来挑去的不满意。寒门出身的才子，景王担心人家是苦家底，与从小在宫中长大的玉心没有共同语言；豪门出身的世家子弟，他担心人家门阀大，让儿子当驸马是另有所图，对玉心不是真心的。

日子一天天过去，景王也开始担心会不会耽误了玉心。于是他咬咬牙，决定举行一场公开比赛，为玉心选驸马。

比赛涵盖了文武之道，既比试诗词歌赋、琴棋书画，又比试拳脚功夫、弓马骑射。有人不明白，问景王为何驸马还要会武，景王叹口气说："这乱世之中，什么事都说不定，艺不压身，多会点更好。何况凡是练武的，家里一般都不会太穷，所谓穷文富武，自有其底蕴。"

这些比试过后，优秀者才轮到面试，玉心公主隔着珠帘，一个个地观察交谈，遇上对眼的，还会吟诗作对一番。经过极其苛刻的选拔

后，一个叫李臣的年轻人脱颖而出，成为了驸马。

李臣也是本朝李家的后人，是旁支中的旁支，早已没有了封爵，只是一个县城的普通富户。战乱之中，家人尽皆流散遇难，他才流落到景王的境内。但他毕竟是李家后人，天生器宇不凡，自幼也习文练武，堪称文武全才。

玉心对李臣十分倾心，而李臣也对玉心心仪已久。对这样符合条件的驸马，景王自然也是万分开心，

和王妃商量后，就为两人完婚了。

按规矩，郡主结婚后就不能住在王府了，必须单独建起郡主府来。按景王原本的想法，自然是越近越好，但李臣生性恬淡，喜欢亲近自然，玉心也在王府里待了多年，想着越自由越好。两人一拍即合，就想着要到远一点的、靠近山水的地方建郡主府。

景王和王妃自然舍不得，但耐不住玉心撒娇，也只得答应了，不过还是在最靠近都城的位置，选了一个有山有水的地方，给两人建了宏大豪华的郡主府。小两口过上了神仙般的日子，闲了就上山听松揽月，不但旁人羡慕不已，就连景王都常对王妃开玩笑，说咱俩空为王爷王妃，还不如那小两口过得自在。

按惯例，驸马是不能担任过高官职的，李臣对此也不上心。但李臣确实是人才，不用可惜，景王就让李臣当了个参赞。参赞这个职位，可文可武，既可以对朝政大事提建议，也可以对军事行动出点子。

李臣到景王境内前，曾在诸王的地盘上游历过，对诸王的军队、民风等都有了解。他提建议的时候并不多，但每次都是真知灼见，让人信服。

尤其是有一次，诸王中实力很强的宁王带兵攻打燕王，景王朝堂上下十分紧张。因为燕王的地盘跟景王紧挨着，焉知宁王打败燕王后不会顺便攻打景王？为此朝臣们议论纷纷，有请求出兵救燕的；有请求联合宁王打燕王，以此签订和平协议的；还有建议增兵边境，拒守不出的。

李臣建议道："人常说唇亡齿寒，燕王弱小，早晚会被人吞并，但燕王一败，我们就失去了一个盾牌。臣建议，可与燕王约定，我方派一支军队，直接去偷袭宁王老巢，此为围魏救赵。宁王退兵回援时，让燕王出兵追击。"

众人疑惑地说："燕王的军队弱小，就算追击宁王，也最多占点小便宜，能对宁王造成多大麻烦？还不如坚守呢。"

李臣说："我们可以告诉燕王，我们也一起出兵，夹击宁王，如此必然大胜。"

景王有些犹豫："我们既然派兵去偷袭宁王老巢，去的兵少了肯定不行。若是派了大军去，再派兵夹击宁王，恐怕力不从心了吧？"

李臣笑道："宁王边上最近的是晋王，他与宁王实力相当，彼此多年不敢动手。若派人去鼓动晋王，一起攻打宁王，晋王肯定愿意。到时有他的兵袭扰宁王老巢，我们和燕王一起追击宁王，必然可胜。"

景王大喜："若真如此，燕王就可保住了。"

李臣摇摇头说："追击宁王时，我军只出一半人马，另一半人马埋伏好，待两军追远后，这支伏兵扮成燕王军队，谎称得胜归来，则燕王之地不费一兵一卒可夺！"

众人疑惑，刚才不是还说唇亡齿寒吗？李臣笑了："唇亡齿寒不假，但让别人当唇，终究不如变成自己的唇好。"

众人恍然大悟，一起对景王祝贺道："千岁大喜，不但郡主得了驸马良配，千岁也得了一个难得的人才！"景王哈哈大笑，满意至极。

3. 三王争霸

李臣的计策大获成功，晋王得到景王的情报和助力，狠狠地咬了后方空虚的宁王一口，抢了不少地盘。宁王撤退时又遭到燕景联军的追杀，损失不小。但最惨的其实是燕王，浴血奋战后回到家，发现家已经没了，身边又是人多势众的景王军队，无奈之下只好率军投降，接受了当个富户的命运，从此没了燕王名号。

景王得到燕王之地后，实力大增，其他诸王轻易不敢来招惹。景王也仍然保持固守姿态，轻易不对外用兵，而是默默壮大实力，以图自保。

接下来的两年中，诸王之间征战不休，不时有某个王爷的名号永远地消失掉。那些强者，靠着吞并，越变越大，越变越强。虽然景王以防守著称，但当王爷越来越少、剩下的王爷越来越强大时，战争也不可避免地到来了。

宁王在吃了大亏后，实力犹存，因此晋王也不敢过于逼迫。宁王经过三年的休养生息，又吞并了几个小王爷后，对晋王发起了猛攻。晋王自然不会退让，双方厮杀得昏天黑地，僵持不下。

双方都在拉拢盟友壮大自己，可经过这些年的吞并，体量大的除了他们两王，只剩景王了。在这方面，晋王是有优势的，毕竟之前就和景王合作过，而宁王和景王算是有仇的。因此晋王派使者来找景王，请他出兵相助，并承诺击败宁王后，所得土地城池双方平分。

景王找来众人商议，上次大出风头的李臣自然也在列。这两年，夫妻恩爱，玉心已经生下了一个大胖小子，景王夫妇喜欢得不得了，经常派人接进宫里疼爱一番。

听完大家的议论后，李臣说道："宁王凶猛，十分好战；而晋王与我们相似，更习惯防守。若是晋王得胜，我们两家有平分天下、和平共处的可能；若是宁王得胜，那我们就只能跟宁王拼个你死我活了！"

众人都认为很有道理，一致决定和晋王结盟，共同攻打宁王。李臣主动请缨，愿意带兵出战，群臣也认为李臣文武双全，是个合适的将领。景王犹豫很久，最后还是摇头说："不行，兵凶战危，到了战场上，没有人能保证安全。你若有意外，玉心怎么办？她还那么年轻，你们的孩子还不满一岁，连大名都没起呢。"

大臣们纷纷进谏，认为景王当以大业为重，李臣确实是难得的人才，应该重用。可景王就是不同意。李臣只好回去向玉心诉苦，希望玉心能帮自己说话，让自己建功立业。

玉心也很担心："刀枪无眼，战场上太危险了，驸马还是不要去了吧。"李臣摇头说："我这辈子能得郡主相伴，已经心满意足了。但我们的孩子呢？难道将来就让孩子顶着一个外戚的空名不成？如今父王母妃疼爱他，将来父王母妃故去，他的地位身份又如何？我若能建功立业，将来孩子的前程也就有了。再说，这次大战如此关键，万一领兵之人不得力，一旦战败，宁王灭了晋王，转瞬就会杀到咱们城下。就是为了你和孩子的安危，我也愿意冒险！"

玉心被李臣说服了，进王府去向父母求情。王妃虽然也担心李臣，但她觉得李臣说的也有道理，便也帮着说话。但景王心意已决，他告诉玉心："什么功名利禄，生不带来，死不带去的。你的儿子自然有他的造化，想着如何过好你们的一生就行。争夺天下虽然好，但比起家人来，那些都不是最重要的。你们不用说了，我不会让李臣上战场冒险的。"

玉心和王妃被景王说服了，这番话自然瞒不住的，很快就被外面的人知道了。臣子们都叹息，景王果然是三宝在心，难成霸主。宁王听闻这番言论后哈哈大笑，鄙视地说："这种人，就配生在寻常百姓家，老婆孩子热炕头。他那么大的地盘，那么多的兵将，真是浪费了！"

晋王听闻景王未能派呼声最高的李臣带兵出战，虽然有些失望，但景王的军队还是来助战了。在两家联军的攻打下，宁王撑不住了，节节败退。最后两家真的联手灭了宁王，按照约定平分了宁王的领地。

这样，天下就只剩下两个王爷了，景王和晋王，都是实力强悍，地盘广大。双方又彼此忌惮，因此写下合约，约定以现有地盘为界，平分天下。

4. 决一死战

没有统一的中原，永远不会获得真正的和平。只短短一年后，两国间就燃起了战火。出乎意料的是，这次景王先挑起了战火，因为他获得了一个难得的机会——晋国大灾。

晋国今年先是遭遇了旱灾，然后又遭遇了蝗灾，国内粮食匮乏，民众惊慌。景王看准机会，揭竿而起，对晋国开始了进攻。因为他知道，晋国也一直想灭了景国，不趁着晋国遭灾时动手，难道还要等它强大时打自己吗？

晋国虽然遭了灾，但毕竟双方实力相差不多，因此战局难解难分。景王忧心不已，他召集群臣，商议要亲自带领全国大军出征，长驱直入，直扑对手都城，只留下自己的亲信队长，也就是那个曾经威胁要刨他父母坟墓的匪首，带兵镇守都城。

而另一面，晋国面临着景国的倾国之战，大臣们忧心忡忡，都担心大灾之下，可能最后会输掉。晋王却毫无惧色，他冷笑着说："诸位，我下了三年的一步棋，终于要在这决胜时刻成为杀招了！"

见群臣不解，晋王也不解释，命令点起全军。但他只分出一半兵力迎战景王，另一半兵力却绕了远路，避开景王的军队，悄悄潜行。大臣们纷纷反对："即使举全国兵力迎战，尚且处于劣势，如今只用一半军队，必然会惨败啊！"

晋王摇头说："我这一半军

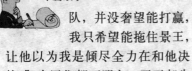

·中篇故事·

队，并没奢望能打赢，我只希望能拖住景王，让他以为我是倾尽全力在和他决战。"大臣们都不明白，晋王却告诉大家，放心，一切尽在掌握。

景王的大军遭遇了晋军的顽强抵抗，进展不算快。但由于他们拥有优势，因此击败晋王只是时间问题。景王和晋王在战场上几次遥遥相见，互相叫骂，让对方投降，但都没有效果。

一个月后，景王的大军终于包围了晋王的都城，兵临城下，景王十分得意："晋王，虽然你的都城也算城高墙厚，但肯定是挡不住我的。不出十天，我必能破城，只是双方都会损失惨重！何必呢？你还是投降吧，我让你做个富家翁，舒舒服服地过完下半辈子！"

晋王看着远处一匹快马腾起的烟尘，微笑道："你的紧急军情送来了，你还是先看了再来和我说话吧。"

此时那快马赶到的信使已经跑到了景王面前，骏马长嘶，竟然直接摔倒在地累死了！那信使从地上翻滚爬起来，大声哭喊："不好了，千岁，大队晋军攻到我方都城，卫队长率领军队正在死守，可、可是……"

景王脸色大变："可是什么？"信使哭道："可是玉心郡主被晋军抓住了，晋军以郡主威胁王妃打开都城大门，王妃三次下令开城，都被卫队长抗命了。卫队长手持兵符，将王妃关在了王府中，命令全军守城，不得投降。可晋军说，如果三日内不开城门，就要……就要……"

景王全身发抖，眼睛血红："就要什么？"信使低着头痛哭："就要在城下扒光郡主的衣服，让士兵侮辱后杀死！"景王全身一晃，从马上摔了下来。众人一拥而上，要扶他起来，他自己翻身上马，吐了口血，厉声道："全军回师！让骑兵先走！三日内一定要赶到都城！"

看着景王的军队仓皇离去，晋王在城头上哈哈大笑。群臣无不欢欣鼓舞，高呼万岁。没错，这一战，傻子都看出景王已经失了分寸，必败无疑。那晋王一统天下，可不就是万岁了吗？

晋王倒是没有得意忘形，他下令道："城内剩余部队，今夜三更天，全军出击，尾随敌军追击。他们一心赶回自己的都城，肯定是骑兵先跑，步兵随后，粮草辎重都在最后面缓慢跟随。你们追上先抢夺粮草辎重，再向前追杀步兵，一直追到

74

景国都城，和围城的我军会合，夹击景王军队。"

一个将军犹豫着说："若是我军追杀时，敌军骑兵回头迎战怎么办？"晋王哈哈大笑："所以才让你们等到今晚三更才出发，这半天时间，骑兵早就跑出几百里路了，后面剩的都是粮草和步卒。他们就是察觉了后面被进攻，又哪里来得及赶回来救援？何况三日要赶回景国都城，他们必须马不停蹄，哪敢回头迎战？"

众人高呼万岁英明，将军又道："景军虽乱了，实力依旧比我们强大。万一我们追到景国都城，景王率军和我们决一死战，我们就算前后夹击，也未必能赢吧。"

晋王笑道："他的宝贝女儿在我们手里，他投鼠忌器，哪里敢倾尽全力？再说了，我还有另外的后手呢！"将军这才放心。

当晚三更，城外已经毫无动静了，城内所有剩余的晋军，饱餐一顿，骑上战马，打开城门，风驰电掣地向着景军撤退的方向追去。晋王站在城头上，心里激动万分。一个时辰后，忽然城头有人大喊："有敌人攻城！是景王的军队！"

晋王大惊，带着众臣子登上城墙，才发现铺天盖地的景军正在拼命攻城。尽管晋军拼命抵抗，但人马都已经追杀景军去了，这根本已经是一座空城了。不到一个时辰，都城就陷落了。晋王和大臣们都被俘虏了，他们被押到城外的一处山沟时，见到了等候在此的景王。

晋王咬着牙道："我真没想到，你假装撤退，却偷偷藏起来，等着我军出城追击，趁虚而入，你赢了，不过我也没输！咱俩这只是第一回合而已，我还有一步棋在手里！"

景王也不说话，押着这些人，

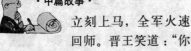

立刻上马，全军火速回师。晋王笑道："你耽搁了半天时间，现在赶回去，三日未必能到了。"

景王看了他一眼，说："你的军队抓住我女儿，最想威胁的人是我。我不到，他们不会对我女儿不利的，所以我根本不需要在三日内赶回去。这也是我敢留下来等你出招的原因。"

晋王一时语塞，只是并未垂头丧气，而是告诉群臣："不要怕，我们还没输呢！"

5. 尔虞我诈

五日后，景王大军杀回了都城。半路上，追杀景军落空的晋军发现不对劲，转头想回去救援晋王，却发现后路已经被景军封死了，双方交战后，晋军知道自己的都城已经完了，干脆掉头继续跑，一路跑到景国，和围困景国都城的那一路晋军会合了。

两军会合后，声势更加浩大，景国都城早已岌岌可危，随时会陷落。就在此时，景王的军队赶到了，双方在都城外形成了对峙。相比而言，景王的军队人数还是占优，因为他们在晋国消灭了一半的晋军。但此时晋军的士气十分高涨，因为

他们已经抓住了景王的命脉。

玉心郡主在手，都城虽还未陷落，但也已经被晋军围在中间，随时可以攻进去，外围的景军绝对来不及救援。所以景军人数虽多，却像被捆住了爪子的老虎一样，不足为惧。

当看到领军围城的年轻将领时，景王看着身边被捆绑着的晋王，淡淡地说："你说的那一步棋，就是我这位化名李臣的驸马吧，也就是你的儿子。"

晋王一惊："你……你怎么知道的？"

景王看着晋王，冷冷地说："若无内应，晋军岂能不惊动沿途城池，轻易直抵都城？就算是军队能到，可李臣为人何等机警，见势头不对，早就该保护玉心进城了，除非他压根就是晋人的内应。有李家血统，又肯为晋国拼死出力，想来想去，只能是你的儿子吧。"

晋王大笑："就算你此刻猜到了又如何？虽然你抓到了我，攻破了晋国都城，可此时你的都城也未必保得住，你女儿还在我们手里，妻子被我们围困着，咱们也不过是个平手罢了！"

李臣一手提刀，指着身边的马车道："景王，赶紧放了我父王和

众位大臣，咱们好好商量，我让你做个富家翁。你放心，毕竟我和玉心有了孩子，也是你的女婿，绝不会赶尽杀绝。不是万不得已，我也不愿意杀自己的妻子和孩子！"

景王怒道："放了我女儿，否则我杀了晋王！你晋国就没了！"

晋王嘲笑地说："你杀了我也没用，早在我儿子去你景国时，我就已经给几大将领颁了密旨，我死之后，我儿子即刻登位！你要敢杀我，你的妻子和女儿都活不了！"

景王看着李臣说："当初你献计打击宁王，看似对我景国有利，其实对晋国的好处更大，毕竟当时宁王是晋国的头号敌人，对吧？"

李臣点点头，景王又道："后来你又出主意，灭了宁王，并且提出要亲自带兵出征。若是那次你带兵成功，灭了宁王后，恐怕那支景军就要全部死在那里了。然后你带着晋军直接杀回来，灭掉我景国，对吗？"

李臣点头道："可惜，你怎么也不肯让我带兵出征，否则哪用等到今天？"景王看着他，讥讽地说："你就没想想，我为何不肯让你带兵出征？"

李臣脱口而出："当然是因为玉心……"他忽然停住了，吃惊地看着景王，"你……你这是什么意思？你早就怀疑我了？"

景王冷笑不语，看着面前团团围住都城的晋军，就像看着一群自投罗网的蠢猪一样。此时景军已经在外面将晋军团团包围，景王抬头看向城头，城头上浴血奋战的卫队长远远地冲他挥了挥刀，哈哈大笑。

李臣感觉不对，他正要说什么，景王举起佩剑，大喝一声："全歼晋军，一个不留！"

晋军惊呆了，他们没想到景王真的敢动手。晋王也惊呆了，像

看疯子一样看着景王。

李臣一把扯下马车的帘子，露出了里面抱着孩子的玉心，嘶声吼道："不许动！谁敢动手，我先杀了他们母子俩！"

景军迟疑地看着景王，景王冷冷一笑，看着旁边的传令官："传令，不听军令者，斩！"景军再不敢迟疑，吼叫着发起冲锋，向包围圈里的晋军杀去！晋军大乱，原本以为抓了郡主，围了王妃，绝无危险，想不到竟然傻乎乎地成了人家包围圈里的饺子！

李臣瞪大眼睛，怒吼道："景王，你当真以为我不忍心动手吗？"他举起刀来，恶狠狠地看着玉心。玉心绝望地喊了一声："父王，你不疼我了吗？"随即喊声就淹没在了交战的厮杀声中。李臣见景王不为所动，怒吼道："攻城，立刻攻城！"

李臣很清楚，凭他的兵力，又是被包围的阵型，绝对是打不赢景军的，但都城已经残破不堪，加一把劲就能攻下来。景王就算能狠心放弃女儿，但绝不会放弃王妃。因此他组织一对人马拼命抵抗绞杀，让剩下的大队人马拼命攻城。

半个时辰后，都城终于被攻破了，晋军也已经死伤半数，李臣带着残余的军队退入城中防守。景王不给他喘息的机会，立刻命令军队攻城。城墙本已残破，此时守起来更是艰难。李臣让人抓住王妃，连同玉心和孩子一起带上，弃城而逃。

一路上，每当景军追近，李臣就把王妃、玉心和孩子挡在后面。景军不敢放箭，因为人们都知道景王曾为了王妃，放弃攻打对手。但在景王的指挥下，四处围堵，李臣的军队也跑不了。李臣喘息着，琢磨着如何谈判，他已经降低了心理底线，不求击败景王了，只求能带着剩余的军队，和父亲平安回到晋国，以后慢慢东山再起。因此他需要一个能站稳脚跟、和景王谈判的地方。

李臣看看外面一层又一层的追兵，咬牙命令道："攻占翠云山！"

6. 霸业无情

当李臣击溃翠云山上守墓士兵，冲上山顶墓地时，手下已经只剩几十人了，但他知道自己安全了。他命人将王妃、玉心和孩子推到墓碑前，向景王高喊："停止进攻，咱们谈谈条件！"

景王看着墓碑前的妻子、女儿和外孙，眼中没有一丝波动，挥剑砍倒了一个士兵，吼道："进攻，违令者死，你们没听见吗？"景军顿时又开始了进攻。

李臣崩溃了，他嘶吼道："你不是曾为王妃放弃过攻打别人吗？你不是很爱你妻子吗？"

景王冷笑道："那次我虽然占着上风，但发现短时间很难攻下来。既担心别人偷袭我的都城，平白退兵又怕人耻笑，才让人进城宣扬王妃很念儿时旧情，诱导她们写信。这样不但我颜面无损，还让天下人都知道我很爱王妃。"

李臣忍不住打了个冷战："你为什么要让天下人都知道你很爱王妃？"

景王讥讽地看着他，半天才说："因为天下人都知道我很爱女儿，所以你才会用尽心机来当驸马；因为天下人都知道我很爱妻子，所以你才会愚蠢地守着都城不走，任由我把你包围起来；因为天下人都知道我很爱妻子和女儿，所以你父王才愚蠢地中了我的埋伏，被我灭了晋国。所以你说，我为什么要让天下人都知道？"

李臣就像个输光了所有赌注的赌徒一样，拼命摇头，嘴里一边嘟囔着"我不信，你骗人"，一边举起刀来对着王妃和玉心，血红的眼睛瞪着景王，似乎不死心地要最后确认一下真假。景王轻蔑地一笑，回过身去，一剑就砍下了晋王的脑袋。晋王的头落到地上时，眼睛还瞪得大大的，充满了惊讶和不服。

李臣狂吼一声，一剑砍倒了玉心，玉心抱着孩子倒在了地上。他又举剑对着王妃，声音带着哭腔："你看，我不是吓唬你的，我真敢动手！你其实是想唬我的对不对？现在你女儿已经死了，你要你妻子也死吗？"

王妃此时却无比平静，她看着面前的景王，面色苍白，惨笑道："从我收到那封求情信开始，我就开始怀疑你是否真像表现的那么爱我了。我都照你说的做了，因为我希望是我的错觉。可当你的卫队长无视玉心生死，把我软禁起来时，我就明白了，我和玉心其实都是你的棋子，只是你下棋比别人更有耐心而已。"

景王冷冷地看着她，终于点点头说："没错，对于霸业来说，任何感情都是弱点，我故意让全天下都知道我的弱点，就是让他们有朝一日，在决一死战的时候，犯下这样愚蠢的错误，让我获得最后的胜利。"

王妃淡淡一笑，猛然前冲，一头撞死在了墓碑上。李臣一愣，呆呆地看着那染血的墓碑，忽然像抓住最后一根救命稻草般，一脚踢翻墓碑，掀开了棺材盖，冲着远远围上来的景军怒吼："你们再敢上前一步，我就把景王父母挫骨扬灰，扔下山崖！"

景军停住了，景王从中间走出来，看着李臣笑道："你真可笑，为什么到现在还相信这个能威胁我呢？"

李臣喘息着狞笑道："不管你对妻子、女儿下的是什么棋，这件事却是骗不了人的！当年你为了保住父母坟墓，宁可自己当人质。今天那个守城战死的卫队长，不就是当年因此追随你的匪首吗？"

景王哈哈大笑道："算了，让你死得瞑目吧！反正自今日之后，我也没有敌人可骗了。那队所谓的匪徒，不过是一群没饭吃的百姓，那个匪首，原本就是我暗中培养的心腹，让他带着那群百姓送死，然后演出戏罢了。可惜啊，如果你不是心里想着这个地方，直奔翠云山，而是拼死突围，等天黑了没准还真能脱身逃走呢！"

在景王的狂笑声中，李臣被乱箭射死，他死不瞑目地看着景王，看着这个比自己狠毒一百倍的人。

三日后，景王在都城登基称帝，册封侧妃的儿子为太子。然而两年后，太子竟与景王的新妃子通奸，趁景王生病时一刀捅死了景王，提前即位。各地的势力随即接踵而起，天下再次陷入分裂和混乱中。

一个毫无人性的人，纵然能靠无情一时成功，终究逃不过同样无情的结局。这种轮回，不是命运，而是天道。

（发稿编辑：朱 虹）

（题图、插图：杨宏富）

故事会微信号：story63，欢迎添加故事会微信，参与互动！

·神探夏洛克·

幸存者的谎言

夏洛克乘坐的游轮在海上发现一艘小艇，艇上的人在不断地呼救。游轮上的船员把小艇上的人救了上来。

救上来的人满头大汗，一上船就要吃东西。酒足饭饱后，这个人开始给游轮上的乘客们讲他的故事："我在海上遇到风暴，船的发动机坏了，食物和淡水也用完了，就这样，我在海上漂泊了四天。"

夏洛克也在围观人群中，他想了一会儿后，冷冷地对这个人说："你很会编故事，但编得不太完美。"

思维风暴

马虎的小明帮爸爸装几封信，装完之后一拍脑袋对爸爸说："有一封信我不小心装错啦！"爸爸说："你太马虎了，连错在哪儿都说不对！"爸爸为什么这么说？

超级视觉

只看左图，是不是觉得黑线与蓝线在一条直线上呢？有时候眼睛也会骗人哦！

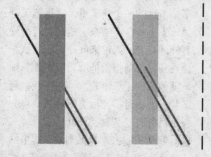

想知道答案吗?

1.您可直接扫描下面二维码。

2.购买 2023 年 1 月上《故事会》。

动感地带，与您不见不散！上期答案见本期 P72。

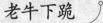

无缘一面

同学会上，晓理刚坐下，琴就笑眯眯地对他说："今晚阿丽有事可能不能来了，你们俩真是没缘分啊！"晓理苦笑了下，回想起几年来的同学聚会，每一次他们俩都是擦肩而过，或许真的是有缘无分，不然也不会早就互有好感，却走不到一起。

晓理越想越失落，拼命和同学们喝起酒来。没一会儿，他就趴在桌子上呼呼大睡。琴拍了拍晓理，说道："你不是还有事吗？喝多了不走了？"

晓理昏昏沉沉地站起身来，摇晃着就朝门口走去。就在这时，门被推开了，气喘吁吁的阿丽出现在门口。

"哦！你也在？"（黄超鹏）

老牛下跪

老根叔要到城里去跟儿子一起生活了，就准备把家里的老黄牛卖掉。他把牛牵到集市上，谈好价钱后，就把牛绳子递给了买家。

这时，老黄牛忽然跪了下来。老根叔一下子就惊呆了，老黄牛可从来没有下跪过！他毫不犹豫地把全部钱款退给买家，抱歉地说："这牛，我不卖了。"围观的人也议论纷纷，说这牛和主人的感情太深了。

回到家，老根叔给儿子打了一个电话："城里，我暂时不去了。家里，有老黄牛陪着我，挺好。有空，你常回来看看。"打完电话，他深情地望向老黄牛，竟然看到了它的眼泪。

（彭爱珍）

车站惊魂

这天早晨，我和往常一样在车站等车，因为天冷，我躲在了离车站不远的一个角落里，这里不仅避风，人也少，不嘈杂。这时，有个操着外地口音的人过来问路，而且执意让我到站牌前指给他看。我不胜其烦地随他离开了那个角落，就在我指着站牌跟他讲时，身后突然传来一声大喊："别动，我们是警察！"

我扭头看去，只见刚才角落里站

在我身边的一个人正被两个警察死死摁住，而刚刚问路的人此时也飞奔过去协助制伏了那个人。很快，一辆警车开过来，把嫌疑人拉走了。

短短几分钟，车站又恢复了平静，而我却一时难以平复，感觉像是经历了警匪片里的惊魂时刻。

（孙 明）

庭院里的摄像头

二妞到城里工作后，不放心在老家独居的父亲。于是，她在老家院子里安装了一个摄像头，可以远程照看父亲，一旦发生意外，能让邻居过来帮个忙。

中秋节，因为公司加班，二妞没有回老家。直到晚上九点多钟，二妞忙完工作，疲惫地回到家里，才想起了父亲，于是，她打开了摄像头。

摄像头里，父亲一直在院子里转着，不时到大门口张望，桌子上有摆好的月饼和水果。突然，父亲走到了摄像头前，对着摄像头傻傻地看着。二妞想大声喊一声"爸"，却怎么也没有喊出来……

（陶象龙）

神奇的力量

我骑三轮车进城卖菜，半路上下车买水。刚走进路边便利店，店主就看着外面惊呼："你的车溜了！"我拔腿就往外跑，只见三轮车正快速地向后溜坡呢。我拼命去追，心里责怪自己——把车停在斜坡上竟然忘了拉手刹！

可任凭我怎样追赶，越溜越快的三轮车还是可望而不可及。我只能祈祷它千万别撞到人！正在这十万火急之时，三轮车竟然停下了。

等我跑到近前才发现，一位瘦弱的女子死死地顶住了三轮车。我拉起手刹，正在心里惊叹女子的神奇力量，只听从她身后传来婴儿的啼哭声。

我这才看到一辆婴儿车就停在她的身后。

（张连春）

灯 光

那年春节，我回家只抢到临客的票。火车开得很慢，走走停停，到站时已是大半夜。下火车后，我叫了辆出租车："师傅，去刘家村。"路上，司机问我为何这么晚，我疲惫地说："没办法，火车晚点。"

车子很颠簸，渐渐地，我居然睡着了。迷糊之际，司机轻声唤醒我："小伙子，到啦！"

我睁开眼，咦，车子刚好就停在家门口！我不禁纳闷："你咋知道这是我家？我可没告诉你喔。"

司机呵呵一笑："村子里到处都黑灯瞎火的，只有这里有灯光，肯定是你家人在等你，快进去吧……"

（风开季节）

（本栏插图：孙小片）

枫的家附近有几棵柳树，眼下正值柳絮纷飞的时节，常有柳絮随风飘到她家窗前。乍一看，那些柳絮犹如一个个雪团，甚美。

殊不知，这可害苦了枫和她的母亲。

枫从小就有鼻炎，她的母亲也与她同病相怜，且更严重些。但凡柳絮一经过，她们的鼻子就开始发痒，接着连打上两三个喷嚏，这滋味可不好受。

每每发作起来，枫觉得鼻子里仿佛塞满了棉花，又堵又难受。而她母亲的情况更严重，她常常在夜晚听到母亲因为鼻塞辗转反侧，难以入眠。久而久之，母亲的眼睛周围冒出了淡淡的黑眼圈。

乡下的外婆得知此事后，寄过来一个药包，说是专治鼻炎的"土方子"，可惜药量有限，只够一个人用。

枫想到每晚都被鼻炎苦苦折磨的母亲，便把药包塞给母亲，说："妈，你先拿去用吧，我没事的，起码不会像你这样，连觉也睡不好。"

母亲闻言，却微笑地摇了摇

药

□上海市嘉定区迎园中学　胡铭希

小心翼翼地泡成药水，倒进了母亲的杯中，然后迅速把杯子塞进母亲的包里。

"嘿嘿，这下母亲肯定会喝了，绝不会浪费的。"做完这一切，枫才放下心来，溜回房间回到床上，美滋滋地继续睡觉。

到了早上，临出门前，枫看了看在厨房中忙碌的母亲，又看了眼她包中的杯子，确保万无一失后，才开心地上学去了。

头，说："我等外婆下次寄过来再用，你先用吧。"

枫有些急了，但母亲认定了的事，向来难以改变。母亲又说道："我没事，药你先用，柜子里或许还有些缓解药，我先用那些好了。"说罢，她便翻箱倒柜地去找药了。

可之后到了深夜时分，枫还是能听见母亲辗转难眠的声音，她的黑眼圈也越来越重了。"根本没有什么缓解药嘛，妈妈肯定是瞎说的。"

借着洒在床上的月光，枫轻轻抚摸着那个药包，小声地嘀咕："到底该怎么做，才能让母亲先用这个药呢？"

一天凌晨，枫听见母亲又在打喷嚏，她突然灵光一现，蹑手蹑脚地来到书柜前，从里面拿出药包，

来到学校后，她习惯性地打开水杯，喝了一口，却发现今天的水味道有些奇怪，往杯子里仔细一看，那熟悉的色泽，那淡淡的药香，不正是今天一大早她给母亲泡的那杯药吗？

枫愣了愣，不禁鼻子一酸，"滴答"一声，一颗晶莹的泪珠落进了杯中，在水面上激起一阵小小的涟漪……

（指导老师：秦　萍）

（发稿编辑：朱　虹）

（题图、插图：孙小片）

"我的青春我的梦——首届全国中小学生故事会征文"获奖作品现已结集出版，扫码即可购买！

奇怪的招亲

□ 徐全庆

南宋时期，宋金之间常有战事。这天，在宋金交界的小城，万家贴出一张招亲告示。万家据说是从京城搬来的大户人家，可在京城住得好好的，为什么要来这样一个战乱小城，偏偏又在这里为女儿招亲？那条件更是奇怪：应征者只需要带着葛粉去，多少不限。

葛青是这小城里的一个年轻人，他想，自己家里太穷，即使去了肯定也不会被选中。但母亲一直劝他去试试，葛青就带了一篮自家做的葛粉，这是他从小吃到大的东西。

葛青到万家时，前面已经排了很多人，每个人都带着大量葛粉，有让人挑来的，更有马车拉来的。只有葛青仅仅带了一篮子来。

应招的人逐个被请进去，又一个个垂头丧气地出来。外面的人问："万小姐到底有多漂亮呀？"出来的人说："根本没见着。只让我把葛粉留下，我又不是来卖葛粉的，这不是耍人吗？"

葛青把篮子放在那个老人面前，老人拿起篮子反复地看。那篮子如果说有特别之处的话，就是提手上刻着一只鸟，这是葛青娘的习惯。南山上二十几户人家，都会编篮子，娘怕弄混了，就刻上一只鸟。

老人问："这篮子是从哪儿买的？"

葛青说："我娘编的。"

老人点点头，说："我一直在等你。"

十五年前，老人还是个壮年的

男人，他独自游历南山。正午的阳光像毒蛇一样咬人，男人渐渐觉得头晕眼花，四肢无力。莫非中了暑，抑或中了瘴气？男人预感到不好，看到远处有户人家，但他没能走到那户人家，就昏倒了。

醒来后，男人发现自己躺在一张旧床上，一翻身，床就吱吱呀呀地响；再看那屋，低矮、潮湿、简陋不堪。一个妇人牵着个两三岁的男孩进来，妇人调了一碗葛粉，端给男人。男人从未见过葛粉，只觉得滑滑的，有一股清香之气。妇人说："这东西好，就是它救了你。"妇人说没粮食了就吃葛粉，再没吃的了，邻居会接济他们孤儿寡母。可大家都穷，常常饿肚子。

男人的身体好了，准备离开。妇人用一个篮子装了几包葛粉，让他带着，男人不忍，妇人说："天热，带上葛粉，可以防中暑。"男人拗不过，只好带上。那个篮子上就刻着一只鸟。男人说："我一定会回来报答你的。"

葛青听完，问："这么说，你是专门来报答我娘的？"老人微笑不语。

当老人宣布葛青成为他的女婿时，众人一阵骚乱。老人又宣布，为了表示感谢，所有人带来的葛粉，万家都高价买下。

葛青与万小姐成亲的前三天，宋军与金兵在北山打了一仗。南山、北山都是当地人的叫法，因为它们分别位于小城的南北。北山有瘴气，人们轻易不敢进去。宋军诈败，把金兵引进北山。金兵中了瘴气之毒，死的死，昏的昏，被宋军全歼了。

葛青很奇怪，宋军为什么没中瘴气？

"因为宋军将士提前服了葛粉，葛粉可解瘴气之毒。"老人说，"我买下的那些葛粉全都悄悄送给了宋军。"

葛青还是疑惑，宋军需要葛粉，可以以官家的名义采购呀，为何还要如此大费周章？

"因为金国的奸细无处不在，"老人解释说，"如果宋军大规模购买葛粉，一定会引起金兵的怀疑，这样的话他们就不会中计了。"

"这么说，所谓的招亲只是一个幌子……如果你反悔了，我可以退亲。"葛青说。

老人笑着说："不，我相信你娘教出的孩子不会差。"

（推荐者：小　言）

（发稿编辑：王　琦）

（题图：孙小片）

最牛业务员

□ 张玉平

最近，大刘跳槽到一家企业的业务部工作。他听说业务部有位"最牛业务员"，工作三个月就买了辆宝马，便找到一位同事闲聊了起来："兄弟，我听说咱部门有人工作三个月就买了辆宝马，你知道是哪位高人吗？"

同事看了大刘一眼，问："你问这干啥？"

大刘笑着说："我觉得他就是咱

们业务员的天花板，是我的偶像。我要向他拜师学艺，争取早日买房买车！"同事为难地看着大刘，没说话。

大刘心中一紧，忙问："难道这属于公司机密？"同事摇摇头说："机密倒不至于，这事全公司都知道。"

大刘一激动，嗓门也大了起来："这么牛的业务员，是谁啊？"

"我！"办公室里突然响起一个声音。大刘顺着声音看过去，是个其貌不扬的小伙子。他惊讶不已，忙双手作揖："以后请多多指教！"

小伙子脸一红，摆摆手说："你说的那个工作三个月买宝马的，确实是我。不过，最牛的业务员并不是我。"

大刘大吃一惊："竟然还有比你更厉害的？他是哪位啊？"

小伙子说："是我哥。我爸说，只要我在这个业务部做满三个月，就给我买辆宝马。而我哥，在这里做了足足半年，所以我爸奖励了他一套房。"

"做半年业务员，就给一套房？"大刘惊得嘴都合不拢了，"你爸是谁呀？该不会是对手企业的老总，派你们来当卧底的吧？"

小伙子摇摇头，笑着说："其实，我爸才是最厉害的业务员。想当年，我爸在这个部门跑业务坚持了一年，我外公就让他做了上门女婿，把女儿和这家公司都给了他。"

（发稿编辑：朱　虹）

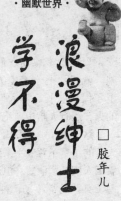

浪漫绅士学不得

□ 胲年儿

这天晚上，胖张收到一条消息，是阿红发来的，让胖张明天陪她看电影。胖张一直暗恋阿红，于是高兴地和室友大强商量起来："阿红喜欢浪漫绅士型的。绅士都西装革履的，但我连件像样的西装都没有，这可咋办……"

大强摸摸下巴："你明天一早去买套西装吧，至于浪漫嘛，我相信你可以的！"

第二天，胖张去商场买了套西装回来，刚套上西服，大强就发现不对劲："你没买衬衫和领带吗？"胖张一拍大腿："哎呀，我没想到哇！"

大强忙打开自己的衣柜："现在去买是来不及了，你穿我的吧。"

胖张边往身上套着衬衫边嘀咕："不行，我太胖了，纽扣都系不上……"

大强想了想说："我有办法。"两人又鼓捣一阵，一身西装革履的胖张终于出发了。

看完电影，胖张和阿红来到江边看风景。一阵凉风吹过，阿红娇滴滴地说："好冷啊！"胖张赶紧脱下外套，披在阿红身上。

两人面对面站在江边。看着阿红的甜蜜笑容，胖张激动极了，正准备握住阿红的手向她求爱，又一阵冷风吹过，胖张只觉后背一凉。这时候，阿红的脸色却变了，冷冷地甩下一句"我走了"，便转头走了。

胖张绝望地回到家，大强赶紧凑了过来："怎么样，阿红同意了吗？"

胖张一屁股坐在沙发上："哎，江边风大，我学浪漫绅士脱外套给她披上……"

大强一愣："啊？你忘了衬衫背面被我从下到上剪开一道口子啦？"

胖张悔恨不已地点点头："我后背的衬衫束不进裤子，风一吹，就像只大白蝴蝶似的飞起来了！"

（发稿编辑：赵媛佳）

何大发当上焦化厂厂长后，厂子就成了他的天下。他把亲戚朋友们全都安排进来，就连他七十多岁的老丈人也当上了保安队长。工人们憋了一肚子的火，还有人暗中向纪委反映问题。

这天下了一夜的雪，一大早，何大发的小舅子背着手来到院子，吆喝着工人们赶紧清雪。但工人们拿着扫雪工具，动都不动，神情非常古怪。小舅子走近一看，雪地上有几个大字：何大发任人唯亲！

小舅子气炸了，大声吼道："谁搞的？赶紧给我站出来！"

工人们憋着笑纷纷摇头。于是小舅子对保安队长喊道："爸，你过来把这几个字看住了，保留证据，我去和姐夫汇报！"

老头子虽然大字不识一个，但听说是针对姑爷的证据，立刻重视起来，搬来一把椅子，顶着凛冽的寒风坐在这行字跟前。

小舅子拨打姐夫的电话，但却始终没人接，便干脆开车去何大发家里找他了。

要问何大发在哪里，原来，纪委的人收到举报后找上门来，何大发正坐在纪委的车上往厂子赶呢。他努力和纪委的人洗白自己："你们可以去打听打听，全厂工人没有一个说我不好的！"

这时，车开进院子，远远就见一个老头拿着树枝正在雪地上写字，等驶近一看，七个大字赫然映入所有人的眼帘：何大发任人唯亲！

纪委的人笑了起来："这怎么解释？"

何大发气急败坏地冲车外嚷道："老丈人，你一个字不认识，瞎划拉啥？"

老丈人见姑爷终于来了，龇牙笑道："姑爷，这可是证据！我用树枝描了好几遍，要不早就被雪盖住啦！"

（发稿编辑：赵嫒佳）

□ 莫炳生

保留证据

存钱难

□ 赵功强

旺财靠打零工维持生计，挣多少花多少。眼看老大不小了，还穷困潦倒，找不着对象，旺财爹着急了，就给旺财制订了存钱计划：每个月存一千块进村镇银行。旺财乖乖照做了。

这天，旺财又去银行存钱，刚好在路上遇到了在外地做生意的远房表叔。表叔皱着眉说，现在银行利息低得可怜，倒不如借给他做生意，他能给旺财高于银行五倍的利息。旺财顿时动心了，就把银行里的钱都取出来给了表叔。

过了半个月，警察找到旺财，向他询问表叔借钱的事。旺财这才知道，表叔是个诈骗犯，已经被抓了，骗到的钱也都挥霍了。回到家，旺财和爹说了这事，两人一合计，觉得还是把钱存在家里最稳当。于是，旺财每月都会交一笔钱给爹，让爹放在家里。

两年后，旺财交上了桃花运，认识了一个外地的小寡妇。两人通过微信聊了一段时间，女方表示愿意嫁给旺财，让旺财带上两万块彩礼去她那边见长辈。旺财兴冲冲地回家找爹要钱，可他爹搓着手，难为情地说："前些日子，我也……处了一个女的，前两天她才来过，拿走了两万块彩礼钱。"

转眼到了清明节，旺财爹见儿子扛着一大袋冥币回家，问他为啥要烧这么多钱。旺财叹了口气，说："爹，现在存点钱太难了！存银行利息太低，不划算；存亲戚那儿，结果被骗；存家里，一样白忙乎。我还是多烧点纸钱给我娘，让她帮我存着，等到了那边再当有钱人吧！"

（发稿编辑：朱 虹）

本刊转载部分文章的稿酬已按法律规定交由中国文字著作权协会转付，敬请作者与该协会联系领取。电话：010-65978917，传真：010-65978926，E-mail：wenzhuxie@126.com。

吃大葱

□ 一味凉

小美很讨厌吃大葱，但最近，单位食堂好像和大葱干上了，大葱炒鸡蛋、大葱炒肉……小美吃得痛不欲生，一打听才知道，这些大葱来自单位结对帮扶的贫困村，估计还得吃上一段时间。

这时正好有个出差的苦活儿，得在外地租房住上好几个月，小美连忙主动揽下，至少不用吃大葱了。不料去了那里没几天，她就因为疫情，滞留在租的房子里。

小美根本没囤菜，正发愁呢，楼里一个做农产品批发生意的邻居找上门来。原来，他刚刚拉了五吨大葱回来，却不能出去卖，只能和邻居们一起"内部消化"了。小美感激又痛苦地收下他给的大葱，开始了新一轮的"花式吃大葱"。

好不容易熬到解封，单位给小美放了几天假，她就想回家住几天，顺便改善一下伙食。接到小美的电话，

妈妈高兴地说："我正准备给你打电话呢，咱家有喜事了！等你回来告诉你！"

小美兴高采烈地回到家，一进屋就发现桌上放着几根大葱，不禁脱口而出："今晚吃这个？"妈妈挥了挥手上的一捆芹菜，解释说："你堂哥堂姐的孩子不是要上小学了吗？这大葱和芹菜是我给他们准备的'聪明勤奋大礼包'。寓意好，还省钱，不错吧？"

小美松了一口气，又问妈妈："那你说的喜事是什么？"妈妈笑了笑："你哥要结婚了，那姑娘不错，她家要的彩礼也不多，只是……"

"只是什么？"小美纳闷地问。

妈妈叹了口气，说："那姑娘是山东人，最爱吃大葱。你哥找个对象不容易呀，所以我们已经开始按照她的饮食习惯，每顿饭都吃大葱了……"

（发稿编辑：赵媛佳）

喝酒的理由

□ 张连春

大周嗜酒如命，偏偏老婆小翠常常阻拦，为此大周总是绞尽脑汁，找各种借口喝酒。

这天是周六，大周打完麻将回家，见小翠端上菜，立马去拿酒。小翠脸一沉："今天又不是节日，喝啥酒？"大周叹了口气："今天运气不佳，输了四十块钱，郁闷啊。"小翠见老公输了钱心里不舒服，也就没再阻拦。到了周日，大周从麻将馆回来时满面春风，又把酒摆上了饭桌："我今天赢了八十块钱，不仅把昨天输的捞回来了，还多赚了，得庆祝一下啊！"小翠心想等明天上班了，看你还有啥借口。

周一吃晚饭时，大周边拿酒边苦着脸说："今天真倒霉，挤公交车丢了五十块钱啊！"小翠撇撇嘴，没理他。到了周二，大周下班回来又去拿

酒，小翠忍不住揶揄道："该不会是昨天丢的钱，今天又跑回来了吧？"大周笑嘻嘻地掏出一张百元票子，说："还真叫你说着了！看，路上捡的，不仅跑回来了，还带着利息呢。得喝酒庆祝下吧！"

周三傍晚，大周一进家门，就气呼呼地去拿酒。两杯酒下肚，他才说出了缘由。原来，大周在自家楼下遇到了李明，李明是当年小翠众多追求者中的一个。大周皱着眉说："我看他在楼下转悠，八成是想打你的主意，于是把他赶走了。"

到了周四，大周进了家门才想起来，今天喝酒的理由还没编好呢。不料，一抬头酒已经摆在饭桌上了。小翠瞅瞅他身后，问："那俩人呢？"大周一头雾水："哪俩人？"

小翠冷笑道："按你的习惯，你昨天赶走了一个情敌，今天应该领回来俩人才对啊。"

（发稿编辑：朱 虹）

回家

□ 陈 恺

因为疫情，小玲和同事们一起在公司被隔离了一个多月。

这天，一接到解封的通知，小玲就迫不及待地给老公打电话，让他给自己准备点美食，还特地交代了要给爱犬阿黄买些狗粮。小玲滔滔不绝了半天，电话那头才传来老公支支吾吾的声音："老婆，居委会说，你回家后，

我要跟你一起居家隔离七天。我觉得，你可以……住酒店隔离……"

小玲一听就来气了："什么意思，你是不让我回家吗？"老公赶紧解释道："不不！你想想看啊，去酒店只需要隔离你一个人，更划算一些。"小玲听了更加怒火冲天："什么划算不划算的，我看你就是自私，也不想想我在公司待了一个多月是什么感受？我不管，反正我就是要回家！"挂上电话，小玲越想越觉得不对劲，两人一直感情很好，有时她回娘家住几天，老公都要催自己快回来，可这次分开一个多月了，他却……难道家里有什么不想让她看见的？一想到这儿，小玲决定，非回家不可！

第二天，小玲一进家门，就一把推开老公，气势汹汹地检查房间，甚至连床底下、衣柜里都不放过。老公跟在她身后，心虚地赔不是："老婆，对不起，我不是故意的……"小玲心里咯噔一下，只听老公继续说："我前天下楼去扔垃圾，忘记关门，阿黄趁机溜了出去。我寻狗启事也贴了，但还没找到……我怕你生气，就想支开你，再找找看……"

听了这话，小玲又急又气，却又哭笑不得："这就是你不让我回家的理由吗？我去酒店隔离一周，你就能找到阿黄了？！"

（发稿编辑：田 芳）

（本栏插图：小黑孩 顾子易）

都说"三个女人一台戏"，其实吧，男人们凑到一块儿，戏也热闹着呢！来"故事云"**扫码听故事**，听听属于老少爷们的酸甜苦辣，还有他们不曾言说的秘密吧！

今日主题

男人，哭吧，笑吧，
都是故事！

有对父子，一前一后地进了小馆。两人像是闹了别扭，谁也不跟谁说话，自顾自地选故事听。阿俑想说点什么缓和一下气氛，凑过去一瞧，乐了：父子总归是父子，两人选的故事不谋而合！

阿俑顺势说道："既然选了一样的故事，不如你俩就一块儿听呗？"

父子俩对视了一眼，虽然都还虎着脸呢，但不约而同地都朝对方移近了一步……

🎧《父子打赌》　🎧《我也是受过教育的人》

《父子打赌》

《我也是受过教育的人》

另一头，哥们几个凑一起叹苦经呢！一个说："家里的'小皇帝'真难伺候，一会儿要吃比萨，一会儿要吃提拉米苏，关键'皇太后'还说了，外面卖的不放心，逼得我自己做！你们说，这年头当奶爸的，容易吗？"

另一个忍不住说道："我也苦啊！最近老忘事，老婆说我就跟那'马大哈'似的，天天嫌弃我！"

这时，不知哪位老兄调侃了一句："唉，男人的故事，说吧说吧，都是泪！"

🎧《皇帝的比萨》　🎧《马大哈投宿》　🎧《不幸的男人》

《皇帝的比萨》　　　　　《马大哈投宿》　　　　　《不幸的男人》

小馆里的一对老夫妻，听着大伙的"感慨"，不由得相视一笑。

老太太轻轻扯了一下丈夫的胳膊，问道："咱俩年轻的时候也没少斗嘴，你是不是也憋了一肚子委屈？"

老先生牵牢太太的手，爽朗地笑道："能有什么委屈呢？这些年陪我斗嘴的人，不是也陪我到了老了嘛！咱俩像现在这样，一起听听故事，就好！"

🎧《农夫告状》　🎧《医驼背》　🎧《借衣服》

《农夫告状》　　　　　《医驼背》　　　　　《借衣服》

秋季增刊 故事会 STORIES 2022

CONTENTS —STORIES— SEMIMONTHLY

欢迎登录本刊主办的"故事中国网"（www.storychina.cn）

秋季增刊

社 长·主 编 夏一鸣
副社长 张 凯
副主编 朱 虹 吕 佳
本期责任编辑 吕 佳
电子邮箱 lujia411@126.com
发稿编辑
丁娴瑶 陶云韫 曹晴雯 孟文玉
美术编辑 王怡斐 郭瑾玮
红版编辑部电话 021-5230 4059
绿版编辑部电话 021-5320 4052
地址 上海市闵行区号景路159弄A座3楼
邮编 201101
主管·主办 上海文艺出版总社
出版单位 《故事会》编辑部
发行范围 公开

· 出版发行部 ·
发行业务 021-5320 4165
发行经理 钮 颖
媒介合作 021-5320 4090
广告业务 021-5320 4161
新媒体广告 021-5320 4191

· 融媒体中心 ·
《故事会》微博 @故事会
《故事会》微信 story63
故事中国网 www.storychina.cn
《故事会》网店
shop36332989.taobao.com

故事会公众号 故事会小程序

国外发行 中国图书贸易总公司
印刷 浙江广育爱多印务有限公司
发行 中国邮政集团公司报刊发行局总发行
国内代号 4-225 定价 6.00元

爆笑家庭

（本栏插图：小黑孩）

@ 送你一颗星 这天中午，妈妈做了个毛豆炒虾，儿子把虾吃完了。爸爸打牌回来吃饭，说："唉，今天吃水煮毛豆啊？"

第二天，妈妈做了个青椒红椒炒鸭肠，儿子又把鸭肠吃完了。爸爸打牌回来吃饭，说："唉，今天吃青椒炒红椒啊？"

然后，爸爸就决定戒牌了。

@ 一觉睡回小时候 老公问老婆："如果有下辈子，你想做人还是做动物？"

老婆说："我想做一条鱼，在大海里自由遨游。你呢？"

老公想了想，说："我要做抓鱼的人，把你捞上来好好养着。"

老婆很感动，问："可是你咋知道哪条鱼是我呢？"

老公坏笑道："抓最胖的那条鱼就对了。"

@ 小城事故多 有个超级富翁，第一次见他的女婿，富翁对女婿说："为了表示对你的信任，我给你工厂一半的产权。你只要每天去工厂转一转就行。"

没想到女婿说："我最烦去工厂，我可受不了那些噪音！"

富翁说："那你想怎么办？"

女婿说："简单啊，你可以把我的那一半产权赎回去。"

@ 行走的表情包 小丽给老公打电话，电话那边很吵，小丽就问他："你在哪儿呢？这么吵。"老公亮着大嗓门说："老婆，我可懂事了，这大热天的，在家里待着吹空调多费电，所以我出去蹭空调了！"小丽有点心疼，忙说："老公，你辛苦了。"

老公压低了声音说："不辛苦不辛苦，就是打麻将输了200元，想请你批准报销。"

囧人囧事

@叮咚爱蛋糕 有个书生在山中赶路，遇到一个和尚化缘，书生就给了他一些铜钱。

走到山脚，书生到一家饭馆吃饭，发现刚才那个和尚也在吃饭，面前赫然放了一盘青椒肉丝。

书生上前质疑道："你不是和尚吗，怎能吃肉？"

"和尚"听了，急忙解释道："施主，请你切莫误会！这盘菜可不是贫僧自己吃的，待会儿贫僧要带回家给老婆吃。"

@喔喔大战奥特曼 一个女孩在神前祈祷："神啊，我们分手了，我想彻底忘记他，却怎么也忘不掉，我该怎么办？"

神赐给女孩六本厚厚的关于他的详细资料，让女孩每天背诵、每周摸底、每旬模拟、每月统考，持续了一个学期，最后正式考了一次。

女孩答出了关于他的每一个问题，走出考场，立刻就把他彻底忘光了。

@一冬白雪 晚上，老李开车外出，因为雾霾太大，找不到高速公路

的出口，于是老李下车查看。这时只见前方有一个男人走来，老李忙向男人问路，男人告诉老李："往前20米，右转就是出口。"

老李十分感激："太谢谢了，不过，您在这干啥呢？"

男人说："我和你一样，也是下车找道的。"

老李说："哦，那您怎么不走呢？"

男人苦笑着说："这道是找着了，车找不着了。"

@偷心者 患者问医生："你还记得吗？前年你曾给我看过风湿病，当时你要我避免潮湿。"

医生说："记得啊，那你现在病好了吗？"

患者说："好多了，但我想知道，已经这么久了，现在我可以洗澡了吗？"

趣闻天下

@兰花花 最近，动物们组建了一支交警队。

黑猫交警看见兔子开车过来，马上吹哨，训斥道："兔子，看你眼睛红红的，你酒后驾车！"

这时，螃蟹的车也开过来了，黑猫见了又吹哨道："螃蟹，你又横穿马路！"

袋鼠骑电动车路过，又被黑猫拦住了："袋鼠，你以后不许骑车带小孩。"

黑猫一扭头，看见身后的乌龟，更是气不打一处来，怒道："乌龟，谁让你上快车道了？"

@山河无恙 幼儿园的小朋友们午睡起床，老师帮他们穿鞋。小明这天穿的是一双小皮鞋，老师费了好大劲才帮他把鞋穿好。这时，小明说："老师，这双鞋不是我的。"

老师一听，又费劲地帮小明把鞋脱掉了。谁知小明说："这双鞋是我弟弟的，不过妈妈说，今天让我穿这双鞋上幼儿园。"

@冲鸭 男人去饭店吃饭，看到美女服务员在那摇微信，他马上也拿起手机开始摇，还真加上了女服务员的微信。男人在微信上问："美女，有空吗？"

女服务员回了句："有呀！"

男人又发了一句："有空你赶紧给我拿个勺子过来啊，叫了八遍服务员了，都没人理我。"

@蜡笔小萌 顾客给客服打电话，客服问顾客贵姓，只听顾客在电话那头说"喂"。

客服以为信号不好，又说："喂——"

顾客还是回答"喂"，客服只得再次问道："喂，先生，您听得到我说话吗？"

顾客回答："听得到。"

客服继续询问："先生您好，请问您贵姓？"

顾客说："我都说好几遍了，我姓韦。"

多年了，说起来我也是看着你长大的！"

@ 勇者无敌 大伟来到一家武侠主题的饭馆吃饭。店里称呼顾客为"客官"，称呼服务员为"小二"；菜名也充满武侠风，比如红烧鹅掌叫"降龙十八掌"，羊肉煲叫"九阳神功"等等。

大伟正在进补"九阳神功"之时，突然看见一只蟑螂蹿上桌面，大伟怒喝一声："小二，速来！"

服务员跑过来一看，连声高呼："有刺客！"

@ 不靠谱的月下君 财主过寿，大摆宴席。有个穷亲戚前来赴宴，门房故意为难他，等他进屋时，大家都已吃得差不多了。

这时，仆人端来了最后一道菜——鳖汤，有个客人看到刚进来的穷亲戚，故意喊道："好嘞，鳖来了！"

穷亲戚看着满桌杯盘狼藉，残羹剩汤，生气地说："可不是嘛，整个席上啥都没了，就剩些王八啦！"

妙语如珠

@吃瓜爱好者 有个小伙独自一人去吃火锅，服务员见了，就在小伙对面的座位上放了一只玩具熊陪伴他。小伙觉得很有趣，吃饭时就开玩笑地和玩具熊说话。

结完账，小伙问服务员："这只熊我能带走吗？"

服务员笑着问："怎么了？是和它聊太久，它知道得太多了，你要带回去灭口吗？"

@ 心越万重山 有个男生，上初中时身高不到 1.6 米，比同桌的女生还矮一截。后来，男生和同桌女生上了同一所高中，但还是比她矮。到了高三，男生蹿个儿，猛地长到了 1.8 米。

高中毕业那天聚餐，女生单独敬了男生一杯酒，说："咱俩认识这么

本栏欢迎来稿，读者、作者可将有新鲜感、有精彩细节的笑话佳作投寄给我们。来稿一经采用，最高稿费为一则 100 元。本期责任编辑电子信箱：lujia411@126.com。

亨利·斯莱萨（1927—2002），美国知名作家、编剧，被《电视周刊》誉为"全美国拥有最多观众的作家"。本篇改编自他的同名小说。

折扣俱乐部

□无机客 编译

杰瑞和芭比是一对年轻夫妇。最近，他们和新邻居福斯特夫妇交上了朋友。两对夫妻年龄相仿，兴趣相投，常约在一起烤肉或打高尔夫球。平时，杰瑞和芭比提到想购置什么东西时，福斯特夫妇总会说他们有熟人，能帮忙争取到六折左右的优惠价。

起初，杰瑞夫妻俩对邻居的话还有点半信半疑，毕竟世上有一类爱说大话的人，总是做出光鲜的承诺，却永远没能力信守。然而，在亲自体验到低价优惠后，他们便对邻居夫妇佩服得五体投地了。小到吸尘器和旅行箱，大到汽车，全都用上了福斯特夫妇介绍的折扣优惠。甚至当芭比说起打算去拉斯维加斯过结婚周年纪念日时，福斯特太太都主动请缨，要帮他们以七折的低价订五星级酒店的豪华套房。更棒的是，她还能弄到十张赌场代金券，到时每张都能充当一百美元的赌资！

杰瑞夫妇感慨能遇到这样的好邻居，真是交好运了。现在经济不景气，享受折扣，能省不少钱呢！

不久后，杰瑞和芭比到了拉斯维加斯。开头两天，夫妻俩在赌场、餐厅和华丽的舞台秀之间连轴转，玩得不亦乐乎。靠着免费得来的赌场代金券，他们在赌桌上体会了一把一掷千金的滋味。然而，第三天晚上，当他们再次光顾赌场后不久，一名保安模样的男子悄悄靠近杰瑞，然后将他带入一间办公室。办公桌后面的男子不苟言笑，他说："我是这家赌场的主管，是谁给了你那些'代金券'？"

杰瑞被男子的气势吓得不轻，立马回答："我的朋友，福斯特夫妇给的。"

男子看了一眼他的下属，下属解释道："福斯特，应该是她婚后的姓氏。"

男子冷冰冰地说道："代金券不要再用了，请你们带着行李离开吧。去转告你的朋友，不要再用折扣了，听明白了吗？"

杰瑞连忙点头，他迅速离开那间办公室，在老虎机旁找到芭比，不由分说地带着她离开赌场。

回去的路上，芭比听杰瑞讲述了经历，她煞有其事地推理起来："我觉得重点在于福斯特太太的身份。我想起她带我去买旅行箱那天，箱包店的老板见到她时神色怪怪的，还说让她不要再来了。"

杰瑞："这么说起来，那次福斯特先生带我去车行，车行老板在介绍车型时，一直流汗不止，可

当时店里开着空调呢！那老板肯定是因为紧张吧！天啊，芭比，我们的邻居到底是什么来路？"

芭比按捺不住满脑子的好奇："咱们回去后就找他们问清楚！"

杰瑞和芭比回到家，以送手信的名义去了福斯特家。福斯特夫妇察觉到杰瑞他们的情绪有异样，福斯特先生说："你们在赌场输了钱，对吧？真希望没输太多。"

杰瑞没好气地答道："我们被赶出了赌场，都没机会大输。"

福斯特太太追问道："被赶出来？"

于是，杰瑞讲述了事情经过，而福斯特夫妇露出内疚的神情。芭比问道："请告诉我们，你们究竟是怎么弄来折扣的？"

福斯特夫妇对视了一眼，然后福斯特太太拿出一张照片："这是我和父亲的合影，这都要从我父亲说起。我父亲名叫约翰尼·德尔·卡斯特罗，想必你们听说过他的名字吧？"

杰瑞和芭比不约而同地倒吸一口冷气——约翰尼·德尔·卡斯特罗是赫赫有名的黑帮大佬，控制着庞大的犯罪网络，前些年才被捕入狱，去年他在监狱里被其他犯人杀

害。

福斯特太太继续说道："我父亲入狱前一周，和我见了一面。父亲说他的财产都被政府扣押了，给不了我，但他想要给我一样别的东西。父亲说，他有一份机密资料，里面收集了许多社会名流和大小企业的'黑材料'。我只要跟名单上的那些人联系，报出父亲的名号，那些人就会卖我一个人情。我后来想到一个利用这份资料赚钱的办法，就是弄来各种商品的折扣价优惠，再将优惠提供给其他人，从中赚取差价。"

芭比清了清嗓子，说："也就是说，你们说用优惠价帮我们订酒店套房、购置汽车时，其实你们从中赚了钱，对不对？"

福斯特先生抢先辩解道："但你们到手的价格依然很划算，不是吗？你们可以把这当作一家'折扣俱乐部'。假如你们愿意，也可以入伙！你们介绍生意，我们分你们一半利润！这很公平，对吧？"

杰瑞显然被说服了，连连说道："是的，是的。"

芭比却怒气冲冲地说："但那些人给你们打折扣，是因为他们的把柄在你们手上，你们的做法和勒索没啥两样！"

福斯特太太的面色阴沉下来："亲爱的，你不能这么看事情。我们从不威胁任何人，只是让他们卖个人情而已。"

芭比驳斥道："不，你们不用威胁他们，你们只需要让他们心怀恐惧就行。"她站起身，回头看了一眼丈夫，于是杰瑞也赶忙起身。

芭比说："我们走了，以后再也不会劳烦你们了。"

回到家，杰瑞一直怪罪芭比在福斯特家说话太冲，把两家人的关系都弄僵了。芭比心里也很不是滋味，她辗转反侧了一夜，想要向警察告发福斯特夫妇，但想到以前和他们相处的快乐时光，又觉得于心不忍。

次日，杰瑞按时出门上班，却比平时早了两小时回到家。他一脸郁闷地告诉芭比，公司裁员，他已经收到了解雇通知。假如他不尽快找到新工作，家里房子、车子等贷款都要还不上了，那将是大麻烦。

芭比听到消息后，只觉得一阵眩晕。她心神不安地在床上躺了一宿，睡梦中见到了去世的父亲。芭比的父亲是个正直的人，常常把"邪恶取得胜利的唯一必要条件，是正直的人袖手旁观"这句名言挂在嘴边。父亲在梦中告诫芭比："假如你不对此做点什么，你就是在协助罪犯。杰瑞被炒鱿鱼，就是老天给你们的惩罚。"

芭比醒来后，终于鼓起勇气，拨通了警察局的电话号码："您好，是警察局吗？我是……"然而，杰瑞不知何时出现，切断了芭比的这通电话，同时说道："看在老天的分上，你到底想做什么，芭比？"

芭比坚毅地说："杰瑞，我在做我该做的事——报警。"

"你在出卖福斯特夫妇！你不能这么做，他们是我们的朋友！"

"他们在利用我们赚钱！他们算什么朋友？"

杰瑞按住芭比的肩膀，说道："他们是朋友，我能证明！昨晚，你上床睡觉后，我去找了福斯特夫妇。我把我被裁员的事告诉他们，福斯特先生说他也许有解决办法。资料名单里有我公司高管的名字……你明白吗？福斯特先生只是打了两通电话过去，然后今天早上，我就接到上司的电话，他说我的解雇通知是'文书错误'，还说公司打算涨我的薪水……"

杰瑞继续说："亲爱的，你想想，福斯特夫妇手上的那份资料能派上多大用场？除了'折扣俱乐部'，还可以有'保工作俱乐部''入学俱乐部'……这些能给我们带来多大的好处？"

听到这里，芭比不由得愣住了，而听筒那一头，只传来了断线的声音……

（发稿编辑：丁娴瑶）

（题图、插图：陆小弟）

朋友圈代言专家，你听说过吗？他们专门替人设计朋友圈的风格，为他们打造网络时代的"脸面"……

最近，夏朗的妹妹说，她谈恋爱了。夏朗问对方是谁，妹妹拿出手机，展示了男友的朋友圈。谁知夏朗看了，竟然吼道："必须跟这个'云胡不喜'分手！"

"凭什么？"妹妹盯着夏朗质问，"就凭他的朋友圈？我看，你就是妒忌他有才。"

夏朗涨红了脸，欲言又止。

大四那年，夏朗保研成功，空闲时间多了起来。他看别人在朋友圈做微商，也跟起了风。夏朗脑子灵活，不走寻常道，他当起了"微信代言专家"，卖"智慧"。

夏朗专门替别人设计朋友圈。网络时代"见微知人"，朋友圈是一个人的脸面。有人要脸面，又不擅"化妆"，就委托高手帮着设计，夏朗就是此中高手。

客户基本上都是大学生，撩妹的、网恋的、装腔的，形形色色。虽然客户不多，但只要抓住一个，基本就是中长期饭票。

隔壁大学有一个叫"蹲在墙头等红杏"的小伙，出手阔绰，带点痞子气，是夏朗的大客户。

刚接洽"业务"的时候，夏朗说："你得改昵称。用假名、说真话的QQ时代早过去了，现在是微信时代，都是用真名说假话。"

"就你了。"对方被夏朗用一句

云胡不喜

□ 高自发

話征服了。

成了？夏朗还寻思得多费点口舌呢，没承想这么快就拿下了。

"昵称要与众不同，有文化气息……"夏朗听对方姓胡，灵机一动，说，"就叫'云胡不喜'。"

对方问："啥意思？"

夏朗就给他讲《诗经》："'云胡不喜'，就是'怎么让我不欢喜'，既带了你的姓，还显得很有文化。"

"牛！""云胡不喜"发过来一个跷大拇指的表情。不爱打字，爱发表情包，"没文化！"夏朗心里不免鄙夷。但鄙夷归鄙夷，夏朗仍使出浑身解数给他设计朋友圈，顾客就是上帝。

直到有一天，夏朗看到"云胡不喜"的朋友圈里有妹妹的留言，他立刻警觉起来。

妹妹怎么会和"云胡不喜"是好友？他们是什么关系？

知道妹妹已经和"云胡不喜"聊得火热，夏朗急得抓耳挠腮。必须趁妹妹还没有和他深交，让她跟"云胡不喜"断掉。

"云胡不喜"最早的朋友圈，夏朗是了解的。里面除了抽烟、喝酒、泡吧、打游戏，似乎没见他做过别的事儿。夏朗当时建议他，要么把这些乌七八糟的内容全删掉，

要么就把朋友圈设置三天可见。

"全删掉。""云胡不喜"说，"我要跟过去说拜拜。"

夏朗当时还嘀咕了一句："洗心革面了？"一想到这些，夏朗就想扇自己一个响亮的嘴巴。

夏朗决定，要和"云胡不喜"见一面，虽然这违背了自己不和客户线下交往的"规矩"，但这个例他得破，他不能眼睁睁看着妹妹往火坑里跳——夏朗懊恼地想，如果妹妹跟"云胡不喜"交往是跳火坑，那他这个微信代言专家岂不就是掘坑人？

到了约定的咖啡馆，夏朗却没

了网上指点江山的气魄，他被"云胡不喜"的英气震慑住了。

"云胡不喜"穿着一件普通的T恤衫，T恤衫下是一身藏不住的腱子肉。

"云胡不喜"开门见山地说："我知道你为什么要约我，为了你的妹妹，是吧？"

一定是妹妹跟他说了什么，夏朗心里嘀咕。

"云胡不喜"说："非常感谢，是你改变了我。"他不管夏朗惊疑的神色，继续说："还记得我和你说的'要跟过去说拜拜'吗？从你

替我打理微信朋友圈起，我真的按照你给我设计的生活在做。我爱上了健身、阅读……对了，我尤其喜欢读《诗经》。我想，咱们的合同应该解除了，不为别的，我的生活应该由我自己来设计才对。"

"云胡不喜"抬腕看了一眼表，起身拎起外套搭在肩上："抱歉，我该走了，有约会。"

走到门口，他又回头冲夏朗说："我很喜欢你给我起的网名。"

夏朗怅然若失地坐在那里，喝掉了杯里已经凉了的咖啡。

不知过了多久，夏朗打开了手机，只见"云胡不喜"新发了一条朋友圈，内容是一张照片。画面上，他在前面奔跑，回头冲镜头比了一个"V"字，后面拍照的人抬起一只脚，让白球鞋入镜。这是现在年轻恋人流行的拍照方式。

要不要点赞祝福？夏朗犹豫着，把拇指移到了点赞按钮上……

（发稿编辑：陶云韫）

（题图、插图：陆小弟）

红版编辑部各编辑邮箱：

吕　佳：lujia411@126.com

丁娴瑶：dingxianyao@126.com

陶云韫：taoyunyun1101@163.com

曹晴雯：caoqingwen0228@126.com

孟文玉：yuwenmeng@126.com

老牛 "投票"

□ 周海胜

如今，全村几乎没有一家靠老牛种田了。老刘却一枝独秀，还是过着原来那种"三亩地、一头牛"的农耕生活。

老刘的老伴早就去世了，儿子小军和媳妇在城里打工，家里就剩下老刘和这头牛相依为命。每到农闲时候，人们就会看见老刘拿个小板凳，坐在牛圈旁，絮絮叨叨地和老牛说着话。有人说："老刘的牛成精了，能和老刘聊天。"

前段时间，村委会换届，全村的人都在为选举的事忙碌着。意外的是，小军领着媳妇从城里回来了。吃饭时，老刘问："你们在城里干得好好的，咋回来了？"

儿子说："我想竞选村主任。"

老刘一听，心里翻腾起来。

小军回来后，立刻忙了起来。媳妇也忙前忙后，在村里到处撺掇。直到晚上，夜深人静，小军两口子才来到老刘的东屋，和老刘唠起了心里话。

原来的村主任郭宝子，这几天也没消停，他也一直在忙着，但他不是忙竞选。现在正是即将追肥的时候，郭宝子通过自己的战友买到不少化肥，大车小车拉到了家里，准备卖给村里的种粮大户们。

小军告诉老刘："郭宝子这些化肥赚的，比种三十垧地挣的钱都多。他这是用村主任的权力，饱自己的私囊，就凭这一点，老百姓就不能信任他。"接着，小军对老刘说出了自己的想法："我要用这件事扳倒郭宝子。"老刘望着小军，表情复杂，没有吱声。

老刘不是对儿子不放心，而是他认为郭宝子挺好的。郭宝子是个退伍兵，当村主任这几年一心为民，干了不少好事。村里的路修上了，又安装了路灯，没让老百姓花一分钱，是个好干部。从老刘内心深处来说，他想让郭宝子继续干。

郭宝子确实卖化肥赚钱，可他把赚来的钱用来帮助村里的困难户，小军怎么不提这个？在老刘心里，郭主任不是唯利是图的人。

选举的日子很快就到了，选举会场设在村小学校院里，全村男女老少都出动了。四位候选人很快淘汰了两位，不出所料，最后剩下的是小军和郭宝子。

到了演讲环节，没想到郭宝子上台演讲时竟然跑题了，他没为自己拉票，却告诉人们，春耕大忙时节即将到来，没备好种子化肥的赶紧来自己这儿购买……听得老刘都着急了。等到小军上台，只几句话就迎来了热烈的掌声，他不但规划了本村未来"振兴"的前途，还承

诺了自己被选上后将如何去做。老刘心想：这小子太能说了，看来这几年，没白在外面闯。

接着，是投票、唱票、计票，谁都没想到，小军和郭宝子，两个人的票数相同。这一下全场都震动了，很多人都嚷嚷着："重选！重新投票！"小军和郭宝子也着急了，这可怎么办呢？

会计李才大声说："不对呀，发出去的票和收回来的对不上数！"

大家仔细一算，可不是吗，发出去了947张票，可两个人分别得到了473张票，缺了一张。看来有人还没投票，这个人是谁呢？能不能让他把票投一下呢？人们又议论起来了。

有人喊："刘大爷的票没投呢！看，还在他手里拿着呢。"人们顺着声音望去，只见老刘靠在墙上，抽着旱烟，手里攥着那张象征他权利的选票。工作人员立刻把老刘请到了前面，对他说："刘大爷，我们想听听你的看法。如果你想弃权，也可以，不过那样就麻烦了，还得重新投票。"

老刘长叹一声说："各位领导，我还真有个想法，不知道你们能不能同意。"

大千世界 众生百相

小军一看是老刘没投票，高兴得不得了，听了父亲的话，立刻说："爸，你还有啥想法呀，把你的票投到箱里不就得了吗？"

老刘说："不成，你先听我说完。我们家呀，常年在家的就我和老牛，你们都知道，我们家老牛通人性，没有它和我作伴，我都不知道这日子咋过呀！今天，我想请我的老伙计——老牛，替我做决定。你们看行不行？"

众人一听都张大了嘴巴，领导们也都瞠目结舌。

小军气呼呼地说："爸，你说啥呀，老牛怎么会选人呢？"

老刘把烟掐灭，慢悠悠地说："我的老牛懂我的心，你们要不同意，我就弃权了！"

李才一听，急忙说："刘大爷，别生气，老牛怎么选呢？"

"这容易，我把老牛牵来，让小军和郭宝子两人站在前面，然后我把老牛撒开，它走向谁，我就投谁的票。你们看怎么样？"

众人听罢，一片哗然。有的摇头说老刘糊涂了，有的说这可是新鲜事。众口不一，郭宝子苦笑不已，小军也直摇头。这时，李才说："这样吧，既然刘大爷有这个想法，我们不妨试一试？"

两人一听，点头同意。接着，李才草拟了一份说明，分别让老刘、小军、郭宝子签了字，按了手印。众人都没有异议，老刘就把自己家的老牛牵来了。

小军和郭宝子一左一右相距五六米远站在前面，其他人都围着老刘和老牛，想看看这老牛怎么选。有些人议论着："这不公平，老刘家的老牛，自然认识小军，郭宝子要吃亏了。"

老刘来到距小军和郭宝子十多米远的地方停下了，他把缰绳搭在

老牛的脖子上，拍着老牛的脑袋说："老伙计，不要怕，看你的了。"说完，他绕到老牛的后面，举起鞭子照着老牛的脊背抽了一下，高喊着："驾！"只见老牛迈着四方步向前走去。走到一半，老牛停下来，抬起头向前方看了看，又抬起鼻子嗅了嗅。

人们的心都提到了嗓子眼，关注着老牛的方向。只见老牛向小军望了望，"哞"地叫了一声，然后转头向着郭宝子快步跑了过去，来到跟前，还用头蹭了蹭郭宝子。

老刘递出手里的一票，说："听老牛的，这票我给郭宝子！"

选举结果在太阳落山前敲定了。小军两口子垂头丧气地回到家，鼻子不是鼻子脸不是脸的。

老刘把小军叫到跟前说："小军啊，你知道为什么老牛选择了郭宝子吗？"

小军气鼓鼓地说："你把我的计划全打乱了！"

"你的计划？你昨天说有一条高速公路从我们这里经过，要占好多地，有很多补偿款，是吧？你在计划什么，我心里有数！"

"我不是为咱这个家吗？"

"为这个家？三年多了，你回过这个家几趟？你回来竞选村主任，拍拍良心说，真是为村里百姓着想？还不是惦记其他东西！按规定，村里该提的补助可不是个小数目啊，如果当上主任，你花着是方便了，可这钱用不好就是犯罪！"

小军不服气，说："那郭宝子卖化肥，他挣钱你就不说了？"

老刘说："人家郭主任卖的化肥，质量好，价格比镇里卖的每袋便宜了十多元，贫困户买化肥打个欠条就行。而且，他把挣来的钱都补贴村里的困难户了，他这是行善，为村里做好事！你却昧着良心，说他卖劣质化肥。告诉你，我连着两年用他的化肥，庄稼长得好着呢！你不在家这几年，每到春耕时候，我一个人忙不过来，都是郭主任帮我扶犁。去年我肠梗阻，去镇里住院，是郭主任每天来喂我家的老牛。老牛都和他有了感情，这老牛是通人性的，它和人家亲近，所以今天这一票，是老牛报恩！"

小军听着，低下了头。

第二天，小军夫妻俩准备回城里打工了，临走时告诉老刘："爸，我们会常回来看你！"

老刘送走他们，回到院里，蹲在牛棚前，又和老牛唠起了家常。

（发稿编辑：陶云韫）

（题图、插图：陆小弟）

低级
仿冒

□默 槐

小区附近新开了一家超市，名叫"沃马超市"。跟国际连锁"沃玛超市"只有一字之差，商标看起来也很像，只不过是字母"W"的花体写法上略有差别。

附近的居民见了不免议论几句："嗨，还以为是国际连锁超市呢，原来是个山寨的！"

"取个什么名字不好，非要搞这种低级仿冒，何必呢……"

不过超市里品种还挺齐全，附近居民过日子到这里可以"一站式"买齐。新店开张，打折促销，老板还赠送小葱之类的小菜。

价廉物美，又占了地利，很快不再有人在意山寨"沃玛超市"的事儿，这个沃马超市成了附近居民买菜购物的首选。

只有一个人坚持不去沃马购物，那就是小区里的李大爷。李大爷退休前是市里一家研究所的技术专家，做了一辈子的科研，养成了严谨和一丝不苟的习惯。李大爷为人谦和亲切，街坊邻居有求必应，但他特别看不惯这种低级仿冒的行为，以至于哪怕是看到沃马超市的袋子，也会投以鄙夷的眼神。

可让李大爷恼火的是，附近的电信网点临时关闭了，沃马超市承接了收电话费和网费的业务。这回就算是李大爷再有意见，也不得不踏进沃马超市的大门了。

李大爷来交网费，把一张崭新的百元大钞递给老板娘。老板娘往验钞机里一放，只听得机器立刻"嘀嘀嘀"报警："请注意，这张是假币！"

老板娘脸色一变，把那张一百元拿出来还给李大爷，说道："大爷，要不您给换一张？"

李大爷的脸庞涨得通红，不肯接那张钞票，瞪大了眼睛说："你们这些伎俩我懂！说我给了假币，让我换，其实早就趁我不注意把我的真钞换掉了！我给你的是我刚从银行取的钱，绝不可能是假钞！"

老板娘也急了，争辩道："大爷，天地良心，我们店里也有监控，我要是换了您的钱天打雷劈！再说我只是让您换一张，您这么急赤白脸干吗？"

一见有热闹看，店里的顾客立刻都围在旁边。李大爷又委屈又气恼，便将潜藏已久的成见统统倒了出来，什么国家高度重视知识产权，提倡文化自信，你们却还顶风作案，仿冒西洋品牌；什么街坊们不予计较也罢了，现如今，你们却要反咬一口，污蔑我用假钱……

围观顾客中有不少李大爷的老街坊，深知他的为人，便帮腔说道："老李退休工资高人品也好，怎么可能给假钱，是不是弄错了？"

老板娘当着众人的面，把那台验钞机音量调到最大，然后把手里那张百元钞票放了进去，只见验钞机的红灯亮起，警报声"嘀嘀"作响，还大声播报："请注意，这张是假币！这张是假币！"

机器不会说谎，很多人的钱都在这里验过，还没有这种情况出现。难道真如李大爷所说，是老板娘神不知鬼不觉地用假钞换了真钱？

李大爷坚持自己的看法，对着众人说："街坊们，他们家这个超市的名字，是偷人家国际连锁超市的，商人为了赚钱，什么事做不出来？我敢用我的人格和我一辈子的声誉担保，我给她的绝对是真钱！至于验钞机为什么会这样，我看只有老板娘自己知道吧！"

李大爷这一段话直戳人心窝，老板娘张口欲辩，话还没说出口，眼泪就掉了出来。

有人见老板娘哭了，便劝和道："都让一步吧，老板娘都哭了。"

李大爷摇头："真理不能让！当年我们单位的一个重要项目，就是被一个无良商家窃取后提前投入市场，搞得所里差点吃官司！"

这时，老板进货回来了，他挤入人群认真听了几句，一言未发，搀起满脸泪痕的妻子去了一旁的里屋。片刻之后，老板面色平静，拿着一摞东西走了出来。

"街坊邻居们，确实，我们就是做小生意的，读书不多，但今天，我跟大家说说心里话。大家都说我们为了赚钱仿冒沃玛，其实真不是这样的，请大家看看这个。"

说完，老板打开一本泛黄的皮壳证书。众人凑近一看，是一张注册于1996年的商标注册证。

老板把证件举过头顶："沃玛超市是国际连锁大品牌不假，它2006年才进入国内市场，可我们的'沃马'商标注册于1996年！1996年呀，那时候沃玛超市的中文名还没有翻译出来吧！"

"我祖上是商王沃丁，我叫沃守义，我老婆叫马辰信。给我们的超市取名沃马，就是希望我们夫妻同心，守义诚信……"

老板沃守义还没说完，李大爷已经看出了破绽："就算是'沃马'二字你注册在先，可是你这个商标设计也和人家沃玛那么像，这怎么解释呢？"

"请大家细看，这不是字母W，是一个写意的小山啊！我们是外地人，'沃马超市'在我们老家山城已经开了二十多年。我们的女儿大

学毕业后留在这个城市安了家，我们这才把店迁到这里。故土难舍，我请人做了这个商标，把我们老家山城的'山'字嵌了进去……"

大伙儿仔细一看，果然，那是一个写意画一般的"山"字，并不是字母"W"。李大爷是个明事理的人，他听到这里，也知道以往是误会了沃马超市，便说道："原来'沃马'的来历是这样，是我误会了。可是，假钞，我真的……"

沃守义笑着握住李大爷的手："李高工，我女儿就在您以前的单位工作，您的人品我知道！"说完，他从柜台上拿起那张一百元钞票，掏出验钞笔照了照，然后很肯定地说："这张钱是真的！"

这回李大爷也糊涂了，那怎么验钞机说这张是假币呢？沃守义举着钞票指给大家看："这张是最新版的人民币，这几处防伪都做了更新，所以旧版的验钞机无法识别，还以为是假币！"

误会解开了，大家继续开心地在沃马超市购物。谁都没有注意到，李大爷也悄悄提了一个购物篮，兴致勃勃地买小菜去了……

（发稿编辑：孟文玉）

（题图：豆 薇）

消失的儿子

□ 无字仓颉

最近，老魏有了一桩心事：儿子阿诚眼看就要大学毕业，不知道能不能找着一份好工作。老魏不求儿子薪水多高，只希望他能找份离家近的工作，自己伸手能够得着他就行。老魏媳妇一想起这事，也禁不住叹气。

就在两人担心之际，阿诚打来电话："我应聘上一家省内电力公司，是央企，就在黄河边！"

老两口喜上眉梢，心中的石头终于放了下来。

阿诚去公司报到前，回了一趟家，把学校里的家当都扛了回来。临走，老魏两口子打算去送行，可阿诚说："不用啦！我都这么大了，

一个人走没问题，何况公司也没多远。而且我刚去上班，啥都没确定呢，等稳定下来你们再去看我也不迟。"老两口想想是这么个道理，就没有坚持。

一个多月后，老魏收到了一个快递，打开一看，是一部智能手机，包装盒里还放了一张卡片，上面写着："刚发了第一个月工资，这是送给二老的礼物！"

老魏高兴得不行，他一直用的是老年机，只能打电话。老魏见过邻居用智能手机打视频电话，现在好了，自己也能打视频电话啦！

没几天，手机的视频功能就让老魏琢磨透了。他加上了儿子的微

信，约好时间打个视频电话。老魏特地说："我出去当兵那年，在火车上看见过黄河，你妈这辈子都没见过黄河呢。要不下回通话时你站到黄河边上，让你妈看看黄河？"

阿诚爽快地答应了。

到了约定的这天，老魏两口子早早吃了晚饭。他们算好了，儿子下午五点下班，六点肯定能到黄河边上。于是一到六点，老魏就向儿子发起了视频邀请。很快，视频接通了，儿子的头像出现在屏幕上。

老魏赶紧问："儿子，你工作怎么样？"

阿诚笑呵呵地说："放心吧，爸、妈，我这里一切顺利……"

老魏两口子听了很宽心。

突然，阿诚把脑袋略微偏了偏，将手机摄像头对着身后，说："看到没有？黄河！"

老魏顺着儿子指引的方向，果然看到一大片水域，远处还有一只船，船上还有人朝水里抛东西呢！老魏喊了声媳妇，说："看见没，黄河！还有船，船上还有人！"

老魏媳妇笑着说："黄河真宽，看着比电视上宽得多！"

阿诚说："电视里都是航拍，当然还是这样看着宽啦！"

老魏想了想，赞同道："是呀，

从天上看肯定没这么宽的。"

又聊了半小时，视频通话才结束。此后隔三岔五，老魏两口子就跟儿子视频，不时看看黄河。

转眼天气转凉了，老魏媳妇说："阿诚走的时候没带厚被子，现在天凉了，他那床夏天的被子不挡事了，给他寄床厚被子吧！"

老魏说："儿子单位不就在省里吗？不如咱给他送去，正好看看儿子工作的地方。"

老魏媳妇点点头，又问："那咱要不要事先通知一下儿子呢？"

老魏想了想，说："要是提前跟他说，他一准儿不让咱去，嫌大老远送被子不值当，你说是不是？咱还是搞个突然袭击吧！"

就这样，这天一大早，老魏和媳妇准备停当，出发去找儿子。地址是有一次跟儿子视频时要的，老魏天天研究手机功能，他知道微信里可以互相发定位，就让儿子发了定位。定位显示的确是在黄河边，把定位地图放大，那条粗粗的蓝道就是黄河，蓝道旁边的红点，就是儿子的位置。

下午三点，老魏和媳妇终于来到黄河边，可哪里有什么电力公司？手机上定位的地方，是个很大的垃圾处理厂！黄河倒是有，但也不是视频里见到的那样，没那么宽，水也很少，大部分都是河滩。

老魏一打听，这里根本没有儿子说的那家公司，夫妻俩脸都白了。老魏媳妇立马要打电话给儿子问情况，被老魏拦住了。老魏说："事情没那么简单，你忘了吗，他姨家的孩子是咋被骗走的？"

一语惊醒身边人，老魏媳妇想起表妹家的老大，几年前被人骗去南方搞传销，多年没音讯。而且那孩子不光自己去，还不断打电话到村里，诱骗别的小伙伴去。难道儿子也被人骗去了？想到这里，老魏媳妇脑袋"嗡"的一下大了！

老两口当下一致认定：儿子被骗去搞传销了！只要进了传销组织，怎么打电话劝说都没用，最有效的办法是找到地方找到人，把人给拉回来。两人顾不上喘口气，赶紧找到最近的派出所报案。派出所的人说，他们是管大堤治安的，建议两人到市公安局去。

老魏和媳妇辗转找到市公安局，天都快黑了。管事的科长一听是找传销人员的，立马让户籍科调查。户籍联网系统显示，阿诚的户籍所在地是福建省福州市。儿子怎么成了福建人？老魏狐疑着抄下具体的地址，陷入了迷茫。

老两口买了当晚去福州的硬座火车票，坐了一夜一天，第二天天傍黑时才到福州。

到地方一问，得知那不是传销公司，而是鼓楼区公安局下辖的一个办事处，上面的登记显示阿诚是集体户口，注册信息是一家电力公司的平潭分公司。办事处的人解释："这是家正规央企，你儿子就在这家公司的平潭分公司上班。"

老魏和媳妇得知儿子不是被传销组织骗走了，激动得想哭，但心里的疑问还在：好好的省内公司怎么到了福建？他们找了家便宜旅馆住了一宿，第二天一早，就往儿子所在的分公司赶。

又坐了两个多小时的汽车，夫妻俩来到一个像是海岛的地方。在车上，他们看到了一段很长的大桥，桥下面就是大海，无边无际。下车后又打了出租，终于找到了那家分公司。可是到公司一问，这天是星期六，员工不上班。老魏揪着心问："那有没有'魏诚'这个人？"得到肯定的回答后，老魏和媳妇又一次想哭。

按照公司值班人员提供的地址，老魏夫妻俩找到一座高层公寓。

到了门口，老魏颤抖着手上前敲门。好大一会儿，里面才传出两人熟悉的声音："谁呀？"

老魏和媳妇第三次想哭！

阿诚也吃了一惊，听完爸妈的叙述，他挠挠头说："其实我应聘的就是这家福建公司，爸再三强调，让我一定要待在家附近上班，我怕你们不同意，就没说，打算以后再讲。中间我回了学校一趟，把户口迁到这儿来了。真没想到，你们这么快就'神兵天降'……"

老魏媳妇终于哭出了声："只

要你没被骗，就是跑到天边我们也认了……唉，你这小岛远得还真像是到了天边！"

"看你说的。"在一旁久不出声的老魏开腔了，"再远也是咱中国！"接着，老魏又嘀咕道："我就说黄河没那么宽吧……"三个人你看我我看你，爆发出一阵大笑。

老魏突然掏出手机，问："小子，你是怎么发的假定位？"

"这个嘛……"阿诚接过老魏的手机，翻到微信对话框，找到"位置"，说，"爸，看着。"然后他点开"发送位置"，用手在地图上划拉，"你想要哪里的位置都能发，就看你选到哪里了。"

"臭小子，还能这样啊！"

阿诚陪爸妈好好吃了顿饭，然后带着他们来到公司的智慧能源新工地，阿诚自信地说："将来平潭要建设成为智慧能源城市，到时这里会作为示范区向全国推广，包括咱们老家！这里很适合我，也更有前途！"老两口满意地点了点头。

海风徐徐吹来，不远处的海滩，就是阿诚视频里出现的地方。夜幕低垂，海滩上萤光点点，据说它有个美丽的名字，叫蓝眼泪……

（发稿编辑：曹晴雯）

（题图、插图：佐 夫）

晒麦子

□徐嘉青

上世纪60年代，赵阿祥家是村里有名的困难户。他的老婆是个病秧子，干不了重活儿，家里还有五个孩子，一家七口全凭赵阿祥一个人下地干活挣工分，这日子咋能好得了？

且说这年麦收时节，麦田里金浪翻滚，穗子上的麦粒金黄饱满，看着都让人喜欢。一批麦子打下来后，还得在干净的场地里晾晒几天，麦子晒干了，存放的时间才能久些。晒麦子需要有人看守，也得有人翻，这活儿可比打场碾麦子轻松多了。分配任务时，队长常老五的目光往人群里一扫，很多人眼中都流露出了期盼的光。

常老五扫视了一圈，最终把目光落到了赵阿祥的身上："阿祥，这活儿你小子去干吧！"

赵阿祥身子一震，似乎不相信这活儿能落到自己头上。见他没动，常老五骂了一句："你耳朵聋了还是咋的？要干就他娘的快点，不干一边凉快去，有的是人干！"

赵阿祥满面羞愧地走出人群，朝着麦子堆走过去。

常老五又在后面吼道："你小子慌啥，恁大一堆麦子，你一个人摊，得弄到啥时候？"说完，他又点了五六个人的名字，让他们跟赵阿祥一道先把麦子摊开，然后再去打场。这几个人都是满脸不情愿，嘴里嘟嘟哝哝的。摊麦子可是个力气活儿，干完了要是能留下看麦子也中，可还得去打场。但他们不敢忤逆常老五，他脾气暴，辈分又高，说骂人就骂人。

麦子摊好了，几个人把手里的家什儿往旁边一扔，其中一个人阴阳怪气地冲着赵阿祥说："阿祥，你是不是常老五的私生儿子？要不他咋恁照顾你咧。"

赵阿祥很生气，可又不敢争辩，只好低下头，把麦子摊得更匀实些。那些人见他不回应，也就不再说啥，走开去打场了，只留下赵阿祥一个人。他坐在旁边的树荫下，看着眼前闪亮的麦子。

晒了有一会儿，赵阿祥站起身，打算再翻一下麦子。他用的是木锨，正翻着呢，就听常老五在后边吼道："用木锨翻麦子，溅起老高，你以为麦子打下来容易？边上的用脚翻！"

赵阿祥停了下来，回过头说："五叔，用脚多慢呀，我轻点翻就是了。"

常老五把眼一瞪，不耐烦地说："让你用脚就用脚，我当队长，还不知道咋干活儿？"

赵阿祥无奈，只得放下木锨，

来到场边，准备把脚上的鞋子脱下来，好用脚翻麦子。谁知他刚弯下腰，左脚的鞋子脱下一半，常老五的吼声又响起了："谁让你脱鞋子的？不知道多少天没洗脚了，臭烘烘的，翻过的麦子你让谁吃？"

赵阿祥的火气再也憋不住了，他直起腰，气呼呼地顶撞说："这也不中，那也不行，你还让干不让干了？"

听到这话，常老五没有再嚷嚷，语气温和了许多，说："我这是为你好，麦子晒得发烫，光脚去翻，还不把脚皮烫掉？甭管那么多，照我说的做！"

赵阿祥听了这话，只得顺着台阶下，穿上鞋子，开始翻剩下的麦子。他两只脚一前一后，小心地贴着地面往前挪，可就是这样，不一会儿的工夫，鞋子里还是进了不少麦子。他原本想倒出来，可太阳太毒了，还是等弄完了再说吧。

赵阿祥翻了一个来回，两只鞋子里进了不少麦子，圆滚滚的麦粒硌得脚底板生疼。这时候，常老五的声音又响起了来："阿祥，快点弄完这一趟，到家里去给我端碗井凉水！"

赵阿祥心里更来气了，这老

家伙分明就是故意找茬儿，端碗井凉水跑一路，水早就晒热了，还不如自个儿走过去喝。但他想着还是息事宁人算了，就没说话，连鞋里的麦子都没往外倒，一瘸一拐地到了家，然后端来一碗井凉水递给了常老五。

常老五好像是跟赵阿祥对着干，一到翻麦子的时候，他就过来监督，非得让赵阿祥穿着鞋子翻最边上的麦子，翻完了就让他回家给自己端一碗井凉水来。

一连几天，赵阿祥翻晒了一场

又一场麦子，给常老五端了一碗又一碗井凉水。终于，麦子全部晒完收起来了，留足了来年的种子，余下的按照工分多少分了下去。

转眼到了过年的时候，让人没有想到的是，这一年，赵阿祥竟没有找别人家借麦子，好让孩子们吃顿白面饺子；他家里也没有因为缸里的麦子见底儿而传出两口子的吵闹声。

大年初一那天，赵阿祥叫上五个孩子，一起去了常老五家里。一见到常老五，他率先跪了下去。见五个孩子不动地儿，他就吼道："快点给五爷爷跪下磕头！"

五个孩子不明就里，只得跟着跪了下去。

常老五一看，连忙把赵阿祥父子挽了起来，说："这是干啥，干啥咧？"

赵阿祥说："五叔，大恩不言谢，这份情我啥时候都记着！"

常老五呵呵地笑了起来："不说，咱啥都不说！"

原来，常老五看似故意刁难赵阿祥，其实是让他把装到鞋子里的麦子弄回家。这一趟趟下来，积少成多，让他家今年渡过了难关！

（发稿编辑：吕　佳）

（题图、插图：谢　颖）

一个年轻的女孩，与前男友见面后蹊跷死去。是自杀还是另有隐情？一把锋利的匕首，又将把一个悲痛、彷徨的父亲带往何处？

父亲的
匕首

□ 封宇平

阿亮每天都会看一个叫"阿娟"的姑娘的视频号，每次看完，都不忘记点赞。可最近几天，阿娟的视频号没有更新。

今天，阿亮突然发现，阿娟更新了，但视频是以前发过的，底下是这样一句话："爸爸爱你，你是天使！"

看到这句话，阿亮隐约产生了不祥的预感。阿娟是单亲家庭，被父亲带大。她失恋后抑郁，父亲曾陪她来卓越心理咨询事务所，求助于心理咨询师阿亮。阿亮和阿娟的父亲也谈过话。

这时，阿亮接到一个电话，是红十字水上救援队的曾队长打来的："阿亮老师，告诉你一个坏消息，你那个抑郁症病人，阿娟，今天在资江下游打捞上来了。"

阿亮一惊，差点没站稳。他问曾队长："是自杀？"

曾队长感慨地说："有点蹊跷。据说，阿娟是被前男友小符喊去的。阿娟去了之后，前男友的现任也在。后来不知怎么回事，那个现任激动地从沿江桥上跳了下去，小符下水营救，结果自己也遇险了，阿娟见状也跳下去了。最后，反倒是阿娟溺水了。水上派出所和我们救援队都去了，她前男友小符，还有他现任，都被救起来了。阿娟在水里泡了好几天，才被找到。她父亲这几天跟着我们一起搜救，人都累脱相了。"

阿亮眼角湿润了，他想起阿娟父亲的白发和憔悴面容。阿亮想，现在，最需要危机干预的，就是这个对孩子念念不忘的父亲！

阿娟的遗体被送进了殡仪馆。阿亮换了一身肃穆的西装，赶到市

郊殡仪馆参加追悼会。阿娟的父亲租了悼念厅，阿亮看到，阿娟躺在鲜花丛中，遗容安详。

阿娟的父亲攥着手机，泪眼婆娑地看着女儿的视频号。女儿的音容笑貌历历在目，还有很多粉丝惋惜的留言。

阿娟父亲看到阿亮来悼念，起身鞠躬。他清了清嗓子，向大家介绍道："这是我女儿的心理医生，刚把她治好，才过了几天舒心的日子……这傻孩子，唉！怪我，小时候不该带她学游泳！"

曾队长代表水上救援队送来了花圈，安慰道："您女儿是下水救人，见义勇为，我们会为她申请奖励金。"原来，阿娟之前报名参加了水上救援队，是个考取了急救证的志愿者！这件事，她还没来得及告诉父亲。既然她参加过专业培训，应该知道下水救援的危险性。

阿娟的父亲连日疲惫、焦虑，现在已经体力不支。他身子有些摇晃，阿亮忙上前搀扶，将他扶到追悼大厅旁边的家属休息室，让他在沙发上坐下。扶他坐下时，阿亮隔着衣服摸到在阿娟父亲的后腰别着一个硬邦邦的东西。阿亮悄悄地掀起阿娟父亲的外套，赫然发现那是一把匕首！

阿亮摸到匕首，对阿娟父亲的情绪更加注意了，只见阿娟父亲痛苦地瘫倒在沙发背上，仿佛骨头软了。

想到那把匕首，阿亮心中不安起来。他考虑再三，还是开了口："您是在等……那两个人来悼念阿娟吗？"

阿娟父亲似乎有点窒息，喘息了一阵，捂着脸又哭了几声，努力想镇定下来。他颤抖着声音，说："她前男友小符是个花鼓戏演员，狠心抛弃了阿娟！他为什么又要约阿娟见面？为什么？我想不通！"

于情于理，阿娟的前男友和那个现任，都应该来送送阿娟。但是阿亮想，他们也许会选择回避。

阿亮轻声说道："阿娟下水救人，是因为她不愿看到悲剧发生。"接着他提高音量，话中有话地说："阿娟肯定不希望再看到一场悲剧。现在您先闭上眼，好好休息，之后想说什么，都可以和我说。"

阿娟的父亲闭上了眼睛，像是睡着了。曾队长悄声对阿亮说："他参与了打捞的全过程，已经几天几夜没合眼了，一直圆睁眼睛，盯着水面的动静。再不休息，我担心他人就要垮了。"

追悼会即将开始，突然，一辆面包车开到前坪。几个人从侧门抬下一辆轮椅，轮椅上的人戴着墨镜。一个女子推着轮椅上的人，前来灵堂献花。

阿娟的父亲睁开眼睛，女儿还认识残疾的朋友？阿娟父亲不知道对方身份，只看到坐轮椅的小伙没有双腿，假肢都没有戴。

推着轮椅的女孩向遗像鞠躬，突然，她朝阿娟父亲跪了下去，哭着说："您女儿救了我们！我们对不起您，以后我们给您养老送终！"

阿娟父亲回过神来，明白了对方是谁，也放声大哭。他把女孩扯起来，指着轮椅上的男人，疑惑地问："这是小符？他的腿……"

残疾小伙激动地用双手撑起身，"扑通"一下扑到阿娟父亲跟前。他正是阿娟的前男友，小符。

阿娟父亲的第一反应就是伸手去摸别在后腰的那把匕首，阿亮见状，赶紧跑过去，挡在小符身前，佯装要扶他起来。阿娟父亲只好停住了去抽匕首的手。

等阿亮将小符扶回轮椅后，阿娟的父亲不禁无奈地叹息了一声。

小符抓到空隙解释道："那时我在外地演出，一天晚上，被一个醉驾的司机撞断了双腿，从此离开了戏曲舞台，再也没法子为阿娟表演花鼓戏了！"

女孩也说话了："为了不耽误阿娟，小符和她提出分手，没解释真实原因。我是护理人员，小符在外地治疗的时候，我认识了他。"

小符接着说："分手后，我一直偷偷关注着阿娟，看她的视频号。我知道阿娟因为分手得了抑郁症，心里感到很内疚。"

女孩说："一天，他和我坦白了这件事，央求我带他去见阿娟，说明真相。其实我内心非常嫉妒，怕他们旧情复燃怎么办，但小符向我再三保证，他只是想解释清楚，之后再也不会和阿娟见面了。"

随后，小符说了当天见面的情形："我怕刺激到阿娟，就和我女朋友商量好，让她谎称是我的普通朋友。我只是想把事情真相告诉阿娟，谁知道阿娟听我说了真相，她说，她愿意复合！看到阿娟不嫌弃我，我也说了一些话，大意是，断腿时勇敢地告诉她就好了，也许勇敢一点，我跟她就不会分手……这些话刺激到了我现在的女朋友。她以为我会为了阿娟回头，想到自己辛苦照顾我那么多日子，她委屈得直流眼泪，情绪上来了，朝阿娟一通吼叫，然后从桥上跳了下去。我

当时装着假肢，忘了下水要先脱假肢，结果也在水里遇险了。后来，我看到阿娟向我游过来，我请她先救我女朋友。接着，我就失去了意识……"

听完这些，阿娟父亲终于明白了事情的来龙去脉。他之前以为，女儿的前男友是个渣男，就是他抛弃了阿娟，才让女儿抑郁，甚至寻死觅活。这次，女儿又是为了救渣男而死，他曾经决定手刃仇敌，让他为女儿陪葬。

阿娟父亲稳定了情绪，对小符说："本来，我没请白事演出队。既然你来了，追悼会后，就请你给我的孩子，再唱一出戏吧！"

小符一指面包车，原来，他本就有心为前女友再唱一回戏，把行头道具都带来了。听阿娟父亲这么说，他坐在轮椅上，让女友推着自己，摆开阵势，演了一出特殊的花鼓戏。

阿亮仔细观察着阿娟父亲的表情，只见他认真地看着表演，表情动容，不时抹去眼角的泪水。

阿亮拍了拍阿娟父亲的肩膀，说："请你一定要勇敢地活下去，这是对孩子最好的纪念。"

（发稿编辑：陶云韫）

（题图、插图：佐　夫）

□ 春晓

哪来的钱

最近，随着"村村通"农村公路建设的不断推进，片区经理李君带着工程队进驻到一座大山深处。这地方人口稀少、土地贫瘠，农产品产出很低，而且位置偏僻，物资采购很麻烦，特别是肉食蔬菜，根本满足不了工程队几十号人的日常生活需要。李君只能一边扩大采购渠道，一边号召大家想办法，天上飞的、地下跑的、水里游的，捞到碗里就是菜，尽量就地筹备。

这天，李君早早起床，准备去找后勤负责人罗冰想想办法。刚出房门，他就看到不远处的水泥台子上有一个牛皮纸信封。他走过去，只见信封上歪歪斜斜地写着"补偿款 项目部收"。李君莫名其妙，

哪来的补偿款？打开一看，里面全是钞票，十元到百元的都有，整整两百元。李君满腹狐疑：这两百元，究竟是补偿什么的？

项目部是工程队在清理出来的一块大空地上，用挡板搭建了一圈围墙形成的独立院落，不经过门口的铁栅门，人员车辆都进不来。这信应是从外面送进来的，可李君记得昨晚大门落锁时，这里什么也没有啊！难道是有人从门外扔进来的？可从大门那儿根本看不到这水泥台子，两者间距离也不短，谁有这样的准头？

早饭时，李君拿着信封问了问大家，大家都跟他一样，十分莫名。

转眼一个月过去，李君都忘记

这件事了，直到有天早上，罗冰来敲他的门。

罗冰笑嘻嘻地从身后拿出一个牛皮纸信封，说："意外之喜又来啦！"李君瞪大眼睛，一看，信封上又是那几个歪歪斜斜的字："补偿款项目部收"，信封里还是一叠散钞票，总共两百元。李君指着水泥台子问："还是在那上面发现的？"罗冰点点头，说自己一早起来就看见了。李君叹道："真是奇怪，谁会用钱来恶作剧呢？"

这之后，李君对内调查了每个班组，对外咨询了乡镇村委，可没有人知晓内情。他只得暂时搁置此事，但心里一直压着块石头。

距离上次送钱，又快过去了个把月，李君越来越不安，他不确定这神秘的来款有没有规律性，因此

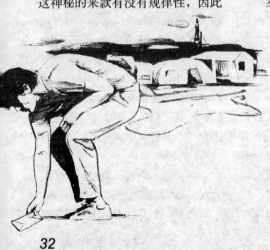

上下班时，他总是不自觉地留意过往的人员有没有什么异常之处。晚上，他还时不时趴到窗前观察。可几天下来，并无异常，这让李君不禁反思：是不是自己太敏感了？

谁知第二天早上，当李君拉开房门，水泥台子上赫然摆着一个新的牛皮纸信封！他惊呆了，好半天才咕哝了一句："真是见鬼了……"

李君将收到的三个牛皮纸信封放到办公室的桌子上，把大家叫来一起商讨。罗冰看了看，说："这字跟鸡爪子挠似的，肯定出自同一个人。看这力度，应该是个男人。"

李君没好气地说："瞎子都能看得到的事，还用你来分析？我们要弄清楚，这信是怎么送进来的，谁送的，用来补偿什么东西？"

罗冰扒拉着三堆钞票，说："总共才六百元，居然凑了这么一大堆散钞票，还分了三次送，看来这人不富裕。"李君点头表示赞同。罗冰又核对了一下三次收信日期，问："每次都是月末这几天送信，他这是分期付款吗？按月支付，那总额多少，要付多久？"

大家又议论了一会儿，猜测下个月的这个时候，应

该还会有人送钱来，到时一定要抓他个正着！

时间一天天过去，临近月末时，大家开始二十四小时轮班守在院子里。可直到第二个月月初，也没有人来"自投罗网"，李君只好叫大家鸣锣收兵。

又过了几天，这天上午，李君正在办公室里忙活，罗冰敲门进来说，有位老大爷要见他。李君一看，罗冰身后果然跟着一个人，七十多岁的样子，满脸沧桑。老大爷左手拄着一根棍子当拐杖，右手提着一大块腊肉，唯唯诺诺地站着。这是一个老实巴交的老农啊！李君连忙说："大爷，您找我有什么事吗？"老大爷拘谨地笑了笑，把腊肉递过来："知道你们人多，菜不够吃，我给你们带了块肉……"

李君连声道谢，然后示意罗冰快给钱，谁知老大爷坚决地拒绝了，说："你们跑这么远来为我们修路架桥，我送块肉算什么！只怪家里穷，拿不出更多的东西。"

李君很感动，但坚持要给钱。老大爷还是摆摆手，突然，他从口袋里掏出了一个牛皮纸信封，递过来说："经理，对不住！这是这个月的补偿款……"

李君跟罗冰惊讶地对视一眼，那信封跟之前收到的一模一样！不用说，里面肯定塞了两百元钱。李君如释重负地说："原来这些都是您弄的呀，找得我们好苦啊！"

老大爷点点头说："又给你们添麻烦了，真是过意不去。"

李君扶老大爷坐下，给他倒了一杯茶，问道："大爷，这到底是怎么一回事？"

老大爷叹气道："都怪我屋里那个不明事理的老糊涂……"

原来，四个月前，道路施工推进到一块低洼地带时，一个老婆婆拦在道路前，横竖不许施工。她说自己在道路一侧有一个小菜园子，菜园子的灌溉用水来自道路的另一侧边沟，要用水时，就在土路基上横挖一道口子来引水。现在新加修的水泥混凝土路面，不但比原路基高了二十多厘米，而且挖也挖不动，砸也砸不开，这水一隔断，菜园子就废了。

工程队长知道在大山里整理出一小块平地种庄稼不容易，但类似的小地块沿途有不少，施工预算又有限，不可能为这些非正规的田地安装涵管。他只好去做工作，却怎么也做不通。再一打听，这老婆婆老年丧子，老伴腿脚还不好，家

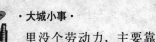

里没个劳动力，主要靠低保过活，这个小菜园子的产出是她家重要的生活补贴来源。见老婆婆家里这么困难，施工队长一咬牙，自己贴了几千元，给她安装了一道小涵管。这事没有上报到项目部，就这么了了，因此李君他们根本不知道。

这老婆婆就是老大爷的老伴。她兴高采烈地回到家，把这事对老大爷一说，老大爷大发雷霆，气呼呼地说："你糊涂啊！怎么能为一己私利去阻挠国家的建设？村里不是宣传过，农村公路建设投入大，预算紧，我们要大力支持，不许提要求、添麻烦，你怎么就不明白！"

老婆婆低下了头，喃喃地说："我就是舍不得这块地呀！"

老大爷瞪了她一眼，继续说："我们祖祖辈辈窝在这大山里，路不好走，车进不来，货出不去，不是国家政策好，哪个会投钱把路修到这大山沟里来？这么积福的事情，你竟然去阻挠！"

一句话说得老婆婆眼泪都出来了，她懊恼地说："是我鬼迷心窍，干了这糊涂事！可涵管已经安好了，水泥路也打上去了，拆也拆不掉呀！"

老大爷想了想，说："亡羊补牢，我们赔钱吧！就从我们每月领取的低保费里挤，那施工队长是好人，肯定不会收咱的钱，咱就直接把钱送到他们项目部去。"

事情水落石出，李君握住老大爷的手，说："感谢您理解、支持我们，感谢这里的群众！涵管安装是前期水系调查确定的，确实做不到面面俱到，对你们生活造成了影响，我们也很抱歉。对于您这种额外安装了的，我们会承担费用，您就别操心了。那个施工队长做得对，我要好好表扬他！"突然，李君话锋一转，问："我们有件事百思不得其解，您是怎么无声无息地把信封放到水泥台子上的？"

老人低下头笑了笑，然后望向了远处。李君和罗冰顺着他的目光望过去，那里是食堂，只见食堂墙壁上挂着一张黄狗皮。十几天前，罗冰说院子里时常闯进来一条野狗，正好逮了改善伙食……

看到老大爷饱含深情的眼神，两人这才明白，那狗正是老大爷家的，之前送信的，也是它……

（发稿编辑：曹晴雯）

（题图、插图：张恩卫）

本刊转载部分文章的稿酬已按法律规定交由中国文字著作权协会转付，敬请作者与该协会联系领取。电话：010-65978917，传真：010-65978926，E-mail：wenzhuxie@126.com。

那是二十多年前，我当兵第二年发生的故事。

那年四月，部队赴塔山基地"外训"。啥是外训？有些训练在营区无法全面展开，所以要外出训练，简称外训。

塔山基地在大山深处，地理情况复杂，环境条件艰苦。我们的营房连大门都没有，每个排三五间房，住窑洞一般。部队领导倒很高兴，因为这样的环境更适合锤炼部队。

部队饮食严格遵循四菜一汤的标准。四菜一汤虽然健康营养，但吃久了，就想吃点其他东西，改善一下单调的伙食。

说出来不怕笑话，咱们战士的愿望很朴素，不用吃什么大鱼大肉，就想煮一碗泡面，加根火腿肠，扔两个卤蛋，再配一听啤酒。那滋味，想想就美得很。

基地营门外的小村边，有一家小超市。重要的是，他家有厨房，可以煮方便面，还免费。四月份的东北，天还很冷。那天晚上，月黑风高，我和战友刘兵一起值班，是上半夜的哨兵。下哨时，已经晚上十一点，两个人都冻得哆哆嗦嗦。

刘兵的牙齿打战，说："这种时候，要是能吃上一口热乎乎的煮泡面就好了！"

大晚上的，私自出营门是违反规定的，何况接班的哨兵已经到位，此时从他们眼皮底下溜出去，也没戏。除非……我和刘兵想到了一块

泡面配啤酒

□ 春之晓晓

儿。

基地环境简陋，从营门向北走一百多米，有一个狭小的通道。那里有一段土墙，翻过土墙，就到了小超市后院。我俩很有默契，我打了一个手势，刘兵立刻心领神会。

那段土墙很高，差不多有两米半，可这对我俩来说是小菜一碟，一年多的侦察本领可不是白练的。于是我俩翻墙到了小超市，店家还没打烊。不用多说，我俩拆了三包泡面，又往里加了火腿肠、卤蛋，美滋滋地煮了起来。

店家是个四十多岁的男人，他借机推销："天这么冷，要不喝一口？"

我一口回绝了："那可不行，这是违反规定，要受处分的！"

店家笑了："你们半夜出来吃泡面就不违反规定？喝酒不闹事，回去就是睡，谁能知道？"

刘兵有些忍不住，拿眼睛看看我，说："要不，整一口？"

店家不失时机，递上两听啤酒，说："来吧，这就跟水似的。俗话说得好哇，泡面配啤酒，常喝就常有。"

我俩连吃带喝造了一顿饱，原路返回。

一听啤酒对我俩来说不算啥。我俩兴冲冲地摸到墙下，很快翻上墙头，再往下一看，傻眼了：墙下站着一个人，正拿着一个手电，朝我俩照呢！

那人嘴里大声喊道："谁？给我下来！"

光听声音就知道是指导员了，一定是他半夜出来查岗，正好走过这边。

这下可不好办了，如果只是吃了泡面还好解释，问题是我俩还喝酒了！

说时迟，那时快，我急中生智，从墙上捋了一小把土，扬了下去，然后拽着刘兵，跳下墙头，一溜烟地跑了。

身后传来指导员的咒骂声："谁呀，兔崽子，迷了我眼睛啦，看我不收拾你们！"

我们哪还顾得上这些，还好，在基地驻训的不只是我们一个连队，想找到我们也非易事。我俩飞快地转回宿舍，赶紧和衣就寝，钻进被窝那一刻，心才算放了下来。我心想：这回该没事了吧？

刚躺下，门外突然响起一长五短的紧急集合哨，值班员大声喊："集合，全体人员操场集合！"

各排长赶紧整队，向在场的指

导员报告。我和刘兵忐忑不安地站在队伍中，只见指导员不慌不忙，从一排排士兵前巡视过去。最后，他在我和刘兵面前转了一圈，说："你俩到我屋里来一趟，其他人员解散。"

刘兵嘀咕："他知道了？不会吧，这么准？"

我碰碰刘兵，小声道："咱给他来个死鸭子——嘴硬。"

到了指导员屋里，指导员说："招吧。"

我俩当然不认。指导员说："你俩偷偷出去吃泡面了吧？当我不知道？实话告诉你们，我已经查过哨兵表了，你们俩是上一班哨兵，本就是重点怀疑对象。重要的是，集合时，你俩是第一个跑出来的！以前训练时候咋没有这么好的成绩呐？"

我这个后悔呀，咋就疏忽了？我和刘兵没睡着，所以迅速起身，第一个就冲了出去。现在，这成了确凿的证据，还能说啥？

指导员又上前嗅了嗅我和刘兵的衣服，说："还喝啤酒了吧？衣服上一股泡面配啤酒的味儿！"

我心想：完了，煮泡面的时候，泡面味确实很容易吸附到衣服上。我开啤酒时，啤酒沫还漏到胸上。我开啤酒时，啤酒沫还漏到胸

前了。我和刘兵匆匆忙忙逃回去，哪儿来得及换衣服呀，这不就是现成的罪证吗？

指导员微微一笑："还敢扬我土？你们想想怎么办吧。"

我完全蒙了，这下，一个处分是免不了的了。

就在我和刘兵等着听从发落时，只听指导员说："这样，明天你俩到基地报到。"

"报啥到？"我吃惊地问。

指导员说："集团军准备选拔狙击手进行集中培训，要求是反应机敏，遇事冷静。我看，你们俩行，明天早晨报到吧，为期半年，半年后归队。"

我呆呆地说："就这样？那我们扬土的事……"

指导员把脸一沉，说："按理说，你们违规在先，必须得警告处分。不过，这次先记你们一笔，因为这次集训会非常艰苦，如果你们能坚持下来，表现好了，将功补过；否则的话，哼哼，杀你们二罪归一……"

我和刘兵总算放心了。

我们立定，行了一个军礼："保证完成任务！"

（发稿编辑：陶云韫）

（题图：陶 健）

我很开心

□周海亮

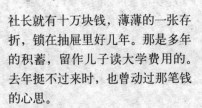

天色深了，社长坐在办公室里，一根接一根地抽烟。屋里烟雾弥漫，烟灰缸里堆起小山。他叹一口气，起身，推开窗户。一阵风吹来，桌上的杂志翻动页片，窸窣作响。社长默然片刻，再叹一口气，带上门，下楼，瘦削的身体很快隐进夜幕。

杂志发行量持续下跌，社长不知道，究竟还有没有坚持下去的必要。

这是一家只有两个人的杂志社，一个社长，一个编辑。生存自然是艰难的，挺了一年，又一年，再一年，终是挺不下去了。其实还有希望，只需十万块钱，杂志社就能继续挺过半年。可是十万块钱啊，去哪里弄？

十万块，说少不少，说多不多。

社长就有十万块钱，薄薄的一张存折，锁在抽屉里好几年。那是多年的积蓄，留作儿子读大学费用的。去年挺不过来时，也曾动过那笔钱的心思。

他说给妻子听，妻子立即红了眼圈，说："你看着办吧……你考虑清楚。"妻子总是顺着他，她是那种通情达理的女人。尽管她知道，这些钱一旦拿出去，就再也不会属于他们。

咬咬牙，社长终究是没敢动那笔钱。没动那笔钱，杂志社也挺到了今天。可是现在呢？社长深深地再叹一口气，摇摇头，拐进路边的印刷厂。

这是一家只有二十多人的福利厂，杂志社的每一期杂志都是在这里印刷的。门卫是一个年轻的傻子，有着青春的容颜和花白的头发，单纯的眼睛和呆滞的表情。他只会说两句话——一句"你好"，一句"请登记"。两句话他学了很多年，从来没有人听到过他说第三句话。

傻子跑出来开门，跳跃着，怪笑着，流起涎水。他对社长说："你好……请登记。"登记完，他带社长走进门卫室，那里只有一张床、一张桌子和一把椅子。

傻子不识字，可是桌子上却放了社长的杂志——那当然是社长送给他的。社长想，傻子虽然看不懂杂志，可是总能够看得懂封面上的图片。看懂图片也就足够了，平常人都不读书的今天，还能要求一个傻子什么呢？

社长常常给傻子讲杂志上的故事。听故事的时候，傻子出奇地安静。讲完一段，社长冲傻子笑笑，问："听懂了吗？"傻子说："你好。"社长就再讲，又讲完一段，他问："好听吗？"傻子说："你

好，请登记。"

傻子只会说这两句话，傻子的话含糊不清，却用了力气。

社长认为傻子完全听得懂，他看得懂傻子的表情，甚至，他听得懂傻子的心里话。傻子说"你好"的时候，就像在说"我听懂了"；傻子说"请登记"的时候，就像在说"真好听"。社长真的看得懂傻子的表情——傻子的表情，满足并且快乐。

印刷厂的厂长不在。等待厂长的时间里，社长再一次给傻子讲起杂志上的故事。那些故事用了作家一个月、一年，甚至几年的心血，却仅有区区几个读者。

故事从社长的心坎里往外掏，语气轻飘飘的，每一字却是重若千钧。傻子静静地听着，"嘿嘿"地笑。有时候，他甚至咧开嘴巴，拍起巴掌。傻子的口水汹涌澎湃，他的眼睛灿烂明亮。

厂长的车子开进来了，傻子跑过去开门。社长起身，说："今天就到这里吧！就到这里吧，年轻人，我得走了。"

"我很开心。"傻子说。

社长吓了一跳："你说……什么？"

"我很开心。"傻子说，"我很开心，我很开心！"

社长愣了足有十秒钟，然后，转身跑上楼梯。他撞开办公室的门，从办公桌后面拽出厂长，他将厂长一直拽进门卫室——他几乎是拎着厂长进到门卫室的。他将厂长扔进屋子，摁上椅子，然后，他冲傻子笑笑，说："年轻人，说句话。"

"我很开心。"傻子说，"我很开心，我很开心！"

厂长几乎从椅子上滑下来。他和社长一起笑，他们拍拍傻子的肩膀，掐掐傻子的面颊，捶捶傻子的胸膛，又合力将傻子抱起，"扔"到地上。傻子从地上爬起来，擦擦嘴巴，快活地看着面前的两个男人，咧开嘴笑。

"我很开心，我很开心，我很开心……"

社长想：现在，是应该决定一些什么了。他能让一个傻子开口说话，能让一个傻子说出第三句话，他的杂志，还有什么理由不继续挺下去呢？

社长深吸一口气。在夜里，社长说："我很开心。"

（推荐者：晓晓竹）

（发稿编辑：丁姵瑶）

（题图、插图：豆薇）

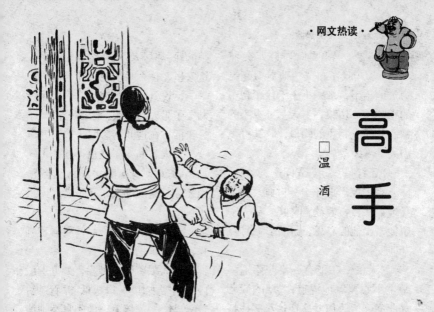

高手

□ 温酒

城西有家客栈，客栈的老板娘据说是个高手，一套掌法练得出神入化，无论何人在她面前都过不了三招。一开始自然是有人不信，陆续有几个颇有名的武者前来切磋，最后却都铩羽而归。

客栈开了几年，时间长了，附近的高手们知道这是块硬骨头，都很自觉地不去啃。即便这样，偶尔却也挡不住不知深浅的"过江龙"。这天，一个江湖汉子在客栈吃了亏，回到帮派里，便向帮主添油加醋地诉说了一番。

帮主听了手下被打的描述，颇为不屑。在他看来，那客栈的老板娘虽然会点功夫，但也只能打打这些喽啰。

"我说过不要给我惹事，你挨打也是活该。"帮主毫不留情地训斥，接着又冷哼一声，"不过这女人竟敢在我头上动土，那就别怪我拿她立威！"

转念间，帮主便已决定前去讨伐。

客栈门前，帮主一边问着身边被打得鼻青脸肿的手下，一边挽起了袖子。门口柜台后，有个男人正在账本上写写画画，一看情势不对，急忙迎了上来，讨好道："几位豪杰，小店打烊了。"

帮主本就存着闹事的心思，此时毫不留情，便扇了一耳光上去。

故事会2022年增刊·秋 **41**

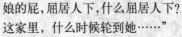

"唉！"男人突然叹了口气。他看似毫无力气地抬手，却一下子卡住了帮主的手腕，一转眼，男人另一只手的掌心已印上帮主的胸口，将其打飞出去。

"还打吗？"男人问道。

帮主惊恐地吐出一口血，先是猛地摇头，接着欲言又止。男人一眼便看出他的心思，无所谓地说道："问吧。"

"大侠，在下有一事想不通。"帮主小心翼翼地说道，"您的武艺如此高强，为何甘愿在这小客栈打杂算账、屈居人下呢？"

男人的眉毛一立，说："放你娘的屁，屈居人下，什么屈居人下？这家里，什么时候轮到她……"

话说到一半，突然，两根手指贴上了男人的耳朵，狠狠一拧。"不去干活，在这儿堵着门干啥？"

男人瞬间变了脸色，他急忙转身，讨好地对身旁的女人说："老婆，刚才你打跑的坏人，又带着人回来了！"

老板娘的眼睛一亮，耍着三脚猫功夫冲了上来。

男人跟着她的脚步，如鬼魅般闪身到帮主耳侧，以极低的声音说："不准还手。"接着，他不自然地清了清嗓子，"还有……老子这可不是怕老婆，你要是敢出去乱说，你就废了。"

（推荐者：田晓丽）

（发稿编辑：吕　佳）

（题图、插图：豆　薇）

您手中有没有得意之作？本刊辟有二十多个原创性栏目，如新传说、我的故事和中篇故事等；您读到或听到什么有趣事可以和大家一起分享吗？3分钟典藏故事、外国文学故事鉴赏和脱口秀等都是本刊推荐性栏目。热忱欢迎来稿，可从邮局寄发，也可从网上传递。邮寄地址：上海市闵行区号景路159弄A座308室，邮编：201101；如为电子邮件，本期责任编辑信箱：lujia411@126.com。

□刘峰

入侵的巨人

彼得从小接受神秘军事训练，被告知长大后会有重大任务等着他。可到彼得五十岁时，任务还没有下达。彼得很好奇，他的任务到底是什么？但从小教官就警告他，任务是最高机密，绝不能过问。

这天，教官把所有学员叫到一起。一个七十多岁的陌生人站出来，严肃地说："我是司令官马丁。我知道你们对自己的任务很好奇，现在任务来了。这些年，政府把最好的资源都给了你们，眼下正是你们报答的时候。"

接着，马丁说，一百年前，从月球上来了一批巨人，他们的科技水平跟人类差不多，但身高是人类的九倍！他们曾经袭击过地球，几

乎杀死了一半以上的地球人，地球人用惨重的代价才把他们赶走。政府生怕那些巨人再次攻击地球，因此培养了一批批天才少年。这期间，地球和月球一直相安无事。直到昨天，政府得到消息，巨人准备再次进攻地球，彼得他们的任务就是在天空中与巨人作战。

彼得听得热血沸腾，跟大家一起喊道："消灭巨人，保卫地球！"

可是，当大家看到巨人时，都震惊了。巨人的战舰和武器都是巨型的，仅仅一天，彼得他们就损失过半，连教官都下落不明了，彼得不得不跟着队伍撤退。

巨人占据了一座山头，从那里发射信息，似乎是在劝说地球人早

点投降。地球人被打得失去了信心，一时间不知如何应对。

彼得思来想去，想到一个办法。巨人的武器虽然强大，但人数很少，只要将入侵地球的巨人包围，分批次进攻，这些巨人一定撑不过三天。月球上的巨人肯定会来增援，到时再采取围点打援的办法，在空中拦截增援部队。

司令官马丁觉得这个办法不错，立刻调动军队对山头的巨人进行围攻。巨人果然经不起车轮战，他们的战舰受到极大损坏，不得不

向月球总部求援。可就算一切顺利，增援部队也要在四十个小时后才能到达。

与此同时，彼得他们的损失也很大。马丁下令暂时撤退，把作战重点放在伏击巨人的增援部队上。

到了晚上，巨人的战舰悄悄起飞，入侵了附近的一个物资地点。当他们闯进去时，"轰隆"一声，全部掉进了四五十米深的陷阱。里面早就注入了泥浆，巨人掉进泥潭后，顿时失去了战斗力。

这其实是彼得的计划。他和马丁假装转向伏击前来增援的巨人，好让在山头的巨人放松警惕，在增援部队赶到之前，先袭击附近人类的物资基地，寻找必需物资。这样一来，彼得他们就可以请君入瓮了。一下子抓捕了近一百个巨人，这是人类反击以来最大的胜利，可彼得并没得到相应的荣誉，只有马丁被称颂为伟大统帅。

彼得想提审巨人，但马丁以他太年轻为由拒绝了。等审讯完毕，彼得才有了近距离接触巨人的机会。巨人被关在巨大的牢笼里，他们看到彼得很激动，对着他滔滔不绝，可彼得一句也听不懂，他愤怒地吼道："你们是什么人，从哪里来，为什么要侵略我们？"

巨人又说了一会儿，忽然坐在地上哭了，看上去很沮丧。

彼得见得不到有价值的信息，就走了。他又向审讯巨人的人打听情况，主审官说，这些巨人和人类长得一模一样，可因为语言不通，他们也问不出半点线索。彼得很失望，但也没有办法。

第二天，彼得突然得知，那些巨人全部死了。他大吃一惊，急忙跑去监牢。在门口，彼得被人拦下，过了一会儿，马丁从监牢里出来。彼得问："司令官，那些巨人怎么死了？"马丁冷冷地说："他们的身体适应不了地球环境，看来他们生活的环境和我们相差很大。"

彼得觉得奇怪，既然是这样，巨人为什么还要入侵地球呢？

马丁叹道："可惜了，原本还想利用他们来研究巨人的弱点！"

话音未落，传来一阵爆炸声，是巨人再次进攻，他们试图救出被关押的巨人。他们的武器太厉害，监牢的看守又很薄弱，很快，人类就撤退了。彼得转身就跑，一个巨人突然拦在了他面前，捏着他的衣领，小心翼翼地把他提到了面前。

彼得吓得闭上眼睛，但巨人没有伤害他，只是小声地问道："彼得，是你吗？"

彼得觉得这声音很熟悉，他睁眼一看，竟是他的教官！彼得愤怒地说："你是叛徒，背叛了人类！"

教官默不作声，小心地把彼得放进了一辆车里。最后，彼得和其他人一起被塞进巨大的战舰，来到了山头。这时，巨人的援军已经从月球赶来。

彼得在这里没有遭到虐待，待遇甚至很不错，但彼得并不领情，他大声喊道："我要见教官！"

没多久，教官赶来了。彼得对着他大骂。教官不吭声，将一瓶水递给他，说："喝下去吧！"

彼得冷笑着，难不成是毒药？他喝过后，顿时感觉浑身燥热，晕倒在地上。第二天，彼得醒来时，发现自己竟变成了巨人！他惊呆了，问教官："这是怎么回事？"

教官说："我在之前的战斗中被巨人带走了。我只能告诉你，我在这里得到的信息。"说完，他把彼得带进一个房间，那里有自动播放的幻灯片，介绍巨人的历史……

原来，五十年前，人类数量激增，地球上的资源远远不足。这时，有个组织研制出一种药物，能将人体缩小到二十厘米高，这样就可以解决各种资源匮乏的问题，但当时

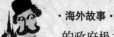

的政府极力反对。那个组织和政府没谈妥，就使用武力推翻了政府，强制执行"微缩计划"。

前政府败退到月球，成立了"月球政府"，他们制定了夺回地球计划，并努力研究药物，使人类的身高能恢复到原来的高度。五十年过去，他们终于成功了，于是试图重返地球。但地球已经物是人非，那个组织成立的新政府废除了之前的文字和语言，编造出"月球巨人杀死一半地球人"的虚假历史。人类视月球人为入侵者，更可怕的是，为了阻止月球政府卷土重来，地球政府将月球政府遗留的后裔从小训练成军人，让他们长大后与月球政府开战。

彼得不敢相信这是真的，冲着教官喊道："你为什么会相信这些鬼话？这是敌人的诡计！"

教官却说："不，新政府试图抹去历史，但那些暗中反抗的人冒着生命危险存下了五十多年前记载的历史，我的祖辈也是其中之一。虽然现在的文字和之前不一样了，但从图片资料中我还是能看得出来，历史上的记载和月球人说的一模一样。想一想吧，为什么你立下那么大的功劳，却一点奖励都没

有？因为你是月球人的后裔！"

彼得呆住了，如果教官说的是真的，那就太可怕了。马丁故意让他们自相残杀，并以此为乐。彼得又问："如果当年新政府用微缩计划解决了资源紧缺问题，当时的政府为什么不同意这个计划呢？"

"事情没那么简单。那种药物有极大的副作用，有近一半的人在缩小的过程中痛苦死去，这就是所谓巨人杀死一半地球人的真相。而存活下来的人，寿命也会减少一半。为了圆谎，新政府还修改了时间单位、长度单位等。比如，之前人类平均身高为一米八，缩小后的人类身高为二十厘米，新政府就把二十厘米定义为一米八；人类寿命会缩短一半，他们就修改了时间单位，让人的寿命看起来和之前一样长，所以地球人以为那是一百年前的事，但对月球人来说，只是五十年前的事。现在，那批执行计划的人还在新政府中活得好好的，而你今年并不是五十岁，而是二十五岁。"

彼得不明白："这样的话，新政府的人寿命也会减少一半啊！"

教官说道："其实，真正的高官，他们并没有把自己缩小，而以安全为由从不在公众面前露面，电视和互联网上的视频是可以作假的。如

球上。

彼得很幸运，服用药物后成功变小了。很快，一架运输机趁乱将彼得抛到政府大楼的楼顶。

彼得顺利进入了政府大楼，他果然看到，政府高官都是和月球人一样的身高。彼得趁着政府宣传部门的工作人员不注意，把早就准备好的音频通过电波传送出去，那是教官亲自录音说出的真相。

工作人员发现不对劲，想过来阻止。这时，彼得已经用药物让自己变回了巨人，他一边向工作人员进攻，一边大声喊道："你们还想为虎作伥吗？你们在这里工作了这么多年，难道还要帮着隐瞒真相吗？"

地球人知道真相以后，愤怒地攻进了政府大楼，马丁也在动乱中被杀。战争结束后，月球人用药物使每个地球人都恢复到原来的身高。月球政府没有回到地球，而是与地球建立了外交关系……

（发稿编辑：曹晴雯）

（题图、插图：佐　夫）

果你不相信，可以潜入新政府，你会发现，他们也是巨人。"

教官还说，要打败新政府，牺牲肯定会很大。最好的办法是有人潜入政府，告诉人类真相。只要将政府高官是巨人的消息传出去，人类就会接受真相，但这个任务非常危险。为了避开政府的严密监控，首先要把潜入者变成只有一厘米那么高。虽然月球政府已经掌握了这个技术，但还是有风险的。最后，教官问彼得："以前训练时，我就发现你的身体异常柔软，你愿意接受这个任务吗？"

彼得答应了，因为他想亲眼看到证据，如果政府高官都是巨人，就说明教官的话没错；如果政府高官不是巨人，那么他也可以回到地那年，蔡元培邀请鲁迅到教育部工作，主管文化设施。

有一天，京师图书馆的馆长请鲁迅过去。鲁迅一进馆长办公室，就发现里面有一位他不认识的人，馆长介绍："这位是总长，北京城鼎鼎有名的藏书家，他听说本馆藏有一部宋版书，想借阅。"

鲁迅说，那宋版书是孤本，价值连城，按规定不能外借。馆长说："我知道，所以我请你过来，看能否给总长准备一间净室，让总长可以校阅、抄录。"

鲁迅点头同意了。总长连声道谢，态度十分谦和，鲁迅因此对他印象很好。

鲁迅从藏书室捧出宋版书交给总长后，就去处理其他事情了。每次总长离开之前，都把宋版书放进楠木盒子里保存。鲁迅一开始还会打开检查一下，后来出于对总长的信任，也就不检查了，直接拿着楠木盒子放回藏书室。

过了好几天，总长对鲁迅说，他家中有事，以后就不来看书了，说完把楠木盒子交到鲁迅手中。鲁迅送他出门，就在总长要离开的一瞬间，鲁迅"福至心灵"，当着总长的面打开了楠木盒子，发现里面是空的。总长见事情败露，故意骂身边的仆从："怎么没把书放好？"仆从才从随身包裹中取出宋版书，放进楠木盒子，与总长离去。

这件事后，鲁迅常告诫亲友，工作中哪怕细微之处，都不可掉以轻心。
（作者：曹　山；推荐者：常宝军）

一元看"三星"

张恨水年轻时来到北京谋生，《时事新报》驻京办事处聘用了他。

得知张恨水生活拮据，报社提前发了十元月薪给他。张恨水还完债，口袋里还剩一元，但依然很高兴，揣着钱去逛街。他来到一家大剧院旁，看见广告牌上写着梅兰芳、杨小楼、

余叔岩三大名角联袂演出，票价刚好一元。张恨水摸摸兜里的钱，那可是他全部的家当啊，但这场三大名家齐聚的戏实在是太诱人了。犹豫了一阵，张恨水还是走进了剧院。

看完戏回到住处，张恨水忍饥枯坐。晚上，朋友来看他，知道了他的"壮举"，不禁哑然失笑，戏称张恨水是一元看"三星"。张恨水一脸自得地说："花一元钱，了却一个愿望，值！只要不怕穷，还有什么可怕的？"

或许就是凭借这种无所畏惧的劲头，张恨水靠写小说闯出了一条路，开启了他的写作人生。

（作者：东 方；推荐者：离萧天）

爸爸送给儿子一个储蓄罐，这是一个天坛形状的玻璃瓶，瓶口和盖子都没有螺纹，只要捏住突出的盖帽顶端，就可以轻易打开或盖上。6岁的儿子要用零花钱了，就踮起脚尖从储蓄罐里拿取。

渐渐地，爸爸发现储蓄罐里硬币减少的速度越来越快。于是，他给儿子定下规矩，如果不是买学习用具，不许带钱去学校，更不允许到小区门口买零食吃。规矩定下了，可儿子还是隔三岔五地违反。

一天，儿子的舅舅来走亲戚，他看了看储蓄罐，给爸爸提了一个建议——把瓶子换成一个带螺纹盖子的试试。爸爸有些疑惑，但还是按舅舅说的方法做了。

瓶子更换了，里面硬币减少的速度果真慢下来了。真是奇怪！同样是瓶子，只不过多了几道螺纹，打开盖子多了两次旋转的过程而已，怎会有如此显著的效果？

一个电话打过去，儿子的舅舅笑了，说："你上网查查高速公路上的匝道原理吧。"

爸爸打开电脑，输入"匝道原理"，不由得恍然大悟。原来，早先高速公路上的匝道都是直的，道边有醒目的标志，提醒司机减速行驶，然而效果不佳，不少车辆出匝道时，因没有减速导致事故频发。后来匝道改成弯道，司机行驶到匝道时都会自动减速，事故大大减少了。

给儿子定规矩，看管的是儿子的思想，换一个带螺纹的瓶盖，管束的是儿子的直接行动。行为上的改变，有时比思想上的说教更有效。

（作者：李星涛；推荐者：王庄林）

（本栏插图：张恩卫）

带螺纹盖的瓶子

学写作文，从读故事开始

背粮记

□ 大刀红

清朝嘉庆年间，归州府遭遇大旱，县令罗毅非但隐瞒灾情不报，还伙同奸商卢比鑫囤粮居奇，高价而沽。百姓买不起粮，时常有饿死人的事情发生。

陈二狗是天地会归州分舵的信徒，他有意趁此机会联合灾民，起义造反。陈二狗首先想到了和自己一起卖苦力的盛香炉。

盛香炉听陈二狗说了起义的事，犹豫道："二狗，你孤家寡人，犯了事无牵无挂。我可不行呀，一个老婆，两个男娃，跟你干，会拖累全家的。"

陈二狗说："看样子，你是有了吃饭的办法了。"

盛香炉说："我媳妇春桃说了，到她爹那儿背粮救急。"

陈二狗叹道："好儿郎也会为五斗米折腰呀！"他知道不可勉强，就推开门，走出了盛家。

春桃的父亲住在五十里外的卧佛山。春桃带着大儿子盛虎，背起背篓，饥肠辘辘地走了一整天，才来到父亲家。春桃的父亲招待女儿、外孙饱饱地吃了一顿，他说这两年虽然山下干旱，山上却是丰年，只是赋税太高，没有多少余粮。他答应借给春桃一百斤玉米，说有了粮再还。春桃放心不下丈夫和小儿子，只在娘家住了一夜，便向父亲告辞回家。

春桃背六十斤玉米，盛虎背四十斤，因为吃饱了饭，两人格外有精神。到了傍晚，翻过一座山梁，就能到镇上，这时，山坳里传来"嗷嗷"的狼叫声，转眼间，十多只饿狼出现在两人面前。春桃这才想起，最近常有人在山里神秘失踪，传说是被狼吃了，没想到是真的。这么多的狼，只有逃命的份儿，于是，春桃和盛虎拔脚飞奔，向镇子的方向跑去。

再说盛香炉，他在城外接春桃母子，却见春桃一脸煞白，独自背着粮气喘吁吁地跑来。盛香炉忙问盛虎在哪儿，香桃把遇见狼的事说了，盛香炉连忙喊了几个帮手，带着柴刀进了山。

到了山坳里，走不多远，便发现了血迹，众人顺着血迹找去，只找到盛虎破碎的衣服……让人奇怪的是，背篓也被狼撕烂，粮食已不知踪影。春桃这时才想起，自己走时，父亲又给了两斤腊肉，春桃把腊肉放进了盛虎的背篓。那群饿狼一定是嗅到了肉的香味，才紧追盛虎不放。想到这里，春桃当时就崩

溃了……

春桃一病不起，天天躺在床上，喃喃自语。盛香炉请来镇上的庞大夫给春桃治病，庞大夫诊治后，说春桃是伤心过度，得了失心疯。他开了一剂药，让盛香炉去药房抓药。盛香炉问："请问诊金多少？"

庞大夫叹道："看你家里这情形，还要什么诊金哟，先欠着吧，以后有了再说。"说完，他颤颤巍巍地迈步离开。

盛香炉愣了一下，忙装了几斤玉米在布袋里，追上庞大夫，塞到他手中。因为盛香炉听说，庞大夫家里也几天没有开伙了。

县城里的药铺因为天灾相继倒闭，只剩下卢比鑫开的药铺。盛香炉把药方递给伙计，伙计拨了几下算盘，报道："银元一块。"

盛香炉思忖了半天，回到家里拿了二十斤玉米到卢比鑫的粮铺，换了一块银元，又到药铺抓了药，回家熬给春桃喝。春桃喝药后清醒了许多，只是内心自责，成天病恹恹地躺在床上。

春桃从她爹那儿背回来的玉米，掺着野菜吃，不过一月，就消耗干净。就在盛家"弹尽粮绝"之时，镇上终于传来了好消息，有个

祖籍归州的富商，听说家乡遭遇旱灾，就捐了一船大米。粮船沿长江而上，停靠在码头，需要人把粮食背到县城。

县令罗毅得到消息，便在县衙外贴出告示，招募背粮的百姓。背百斤粮食，可得大米二斤。为了活命，不少精壮劳力都赶去码头背粮。

从盛香炉住的镇子到码头，路上有二十里峡谷，只有一条山间小道相通，路途不近。当盛香炉背起背篓，准备出门的时候，小儿子盛豹拦住了父亲的去路，说："爹，我也要去背粮。"

盛香炉说："你太小了，力气不够。"

盛豹说："爹，我背不起一百斤，但可以背五十斤，也能挣一斤大米呢。"

见盛豹执意要去，盛香炉只好带上他。

父子两人风尘仆仆赶到码头，只见码头上有衙役给大米称重，还有人给每个背粮人记下斤两。衙役说："你们可不要在路上打歪主意，要是少了斤两，罗大人是要加倍处罚的。"

有背粮的百姓骂道："打个屁的歪主意，装米的麻袋就裹了两层呢。"

因为大家都饿着肚子，背粮的队伍走得很慢。盛香炉见儿子身单力薄，背得很是吃力，就说："饿了就多喝点水，肚子撑了，就不觉得难受了。"

盛豹听了，点点头。

走了一阵子，盛香炉见盛豹慢慢地落在后面，就走一会儿等他一会儿。他见盛豹嘴里一直嚼着什么东西，就问："豹儿，你嘴里嚼的什么？"

盛豹忙把东西咽下去，说："是木瓜子。"说着，他伸手给父亲看，手心里是一把红色的野果。

盛香炉说："那玩意儿不能多吃，吃多了连屎都拉不出来。"

盛豹说："爹，我知道了，我歇会儿，喝一口水去。"说完，他将背篓靠好，去喝山泉水。

等盛豹喝完水，父子俩继续上路。又走了约摸一里路，盛香炉见盛豹放慢了步伐，以为他是太累了，不料盛豹又走了几小步，突然一个趔趄，栽倒在地。

盛香炉和其他人忙走上前，扶起盛豹。盛豹捂着肚子叫道："爹，痛、痛死我了！"

盛香炉忙问："豹儿，你这是怎么了？"

盛豹哭着说："爹，我错了！我饿，把米袋扎了个洞，偷吃了很多米，又口渴，喝了很多水。爹，是不是我不该偷吃？"

盛香炉这才知道，盛豹一路上磨磨蹭蹭，原来他偷偷把背上的粮袋弄了个小洞，吃了很多生米。吃了生米，就会口渴，喝过水后，生米在肚子里膨胀……盛香炉看着儿子的肚子越来越大，声音越来越小，最后，悄无声息。

盛豹吃米胀死了的事，盛香炉没有敢告诉春桃。他把盛豹偷偷地埋葬了，骗春桃说："我托了熟人，让豹儿去县城一个皮匠老板那里做学徒去了，一日三餐，全是大米饭。"

春桃居然相信了。

因为盛豹偷吃救灾粮，盛香炉被县令罗毅扣了背粮的酬劳。

第二天，县里发救灾米，盛香炉本以为是在县衙门领取，没想到是在卢比鑫的粮铺。盛香炉领了五斤绿色的霉米，只觉得晦气，但想到几天粒米未进的春桃，就急匆匆回到家，淘了一把米，熬成粥，递给春桃。

因为听说盛豹当了学徒，春桃很高兴，喝了整整一碗米粥。不料喝过粥后不久，她就开始上吐下泻，

吓得盛香炉手足无措，最后才想起去请庞大夫。到了庞大夫家，只见门口围了许多人，都是吃了救灾米，请庞大夫去治病的。

庞大夫对大家说："这些救灾米颜色发绿，早已霉变。这一定是罗县令和卢比鑫勾结，用他们囤积在仓库里多年的陈米换了富商捐赠的好米，发给灾民。这些陈米毒性极大，人吃了后，如食砒霜。"

听了庞大夫的话，盛香炉连忙跑回家，只见春桃脸色铁青，身体已经渐渐僵硬……

一个月内，家人先后离盛香炉而去，他承受不住如此打击，几乎快疯了。

这天夜里，盛香炉呆呆地坐在床边，毫无睡意。突然，他听见外面传来一阵嘈杂声，有人一边敲锣，一边叫道："天地会信徒听令，快带上武器攻打县衙，杀死贪官罗毅、奸商卢比鑫，开仓放粮！"

盛香炉听出来了，这是陈二狗的声音。他愣了片刻，突然站起身，跑进屋后，拎起一把斧头，冲出大门，跟着街上手持刀斧的天地会信徒，一起向县衙冲去……

（发稿编辑：吕 佳）

（题图：刘为民）

有两户紧挨着的人家有仇，经常吵架打架。为保安全，东边的人家在两家的临界处修了一道土院墙。西边的人家知道后，紧挨着那院墙又修了一道土院墙。由于两道院墙紧挨着，实际上成了一道院墙，因而特别厚实。有时会有鸡和鸟在院墙上屙屎，日积月累，上面积了厚厚的一层禽粪，加上雨水的滋润，院墙上的土壤变得非常肥沃。

这年，院墙顶上长了冬瓜蔓，结了冬瓜，奇怪的是那冬瓜越长越大，越长越长，顺着院墙顶呈一字形展开，从春夏到秋初，那瓜几乎与那院墙一样长了。

瓜上的花纹非常奇特，不仅图形怪异，颜色也罕见。大伙都说这是天下第一奇瓜，是珍稀宝瓜！有几个喜欢收集天下奇物的富人想花重金购买，相互竞争着，出价一个比一个高。

见此瓜价值不菲，两户人家都

仇恨生出一堵墙，墙上又把怪瓜长。
抢瓜只为逞己强，差点抢来祸一场。

院墙上的「宝瓜」

□ 马崇刚

想独占。

东边的人家说，他家院子里种了瓜，去年秋冬还经常在院子里晒冬瓜，一定是风把院子里的冬瓜籽吹落到院墙上才生了冬瓜。西边的人家说，他家院子里虽没种瓜，但养了鸡，他给鸡喂过冬瓜，一定是自家的鸡飞到院墙上屙屎屙出了冬瓜籽，这才长出了冬瓜。

两户人家争吵不休，互不相让，大打一架后去请县官评理。

县官问明情况后，建议两家平分那瓜。可两户人家都贪财，又有积怨，他们都坚信那瓜是自家的，甚至都发誓，说宁愿瓜毁人亡，也不愿与对方平分那瓜。

县官见双方态度坚决，死也要独得那瓜，他怕闹出人命，一时不好强判，便宣布暂且退堂。

县官苦无良策化解矛盾，心中焦急。这时师爷献计道："两户人家之所以争执不休，是因为有富人不惜浪费钱财高价竞争，让他们产生了可以借此瓜发财的念头。如果能劝退买家，让那两户人家知道此瓜其实并不值钱，争执或许会自平息。"

县官认为师爷言之有理，便发出告示，召集欲买此瓜之人前往县衙。

待买瓜之人到齐，县官严厉斥责道："你等不务正业，搜奇猎怪，浪费钱财。天赐财富，你等不知感恩。县内缺衣少食之人甚多，你等富而不仁，不施舍救济。县城年久破旧，早该修补，本县筹措银两时，你等个个哭穷卖惨，今日却为一无用之瓜而挥金如土，炫富摆阔，挑起事端，扰乱县内治安，你等可知罪？"

几位买家吓得纷纷讨饶，发誓再也不敢买瓜。

那两家人见无人买瓜，一下子泄了气，认为那瓜并非宝瓜，也不再争吵打斗了。

县官担心再有不知情的富人欲买瓜而引起事端，便指示村里的里正尽快处理那瓜。里正建议将瓜分给全村人吃掉，那两家人出于人情面子，就答应了。

几个村民将瓜从院墙上抬下，放到地上，正要分瓜，却听一阵瓜裂声，接着就见大大小小的蛇从那瓜里爬出！等再无蛇出来，那瓜竟摇摆起来，众人既惊讶又恐惧。

有胆大者干脆将瓜破开，更恐怖的事情发生了，只见一条巨大的花斑蟒蛇摇头摆尾而出！令人称奇的是，那蟒蛇身上的花纹与冬瓜上面的花纹十分相似！

众人吓得赶紧逃开。好在蟒蛇并未追赶人群，它在吞了两只鸡后，便向山岭爬去，消失于山林中。

那两户人家庆幸不已，心里都想，如果因为要强而把冬瓜争抢到自己家中，晚上等众蛇爬出，将是多么恐怖啊……

（发稿编辑：曹晴雯）

（题图：刘为民）

还手

□ 陈坚

张兵在县城的一家公司上班，最近公司业务扩大了，准备在广州开一家分公司。原本开在小县城的公司，现在要去广州立足，真是麻雀变凤凰了。

张兵被派往广州，负责新公司的员工招聘工作。任务紧急，张兵下了火车直奔新公司，他把行李往办公室里一放，便来到会议室，等待今天来应聘的新人。

一会儿，进来一个操着一口广东话的年轻人，这让张兵有些蒙，他问年轻人："你会说普通话吗？我听不懂广东话。"

那年轻人立刻满脸堆笑，解释道："我会说普通话，不好意思啊，我是广州本地人，习惯了。"

张兵翻看着年轻人的简历，皱起眉头说："我们的要求里说了，只招聘'211'和'985'的毕业生，你上的是二本，不合适啊！"

年轻人急了，说："没错，但是我觉得个人能力更重要吧，你们要求里提到的'无障碍英文交流''工商管理硕士'，这些我都符合，不能只看学校吧？"

张兵没有回答，他指着简历，严肃地说："你在上一家公司，只做了两个月，连试用期都没过，是什么原因呢？是个人能力不足，还是跟同事相处不好，或者是其他什么原因？"

年轻人更急了，说："这跟我来应聘你们公司有关系吗？"

张兵拿出手机，指着上面的一款查询软件，说道："我查到你之前待过的几家公司，现在不是倒闭就是濒临破产。我们是一家新公司，你这么不吉利，我们是不可能录用你的。"接着，张兵摇了摇头，把简历往旁边一推。最后，他说："你提出的薪水太高了，还是另谋高就吧。"

年轻人彻底被激怒了，他猛地站起身，狠狠地瞪了张兵一眼，转身离开了。

送走应聘者，考虑到下午还有一场面试，张兵便抓紧中午的时间，打算先租间房子住下来。于是他提着行李，来到公司楼下的房屋中介所，一眼便看中了离公司最近的一套房源。

业务员把张兵带到接待室，拿出一台笔记本电脑，推到张兵面前，说："您好，先生，这里需要填写一下个人信息，系统会自动生成租赁合同。"

张兵刚把个人信息填进去，就见业务员敲了一下回车键，电脑里立刻生成了一张详细的

租赁信息表，包括张兵之前在县城的租房经历，同时还生成了一个符合张兵条件的房源菜单，供他选择。张兵看得一脸惊讶。

业务员微笑着说："这是大数据直接统计出来的，比以前租房要省事多了。这就是您刚看中的那套房源，如果没问题，我就把合同发给房东了。"

张兵有点犹豫，说："我觉得房租有点高，可以再谈谈吗？"

业务员点了点头，说："待会儿房东来了，你们单聊，我只按照比例抽取佣金。您决定了吗？"

张兵答应了，业务员便把电子合同发了出去。很快，房东发来信息："十分钟后就过来。"

业务员让张兵在接待室稍等，

他去准备一些材料。

不一会儿，门外响起业务员的声音："张先生，房东来了。"话音刚落，房东推开了接待室的门。两人一见面，异口同声道："是你？"

原来，房东正是上午去应聘的年轻人！张兵有点尴尬，眼睛瞟向天花板。年轻人倒是直盯着张兵，半天蹦出三个字："雷猴啊！"

张兵一头雾水。

这时，年轻人笑着说："哦，我想起来了，您听不懂广东话，我可以说普通话。您要租房？"

张兵点点头。

年轻人皱着眉头说："我租房有要求，只租给大城市的租客，小县城的人，不合适啊！"

张兵连忙指着条款说："这里面没说啊！"

"不好意思，我刚加的。"年轻人指着自己手机上收到的信息，又说，"资料上显示，您上一次租房，半个月不到就退房了，是什么原因呢？是您生活太邋遢，还是不按时交水电费，或者是其他什么原因？"

张兵急了，说："这跟我租你的房子有关系吗？"

"大数据显示，您之前租过的房屋，不是违建就是产权不明。我这套房啊，是今年刚买的新房，感觉您有点晦气，是不可能租给您的。"年轻人说着，又打开手机里的电子合同，当着张兵的面点了删除按钮，"最后，就您现在的薪水，不可能承担得起我的房租，所以，您还是另谋他处吧！"说完，他头也不回地走出了接待室……

（发稿编辑：曹晴雯）

（题图、插图：张恩卫）

少女
与
绑架犯

□ 刘子鉴

夏日午后，蝉鸣阵阵，地面上满是被树荫剪碎了的光影。从玻璃窗望进去，墙上也满是光斑，陈旧的墙面上有几处细长的裂缝。

窗上的纱帘被风蚀去了大半，偶尔随风飘荡，天花板上的吊扇只剩一片扇叶，静如雕塑。空荡荡的房间里，只有一张铁架床。

床上坐着一个穿灰羽绒服的少女，衣襟半敞，露出了里面的高中校服。一个满脸络腮胡的男人坐在一边的折叠椅上，低沉地说："好在你只看到了我，可以不用杀你。"

"要是不想让我看到，蒙上我的眼睛不就好了。"少女说。

男人的表情又凶狠了起来："闭嘴！你在教我做事？"

按照行规，实施绑架的时候，肉票应该第一时间被蒙上眼，不能让她看到任何人，也不能让她知道自己身处何地。"活儿干得真不利索。"男人暗暗地骂了几句同伙。他伸手往自己兜里摸索，希望掏出个墨镜之类的挡一挡脸。

看到男人掏兜的动作，少女露出了害怕的眼神，男人说道："放心，我们只图财，不害命。"

"绑架难道就不是伤害了吗？"少女的声音有些颤抖。

"你就当是玩云霄飞车好了，

那也是很吓人的。"男人这么安慰女孩，然后又突然想起了什么似的问了一句，"你知道这里是哪吗？"

"嗯，知道，这是个废弃工地，我们同学都说这里闹鬼。"

男人心想，坏了，居然又让肉票知道了具体位置，这是行业大忌。他眯起眼睛看了看女孩，她的校服上绣有当地一所贵族学校的校徽。

男人突然凶狠起来："但愿你爸爸尽快拿出钱来赎你回去。"

"我家其实没你想的那么有钱。"少女迟疑地说。

男人冷笑："你当我傻？你家住豪宅，开豪车，你学校每年的学费比普通家庭的年收入都高！"

男人说完看了看时间，约定的时间已经过了，该来的电话还没来。

"你们为什么要……为了钱吗？"少女试探性地问道。

男人骂了句粗口，然后愤怒地说："最讨厌你们这些有钱人的口气，好像谁都能不为钱发愁似的！我也是大学毕业的，可是我一直努力工作，到头来还是一无所有！"

那年，男人大学毕业进了某家公司，度过了试用期成为正式员工，工资却迟迟发不出来，后来才得知老板因无力偿还债务偷偷跑路了。

他只好又去一家外贸公司做销售，因为没有经验，薪水也很低。辛苦了好几年，好不容易成了一个小主管，谁知一批进口货品有缺陷，流入市场后必须全数召回，还要给已经使用的消费者支付赔偿金。他因为是项目负责人，要负主要责任，把仅有的积蓄全赔了进去。

说起过去，男人自己也觉得好笑："说来你可能不信，走正道一直倒霉的我，走了歪道却似有神助。失了业又没积蓄，我就去富人别墅区闯空门，居然次次得手也没被抓。渐渐地在道上我还有了名气，混了个小头目。所以这次，我们打算干一票大的，人这一辈子，总得干件大事。"

男人再次取出手机，思索着是不是要打一个电话确认一下。

"那个……你的手机好像坏了，"少女突然说，"不信你试着打电话，应该打不通。"

男人晃了晃手机："没事，也就比预定时间晚了一点而已。"

"那……你还记得我来这个房间的时候吗？"少女又问。

"怎么不记得，他们把你的双手反绑……"话还没说完，男人惊讶地看着对面的女孩。

少女的两只手好端端地摆在腿

上，根本没有被反绑在身后。

男人心里暗暗骂了一句：那帮废物！心烦气躁的他习惯性地抬手擦汗——额头上并没有汗，从窗户的破口灌进了一股冷风，他愣住了，明明记得是夏天啊，为什么会有这么刺骨的风？再看对面的少女，她穿了羽绒服……

"其实我不是被绑架来这里的，"少女指了指房间的入口，开口说道，"我是自己来的。"

男人惊讶极了："你胡说，哪有肉票自己跑过来的！我吩咐过手下，你是我们看好的目标……"

"你其实忘记了一些事，"少女诚恳地说，"你再好好回想一下当时发生了什么。"

男人突然感到头部一阵剧痛，他用手摸了摸耳朵，发现耳廓上方有一大块擦伤。

"那个伤口，能想起来吗？"少女问。

伴随着伤口传来的剧痛，男人终于想起了什么。那是行动前的最后一次踩点，盛夏的午后蝉鸣阵阵，他走去那个著名的豪宅区的路口，要最后一次确认肉票的上学路线。

附近有一个大工程在加紧施工，所以原定的撤离计划肯定会受到影响，他暗暗盘算着。

选定的绑架地点是一条行人稀少的道路，虽然很宽，但两边有围墙，拐角和盲点都足够多。

男人踩好点，准备离开。这时，那个女孩从拐角处出现了，牵着一条体型巨大的金毛犬。她就是他们的目标，念小学二年级，每天都会在同一时间出来遛狗。因为附近的工程施工封闭了遛狗的公园，她最近才换到了这条相对僻静的遛狗路线上来。

突然，小女孩牵着的狗似乎被马路对面的什么吸引住了，弹射似的冲了出去，横穿马路。

小女孩被巨大的拉力牵引向前，踉跄了几步，摔倒了。就在这时，一辆大挂车已经迎面驶来。

"危险！"男人条件反射般地蹿了出去。

男人被弹向车头的斜前方，滚了数圈，他的头部以相当的速度磕向路牙……

男人摇摇晃晃地站起身，却听到那女孩的声音："叔叔，血……"

男人触摸耳廓上方发出剧痛的部位，发现半个手掌已被染红。

"啊……待会儿就去医院，没问题的。"

只是受了点伤，计划不能中止。已经做了周密的调查，制定了详尽的计划。这是一件大事，人一辈子至少要做成一件大事。

晚上，计划执行了，男人负责望风，就在女孩出现的那一刹那，男人的视线一阵模糊……记忆就此中断了。

废弃工地内，聒噪的蝉鸣渐渐远去，窗外一片冬日的萧瑟。男人伤口的痛越发强烈，那些死去的记忆冲击着他，他有些恍惚。

少女又一次开了口："想起来了吗？其实，我是听了传闻才专程来的，我想，如果我不来，也许你会一直走不出去。"

男人有点愤怒："现在的小孩都在想什么！什么乱七八糟的传闻，我不知道！"

"绑架失败是好多年前的事了，当时是新闻的热点话题，警察到达现场的时候，主犯已经昏迷倒地，还没送到医院就死了。受害者毫发无伤。而后，其他罪犯也悉数落网，案件很快就了结了。"少女掏出一张报纸，头条新闻是《绑架女童未遂，案犯一一落网》。

男人接过报纸，看到新闻标题下是小一个字号的副标题：首犯已毙命，受害者毫发无伤。

男人看到自己捏着报纸的手指渐渐变得透明，他抬起头，看着眼前的少女，渐渐和当年的小女孩重合了："你长大了……"

少女终于灿烂地笑了："其实你已经做成了一件很大的事，救了我的命。谢谢你，叔叔！"

报纸轻轻飘落在地上，窗外漫山的墨绿色如纸张翻页般褪去，取而代之的是枫叶的殷红。

（发稿编辑：孟文玉）

（题图、插图：谢 颖）

一段感情的结束，有人懂得释然，有人给予祝福，关键就是要朝前看。因为一旦困在过去的迷雾里，所有的美好都会破碎，危险也会随之降临……

小心前女友

□ 刘祖光

1.悬梁的年轻人

这天是 11 月 6 日，周六，海东大学旁的一个老小区里，马楠吃了晚饭就早早上床睡了。马楠是海东大学化工学院材料系新入职的老师，这一周，她可忙坏了。好不容易趁周末补觉呢，哪想她刚入睡，外面就响起一声高亢的惨叫："死人了，有人上吊了……"

马楠迷迷糊糊地起床，穿着秋衣秋裤就出了门。楼里很多住户也冲了出来，只听有人冲马楠叫道："马老师，你楼下 303 室的蓝海涛上吊啦！哎哟，这……咱们这栋楼晦气啦！"

这下，马楠算是彻底醒了，她立即"蹬蹬蹬"地下楼。303 室门口已经围了很多人，马楠大叫道："别进屋，别破坏现场！赶紧报告学校，赶紧报警！"

马楠人长得高挑，当老师的，嗓子也好使，经她一嗓子，大家都自觉地后退了好几步。学校领导接到消息后，立即派了保卫科的人过来，维持现场秩序。不久，警方也赶到了。

现场看着让人揪心：出租屋卫生间的排水管上悬挂着死者的尸体，而死者的脚尖离地面仅有两指高的距离。尸体是房东发现的，房东说前天下午还跟蓝海涛说好，今天晚些时候会来拿点东西的，没想到今天敲门一直没有回应。后来，房东用备用钥匙开了门，才发现了这可怕的事情。

警方立马展开现场勘查，警官老周让新来的女警叶莉负责问询现场的其他目击者。叶莉得知是马楠最先提示保护现场的，立即对她表示了感谢。马楠担忧地问道："叶警官，蓝海涛是不是自杀？会不会是……"

叶莉说："马老师别担心，我们会尽快调查清楚的，也请你留个联系方式，以后少不了麻烦你。"

"行，哟，我的手机没带在身上，我把号码写给你，微信也是这个号……"马楠爽快地在叶莉的笔记本上写了一个电话号码。遇上积极配合的群众，对警察中的新手叶莉来说，还是相当庆幸的。

"阿嚏！咳咳……"11月的夜晚，天凉飕飕的。楼道里阴风阵阵，也不知道是不是吃了冷风，叶莉嗓子有点不舒服。马楠见了，赶紧回屋里随手拿了一条围巾给叶莉，说："系在领口吧，脖子不能受凉。别生病了，我们还指望你们警察快点破案呢！"

叶莉心里一阵暖，朝马楠笑着点了点头。

另一边，老周在蓝海涛的出租屋内细细查看起来。没想到一个男生住的房子被打扫得一尘不染，装修也挺豪华，家用电器、笔记本电脑都是名牌。

在屋里最显眼的书桌上，放着一张折起的稿纸，上面是死者蓝海涛的遗书。遗书上的内容似乎没有特别之处，大致是说自己情绪很差，觉得活着没什么意思，因此选择离开这个世界，希望爸爸妈妈保重身体……

遗书是手写的，还有蓝海涛的签名，落款就是昨天。老周将蓝海涛的听课笔记拿过来对照了一下，初步判断这就是蓝海涛本人的字迹。

"只不过这纸张……"老周似乎发现了什么。叶莉完成笔录后，走过来，跟着摩挲了几下纸张，没感觉出什么不同。老周说："不是厚度，是成色……"

叶莉把纸张拿到光线好的地方端详，确实发现了纸张的异常——不是新纸，有些发旧。不过，她不以为意地说道："我们家里还有十年前的信纸呢，这不算什么疑点吧？"

老周说："再找找，看屋里还有没有这样的纸。"

叶莉点了点头，走进卧室寻找。老周则踱步到书架前，书架上的书码得整整齐齐的，中间还摆着一张全家福——蓝海涛和爸爸妈妈的合影。蓝海涛身形和父亲很相似，个子不高，但五官精致，眉目有神，绝对算得上是个帅小伙。

老周认出了那位父亲，正是东川村的村主任蓝金胜。大家显然有些意外——东川村是有名的城中村，这几年拆迁改造，村民们获得了巨额拆迁补偿，东川村也由此成

了"有钱人"的代名词。蓝海涛是村主任的儿子，研究生即将毕业，又有颜又有钱，前途无量，怎么会想不开自杀？

这时，叶莉在卧室的床头柜中发现了一沓稿纸，版型、花纹跟遗书用纸一样。也许是因为这沓稿纸被放在床头柜里，收纳得较好，纸张看上去要新一点。老周仔细察看了这沓稿纸，发现纸上还有遗书内容的书写印痕。这么看来，蓝海涛应该就是在这沓稿纸上写的遗书了。

叶莉翻看着蓝海涛书桌抽屉里的其他稿纸，不解地问："书桌抽屉里的稿纸明明拿起来更顺手，他干吗特地选了这沓纸？"

"也许就是躺在床上辗转反侧时，顺手拿的？"老周凝神想了想，又对叶莉说，"把遗书和这沓稿纸都带回去交给鉴定部门吧。"

就这样，经过初步调查，警方没有发现什么特别明显的疑点。老周走到屋外，把遗书拿给闻讯赶来的蓝金胜夫妇俩看，并讲了警方的初步判断。

夫妇俩悲痛欲绝，尤其是蓝太太，宝贝儿子说没就没了，她哭得撕心裂肺。蓝金胜在一旁怔怔地说："孩子一直好好的，从没有在我们

面前流露出什么要轻生的想法啊……"听到这里，蓝太太突然咬牙切齿地骂起来："安冬倩，你害了我儿子啊，你不得好死！不得好死！"

这一下像炸开了锅，围观者顿时议论纷纷——

"安冬倩是谁？"

"蓝海涛的女朋友，不，是前女友！"

"他们分手有半年多了吧？"

"分就分呗，至于想不开自杀吗？我要是蓝海涛，条件这么好，还愁没有女朋友？"

"啧啧啧……前女友为啥跟他分手啊……"

老周连忙问："安冬倩人呢？"

叶莉说："马楠老师帮忙打听到了她的手机号，不过我刚才拨了两次，都没人接，我继续联系。"

老周点点头，嘱咐道："尽快找到人。"

蓝金胜夫妇坚持认为儿子不可能自杀，老周又咨询了现场法医的意见。法医说："根据现场情况初步判定，死者的死亡时间是在昨天夜里11点以后，是物理性窒息死亡。至于是否自杀，想要得到进一步判断，则需要验尸……"

"不行！我儿子已经没了，我

不能再让他死无完……"蓝太太说不下去了。

"如果是自杀，有没有可能是因为抑郁症……"叶莉小声说着。看到老周立马盯着她，她解释说，刚才在联系安冬倩的空档，她还询问了蓝海涛之前的室友，关于蓝海涛和前女友的相处情况。大家对具体的事情不甚了解，但都反映说，蓝海涛有段时间情绪的确很低落，要说是抑郁症，也不是没有可能。

抑郁症？蓝金胜夫妻俩呆立在那里。

老周想起什么，立刻回到屋里扫视了一圈，洁净的房间，冷色调的床上用品，排列整齐的书籍……这的确符合抑郁症患者的偏好。他来到书架边细看，果然在众多书籍中发现了几本关于抑郁症的著作。

"据说安冬倩是海东大学心理学专业的在读博士，这些书也有可能是她的。"叶莉补充道。

老周从书架上拿下两本书，翻看着，然后说道："书可能是安冬倩的，但里面有些内容，都是用黄色马克笔标注的。你看，蓝海涛的专业书上，也是习惯用黄色马克笔标注。"

叶莉凑过去把两本书对照着看了看，发现还真是如老周所说。叶莉边看边嘀咕："如果真有抑郁症，看书有啥用？得吃药啊！"

一语中的！老周赶紧问："叶莉，查物品登记记录，有抗抑郁的相关药品和就诊记录吗？"

"没有！"叶莉翻查了表格后说。

"那么目前还不能判断死者是否患有抑郁症……"老周若有所思地说，"不过，也有另外一种可能，死者并不确定自己是抑郁症患者，但又急于自我诊断。像他这样的高才生就会特别关注相关书籍……这跟普通人一有头疼脑热就上网'百度'，是一个道理吧……"

站在远处的蓝金胜不知是听到了什么，突然激动地走过来，大声说道："我儿子都考上北京的博士了，前一阵子还乐呵呵地说要跟我们一起庆祝。我不信他会得那种病，我不信！警官，我决定了，让法医验！不管什么结果，我们都认！"

2. 归来的前女友

警方连夜做尸检，蓝金胜夫妻俩就守在警局，非要第一时间等到结果不可。

没想到凌晨时分，叶莉接到马楠的来电，说她联系上了安冬倩，让叶莉再打她电话试试。叶莉很感

激，都这么晚了，马老师还心系案件，帮忙联系关键人物，这是为警方尽快破案争取了时间。

马楠倒也爽快，回复说："就是举手之劳的事，再说发生了这种事，我也睡不着。我跟蓝海涛算是'最熟悉的陌生人'吧，平时就是在楼道里打个照面，但他若死得不明不白，我心里也觉得别扭。"

叶莉再次向马楠表达了谢意，并承诺尽快查明真相，让楼里的其

他住户也能安心。接着，她赶紧联系了安冬倩。

接到警方来电，安冬倩在电话里显得十分意外："你们……找我有什么事吗？"

叶莉解释说，这是警方的例行程序，因为得知安冬倩是死者的前女友，所以想找她来警局面谈，希望她配合。

安冬倩说："现在？我在上海参加一个研讨会，两天后回海东……"

"啪……"还没等叶莉接话，安冬倩已经挂断了电话。

叶莉回拨过去，已经无法接通了。她不禁想：呵，也是啊，前男友前女友什么的，在现代关系中大多等同于"仇人"了。唉，谁能想到呢？明明曾经是相爱的关系，有一天可能会变得那么危险……

夜越来越深了，不论是蓝金胜夫妻，还是老周他们，都在办公室里焦急地等待法医的尸检结果。

终于，天快亮时，法医一脸疲惫地推门进来，将检查报告拍到了桌子上。

尸检报告指出：死者确实是物理性窒息死亡，但在死者胃液当中查出了致幻药物成分，而且心脏等部位都有血管扩张等明显的中毒现象——也就是说，蓝海涛很可能是先中毒，陷入昏迷，然后被人挂上了高处的排水管……

人临死之前，无论是自杀，还是被杀，大多情况下，身体都会有本能的挣扎反应，并留下痕迹。警方当时在现场勘查中，也的确有此发现——管道上有明显的绳索摩擦痕迹和死者凌乱的指纹。起初，在没有发现其他疑点的情况下，警方判断这些就是自杀过程中留下的痕迹，从而忽视了这也可能代表死者在意识到遭遇危险时曾拼命挣扎，手多次往上摸，试图解开绳索……

如果蓝海涛不是自杀的，而是被人谋杀，那么凶手就是先对他下了毒，再吊死了他，手段可谓十分狠毒。凶手很可能在警察到来之前就抹除了所有痕迹——这恐怕也是房间里一尘不染的原因。凶手行事小心，而且心思缜密，此人很可能在精心布置完现场后，还故意玩了花招，让警察自己找证据，补齐蓝海涛患有抑郁症的证据链。

真是个可怕的家伙！

有了尸检报告，老周他们重新检查了手头收集的证据，果然有新的发现。经技术部门专家的鉴定分析，那些心理学书籍上标注的部分，跟蓝海涛听课笔记上的标注笔迹相比，存在细节上的差异。这也就是说，那些关于抑郁症的标注痕迹，的确是有人伪造的。

法医补充说，很多抗抑郁药物副作用很大，不排除蓝海涛服用抗抑郁药物中毒的可能性。根据尸检的分析来看，这种可能性很大。

老周一拍桌子，说道："现在，安冬倩的嫌疑迅速上升。叶莉，你快速讲一下安冬倩的情况。"

"是！"叶莉立刻翻开资料，讲道，"安冬倩是蓝海涛的前女友，心理学博士在读，有心理医生的执业资格，也就是说，她可以很方便地接触到精神类药物，包括抗抑郁药。另外，海大化工学院马楠老师回忆说，她曾听到两人分手之前有过多次剧烈争吵，安冬倩还说过要一分不少地还蓝海涛钱，看来两个人还存在经济上的纠纷。在马老师的帮助下，我联系了安冬倩的几名同学，原来，安冬倩在和蓝海涛恋爱期间，碰上弟弟买房，购房款中的三十万，是蓝海涛资助的。这笔钱安冬倩是否还了，目前未知。"

得知叶莉连续几次

联系安冬倩，她的电话不是关机，就是无法接通，显然有不配合警方工作的苗头，老周皱着眉头说道："叶莉，核实一下安冬倩的不在场证明，也要随时盯着她的行踪。另外，目前还有一个关键问题没有解决。"

"遗书！"叶莉脱口而出。

遗书白纸黑字都是真的啊，蓝海涛为什么会写下遗书呢？

警方请蓝海涛的父母听取了尸检结果，鉴于案子还未查清，为了麻痹凶手，警方交代家属对蓝海涛的尸检结果保密。蓝金胜夫妻俩的伤心之情难以言喻，但为了抓住杀害儿子的凶手，他们表示一定全力配合警方破案。

法医签字之后，蓝海涛的遗体火化了。蓝金胜给儿子办了一场低

调的葬礼，学校也派了相关领导参加。在一片黑压压的人群中，一个红衣女子悄悄地到来，跟着大家一起鞠躬。

在女子准备悄悄离开时，一左一右突然多了两个人。叶莉扣住女子的胳膊："安冬倩！跟我们走一趟。"

安冬倩看着叶莉亮出的警察证件，一脸吃惊。

在公安局里，安冬倩听着叶莉读她的档案资料，她是哪里人，家里有几口人，父母和弟弟妹妹都是干什么的，弟弟妹妹在哪儿打工，高中在哪儿上的，本科是哪个学校，硕士研究生读的什么专业，跟蓝海涛什么时候认识的等等。老周则在一边观察安冬倩的表情和肢体变化。他故意让叶莉把安冬倩的资料说得这么详细，就是为了施加压力，让安冬倩不清楚警察究竟掌握了她多少资料。

"你为什么去参加蓝海涛的葬礼？"

"我们曾经是恋人，即便分手了。如今他走了，我也应该送送他……"

"连身黑衣服都不换？"

"我从火车站出来，直接来的殡仪馆。我没有带黑色衣服，但我想送他一程。我知道他不会在意我穿什么……"说到这里，安冬倩一脸哀伤，"如果知道他会出事，我不会去外地开会的——看来我错了，他之前问过我，他是不是抑郁症，我很坚决地说'不是'。现在看来，我错了，错得离谱。医难自治，因为他跟我的关系，我做出了错误的判断，没想到他真的因为抑郁而自杀了……"

安冬倩的回答，让老周和叶莉多少有点意外。因为他们几乎已经把蓝海涛得抑郁症的事排除了，这可能只是凶手的故意误导。怎么这会儿，安冬倩却说蓝海涛可能真患有抑郁症呢？

叶莉想了想，问道："你是说，蓝海涛找你看过抑郁症？"

安冬倩点点头，说："他没去过心理诊所，但找过我，我根据他说的情况，认为他考博压力大，并不是抑郁症。他还说不管是不是，先让他吃点抗抑郁的药，我拒绝了他。我说，是药三分毒，抗抑郁药毒性更大，在国外曾发生过被误诊为抑郁症的人服了抗抑郁药后当真抑郁了的例子。我相信他能扛得过去。"

怪不得在所有医院和心理诊所都没有查到蓝海涛的就诊记录，安冬倩这么一说倒是通了。

3. 残缺的证据链

老周把叶莉叫到屋外，小声说道：“她是心理学博士，我相信她有能力说出让我们信服的话，但我们不能被她占了主导。她现在还不知道尸检结果，所以还在把我们往抑郁症上引导。”

两人回到屋里，叶莉继续跟安冬倩谈蓝海涛。安冬倩非常聪明，她没有给叶莉机会，只听了几句话，就直截了当地问：“海涛已经入土为安，你们却还要把我弄到公安局问话，海涛并不是自杀，而是他杀，对吗？你们怀疑我杀了他！”

叶莉强调说只是例行问话，她随即问起了蓝海涛那三十万块钱的事。没想到，安冬倩听到这里，忽然冷笑道：“叶警官，这不是例行问话。你们怀疑我害了海涛，是不是？那好，有证据就拿出来，没有证据我就走了，或者，我在这里待够24小时再走？”

就在叶莉不知如何是好时，老周出示了蓝海涛遗书的复印件。

安冬倩看着遗书，叶莉问：“作为他的前女友，你对他的这封遗书，怎么看？”

“遗书是他写的，他的笔迹，我很清楚。”安冬倩说，“但有了这封遗书，我倒不认为他是因为抑郁而自杀了。”

“哦？”叶莉眉毛一挑，“为什么？”

安冬倩说：“严重抑郁的人，写遗书是不会如此有条理的。你看，遗书逻辑清楚，字也写得很平整。你们可能没有接触过患有重度抑郁症的人群，但我见过很多。很多人生活都不能自理了，精神状态极度不稳定，可能没有预兆地就崩溃了，莫名其妙地就歇斯底里了。发病的时候，即便能坐下来写字，也不会这样工整。”

叶莉拿起遗书，仔细端详。

“另外，我从来没见过他使用这种稿纸。他家里的稿纸只有两种，一种是印着海东大学标识的，一种是东川村委会的，平时都放在书桌抽屉里。”安冬倩耸耸肩，补充说，“不过遗书的确是他的笔迹，纸的来源并不值得一提。”

听到这里，老周对叶莉吩咐道：“去鉴定部门，催一下遗书的鉴定结果。”

老周亲自跟车送安冬倩回去，一路上，对她配合工作表示了感谢，同时通过后视镜密切观察着她的表情，但安冬倩看着外面，没有说话，表情令人捉摸不透。

不久，遗书纸张及笔迹的鉴定结果出来了：写有遗书内容的那纸张是六年前生产的，而叶莉在蓝海涛卧室里找到的那一沓稿纸，虽然版型相同，却是今年生产上市的。另一方面，遗书正文的字迹并非近日所留，只有落款处的日期是最近书写上去的，而且落款日期的字迹并不是蓝海涛本人的。因为前面内容都是蓝海涛所写，让大家忽视了日期。凶手很聪明，钻了人们惯性思维的空子：故意将落款日期写成11月5日，让这封遗书成了警察判断蓝海涛自杀身亡的重要证据。而且，为了让遗书更逼真，凶手在蓝海涛的出租屋里留了同款稿纸，并伪造了书写印痕。

在案情讨论会上，叶莉汇报了安冬倩不在场证明的核实情况：蓝海涛死亡当天，安冬倩的确不在海东，她在上海参加心理学会论坛，有车票订单信息以及车站监控视频为证。叶莉还调看了会议组委会放出的新闻视频，当天的发言嘉宾中就有安冬倩。而且，安冬倩也不是案发当天去的，她几天前就出发了，等论坛结束了才回来，回来当天，正好赶上蓝海涛葬礼。

人在外地，能像古代侠客那样千里杀人？似乎不太可能。

在大多数投毒案中，凶手首先必须充分了解目标人物的生活习惯；其次，投的毒物要精挑细选，最后就是投毒的时机和手法。蓝海涛的案子中，凶手掌握的时机和手法都很巧妙，现场处理得也很干净，连喝水的杯子上都只有蓝海涛一个人的指纹。

"最关键的是，投毒成功之后，还要趁蓝海涛昏迷，把他挂上排水管。安冬倩远在上海，她如果是凶手，肯定得有个帮手……"老周说道，"可有一点，是她引导我们去盯遗书细节的，如果她是凶手，为什么主动奉送这个关键证据呢？"

叶莉想了想，有些激动地站起来，说："凶手模仿死者在书上标注关于抑郁症方面的内容，并大费周章地布置了现场、篡改了遗书，目的就是主动留下证据，引导警方认为死者是因抑郁而自杀的。从前期的种种'证据'来看，不得不说，这家伙确实很聪明，对警方的调查逻辑判断得很准，知道我们需要哪些证据，然后来个精准'投喂'……"

老周点着头，若有所思："叶莉，你想到什么了？"

叶莉说："我们在现场勘查时，有一样'证据'并没有找到，因此并不能断定蓝海涛患有抑郁症……"

老周眼睛一亮，立即就明白了叶莉的用意，他说："是就诊记录和服用的药物！"

叶莉点点头，接着说："凶手千方百计地要制造蓝海涛患有抑郁症的假象，现场却没有抗抑郁药物，这不太合理……"

有同事说："要伪造一份就诊记录可能有难度，不然凶手压根不用费劲地去标注那些心理学的书了。不过，在现场留一瓶抗抑郁药物，应该不难。现在有不少人会服用此类药物，凶手真要搞到一瓶，留在现场，那他蒙混过关的把握会更大，难道是真的疏忽了？"

另一个同事说："这就不好判断了，即便凶手意识到自己疏忽了，我们还指望人家亡羊补牢，冒险补救，然后自露马脚？"

这时，叶莉插话道："如果我们给凶手这个机会呢？"

4.意外的夜访者

这天，海东大学旁的案发小区里又变得热闹了，不少住户都在议论纷纷，说的正是蓝海涛的案子。也不知道是从哪里流出的消息，说蓝海涛一案，警察证据链还未补齐，晚上会再返回案发现场查证。

马楠正好路过，听到这番言论，她好奇地给叶莉拨了通电话："叶警官，听说你们今天还会来学校？蓝海涛那案子还没结果吗？有什么要我帮忙的，尽管说啊！"

叶莉回复说，案子的事情她不能透露太多，不过今天的确会去一趟海东大学，顺便把上次马楠给的围巾还回去。叶莉还说，这次办案是她新入职以来比较正式参与的第一个案子，她很感激马楠老师一路的热心支持，等案子告一段落后，一定"约饭"，当面致谢。

马楠乐呵呵地回道："那都不是事儿，警民合作嘛！"

当晚 11 点，小区内的各家住户的灯陆续熄灭了，外面路灯还亮着，却映衬得几栋老楼更黑了。

叶莉独自来到了公寓楼三楼蓝海涛的出租房门口。门关着，她取出钥匙开了门，屋里很黑，她并没有打算开灯，可不知怎么地，随身带的手电突然不亮了。

"哎哟，怎么关键时刻掉链子……"叶莉忍不住拍了一下自己的脑门儿，赶紧跑下楼，去找备用手电。

折腾了好一会儿，叶莉重新回

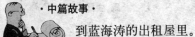

到蓝海涛的出租屋里。

房间里的东西和勘验当天的布置是一样的，并没有什么变动。叶莉从进门的家具开始，一个个地排查，在查到电脑桌最底层的那个抽屉时，叶莉眼睛一亮：抽屉中有一个白色的小药瓶，药瓶上全是英文，叶莉看出制药方是一家美国公司。

叶莉快速地在脑海中过了一遍，确认了白色药瓶在此前并未出现过，这一次出现了，证明有人来过这里，并将这个药瓶放到了抽屉里。这个放药瓶的人，十有八九就是凶手。

叶莉正要拿出手机搜索药物名字时，她耳朵一动：一个细细的脚步声，由远及近……叶莉快速将药瓶放好，轻轻地掩上抽屉，然后关了手电筒，躲到了书架后面。她眼睛盯着门旁边的毛玻璃，看到一个人影在毛玻璃前驻足。

叶莉手里攥着老周给的警报器，她既盼着对方开门，又害怕……

没错，这一切的确是叶莉最初的计划：故意放出警方要重回案发现场搜证的消息；打开现场的门锁，又故意走开了一会儿，好给凶手溜进屋里补放"证据"的机会。还有，叶莉"独自"回到现场，也是为了让可能埋伏在现场周围的凶手，放松警惕……现在看来，计划奏效，鱼真的上钩了！

果然，毛玻璃前的人影一闪，接着，门"吱呀"一声，开了。一个穿着一袭白裙、垂着长发的女人走了进来。窗外路灯的光线打到她的背面，让她整个人看起来更加可怕。叶莉心跳加速：她曾经是恐怖片爱好者，但此刻，所有的恐怖片加起来，都没有眼前这个形似女鬼的人更让她感到惊悚。

白衣女子进来后，也不开灯，而是走到了电脑桌前，直愣愣地看着墙上挂着的蓝海涛的照片。叶莉努力想看清这个女子的容貌，但实在是看不清。白衣女子一样一样地看着屋里的陈设，当她走到电脑桌位置时，拉开了抽屉，这时，她停了一下，然后拿出了药瓶，端详，又放到鼻子下闻了一下。

叶莉似乎看到了她似笑非笑的部分面孔。叶莉正准备出手，却见白衣女子从包里拿出一沓黄纸、几根香烛，然后她点燃了香烛，摆在屋子中间，自己盘腿坐在地上，烧着黄纸，嘴里念念有词："海涛，你一定在怨我……我也好后悔……海涛……"她哽咽了起来。

突然，白衣女子站起身，一回

头，眼睛紧紧盯住了书架。

叶莉在书架后，心跳得如打鼓。白衣女子朝书架步步逼近，就在她伸手过来时，叶莉抢先出手了。她从阴影中蹿出，然后一把扣住白衣女子的手腕，紧紧扣到背后，迅速制服了对方。

"真是天真，你要知道，警察办案怎么会孤身行动呢？"说着，叶莉摁响了警报器。

埋伏在周围的老周等多位警察应声而来。灯亮了，叶莉撩开了白衣女子的长发，大家看清了她的面孔——安冬倩！

安冬倩看上去惊魂未定，她气喘吁吁，结结巴巴地问道："你、你们干吗？"老周厉声问道："安冬倩，你来这里干吗？"

"烧纸啊！"安冬倩指着地上的灰烬说道，"今天是海涛头七，我来这里给他烧纸。"

头七？大家面面相觑：算算日子，还真是！

"我们老家那里，说人死后第七天会回来。他出事时我不在，所以我就想在头七这天，来见见海涛，见门没锁着，就进来了……"安冬倩说着，有些泣不成声。叶莉并不吃这一套，她盯着安冬倩，说道："不要表演情比金坚的戏码了，我看到

你进门后，对这瓶药很感兴趣。你是知道那个抽屉里有药，来看看是否被警察'取证'了，是吗？"

"带她回局里，好好审问。"见刚才的动静引来了不少周围的住户，老周赶紧示意道。

"你们干什么！我只是来祭奠海涛的，我没有做什么！"安冬倩申辩道。

老周听了，忍不住回道："心理学博士，烧黄纸见'鬼男友'，这套鬼话恐怕连蓝海涛本人都不信……"

驱散了围观人群，老周等人押着安冬倩走了，叶莉跟着出去，锁上了房门。刚下了几级楼梯，她突然停下来，又看看四周。她总感觉好像有什么动静，很轻微。她一瞥，黑漆漆的楼道深处，好像有一抹红色闪过。

"一定是刚才神经太紧绷了，哎，这也太'菜鸟'了！"叶莉自嘲了一下，赶紧下楼了。

车发动了，叶莉趴在车窗前又看了一眼出租屋，黑乎乎的。突然，坐在后排的安冬倩也趴在窗口，朝着楼道窗口的位置挥了挥手。

"你干什么？"

"跟海涛告别。"

"什么？"

"他当真回来了，他就在那儿，还戴着我亲手给他织的红围脖呢！"安冬倩喃喃地说道，她好像依然沉浸在自己的幻想世界里。车里的人都感到后背一凉，叶莉则念叨着："红围脖……好像，从来没见过哎……"

在局里，安冬倩慢慢平静下来，她开始讲述自己和蓝海涛的相处过往。她说，分手后，蓝海涛就一直很忧郁，而她痛恨他花心，所以一直不理会他的示好……

"我们恋爱时，我经常会去他的出租屋。有两次，给他洗衣服时，我从他衣服口袋里掏出了女人的丝袜、口红。我们为此吵了架，他狡辩说是我故意放的，就为了找他的茬，还让我找导师看看心理问题，气得我当场就跟他说了分手。后来我们两个就别扭着，谁也放不下面子主动服软……我真的特别后悔，他脆弱的时候没有安慰他……现在，我跟他阴阳两隔，想说什么都晚了。今天，我想着是海涛的'头七'……呵，老家关于'头七'的那些说法，换作以前我肯定是不在意的，但今天不知怎么了，魔怔了，就特别想试试，想着也许海涛真能回来见我一面，跟我说说话……"

叶莉静静地听着安冬倩的讲述，似乎找不出什么破绽。她拿出了撒手锏："这个药瓶你怎么解释？你当时动作很怪异！"

"我对海涛的生活习惯很熟悉，他从来不在电脑桌的那个抽屉里放药，他一般都把药放在饭桌边的斗柜里，那里面有个小药箱。我当时看到那个药瓶就很诧异，那里面的药片有没有问题，我不敢说，你们可以查，但我闻了药瓶，里面肯定不对劲。"

"啊？"叶莉很意外，连忙问道，"有什么问题？"

"我是搞心理学的，我十分肯定地说，我跟海涛交往至今，没有发现他有抑郁症。不过，姑且算他真的有抑郁症，他服用的这瓶药，有问题——"叶莉拿出药瓶看，安冬倩顺势指着药瓶说，"你看，这是美国公司出的抗抑郁药'盐酸舍曲林'，是心理学领域广泛使用的抗抑郁药物，我也经常给抑郁症患者开……他真的没必要买印度版的山寨药啊！"

"什么？"叶莉吃惊地问，"印度……山寨药？"

"对，印度有这种药的仿制产品，很便宜，但副作用很大——问题是，海涛不会差这个钱，沦落到要买盗版药吃吧？"

叶莉打开瓶盖，看了看里面的药片，也放到鼻子下闻了闻。安冬倩说："一般人肯定看不出来，但我搞这个专业的，能闻出气味的细微差别。有可能，现在这里面的药片已经被换成真药片了，但这个瓶子肯定装过盗版药。"

安冬倩关于药瓶的说法，很快得到了鉴定部门的证实，这也基本排除了她的下毒嫌疑。

审讯室外，几名警察都在叹气："看来，又白忙了。"

老周却"哈哈"笑起来："白忙？

可我觉得，凶手就在眼前了啊！"

出了审讯室，叶莉翻看着笔录，对老周说："据安冬倩说，她给蓝海涛织过一条红色围脖，蓝海涛很喜欢，可我们在案发现场并没有发现，会不会也被凶手清理了？如果是的话，凶手拿走围脖做什么？"

老周若有所思，没有接话。这时候，有同事把一份稿纸购买记录的调查材料交到了老周手上。老周看后，突然对叶莉说："对了，听你说今天要去还马楠的那条围巾，还了吗？"

"哎呀，我忘了！"叶莉一想，回过神来，问，"老周，你怎么特别问起这个了？"

老周看着叶莉笑了："机关算尽太聪明，这个凶手啊，露马脚喽！"

5. 疯狂的失意人

海东大学旁的老小区内，命案现场所在的楼栋住户越来越少，今天，又有两个租户要搬走。

马楠拿了外卖，迈着轻盈的步伐来到四楼，朝着自己的房间走去。要搬走的两个租户见了她，一个劝说道："马老师，你还不搬啊？这里多吓人啊，我晚上回来，上楼时腿都打哆嗦！" 另一个也说："是啊，马老师，学校东面的万科小区，有很多房源呢，价格就比这里贵一点点，要不我把中介电话给你一个……"

马楠笑着说："你们先搬，我等房租到期后再搬，主要我东西太多，懒得动。"

"马老师，你胆子真大，劝你买些辟邪的东西戴身上，要记得啊……"

马楠笑着点头，然后她走进屋里，小心翼翼地关上门，嘴角却浮现出诡谲的笑。她从衣架上取下一条红色围脖，围在身上，站到镜子前，回想着自己这半年来的"成绩"，冷笑起来。

很少有人知道，她是蓝海涛的前前女友！他们恋爱时，还都在南京读本科，她比蓝海涛大一级。两人交往时，她就嫌蓝海涛身材不够高大，钱也不够多。后来一个富二代发起猛烈的攻势追求她，马楠对那些豪华的大牌礼物毫无抵抗力，于是果断地甩了蓝海涛。蓝海涛特别痛苦，有一天喝醉了酒，去找马楠，想挽回她。蓝海涛在马楠家哭得一把鼻涕一把泪，甚至当场写了一封遗书明志，希望马楠能回心转意。马楠呢，收了遗书，却在富二代面前炫耀自己多么有魅力，一个男生居然为了自己要自杀。

没想到富二代很快就对她腻了，另寻新欢。她听说蓝海涛的家拆迁了，蓝海涛成了手头富裕的"拆二代"，她后悔不已，回头找蓝海涛复合，但蓝海涛没有同意。马楠不甘心，特意考了海东大学的研究生，以示自己愿意留在海东这个小城市，和蓝海涛相守的心意。后来得知蓝海涛也考回了海大读研，她特别开心，却发现那时候，蓝海涛已经有了新女友安冬倩。

安冬倩没有马楠漂亮，但性格温柔。蓝海涛对马楠说，跟安冬倩在一起，他特别幸福。有一次安冬倩深夜生病，蓝海涛特地推了一个重要的实习项目，连夜从外地赶回来，将安冬倩送进医院。安冬倩住院观察那几天，蓝海涛寸步不离，昼夜不休地把女友照顾得无微不至。安冬倩出院时，倒是一旁的蓝海涛显得更加憔悴。后来，这件事在学校女生之间传为美谈，大家都羡慕安冬倩能找到这么帅气、贴心又财力不凡的男朋友，简直是完美的男人！

只是，这样的言论传到马楠的耳朵里，让她更加懊悔。这个大家口中的好男人，本来是属于她的呀，

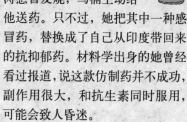

现在却属于了另外一个女人。马楠心底的妒火越烧越旺……

为了让蓝海涛回心转意，毕业后，马楠留校任教，特意搬到这里来，跟蓝海涛做了上下楼的邻居。然而，蓝海涛对她的示好根本不在意，还警告她别打扰自己跟女友的生活。她每天目睹前男友和别的女人恩恩爱爱，心里的恨意怎么都止不住了：一定要拆散他们！

马楠利用蓝海涛不在出租屋的时候，从后窗进入他的房间——老式公寓楼，楼层间离得近，又有很多适合攀爬的外置架子，使得马楠爬上爬下并不费劲。她将自己的一些小物品放到蓝海涛的衣服口袋内，故意让安冬倩发现……终于，她如愿听到了两人的争吵声，安冬倩怒走时的摔门声，蓝海涛的长吁短叹声……

蓝海涛在失恋的沮丧情绪中还要准备考博，马楠则故意接近，对他嘘寒问暖，然而蓝海涛并不领情，刻意和她保持距离。马楠还发现，同样是分手，蓝海涛对安冬倩却更加长情，一直放不下她，心心念念地想和安冬倩复合。

马楠彻底被激怒了：得不到的，就毁灭吧！她开始有了下毒杀死蓝海涛的计划，一直寻找着合适的机会。终于，这几天，蓝海涛感冒发烧，马楠主动给他送药。只不过，她把其中一种感冒药，替换成了自己从印度带回来的抗抑郁药。材料学出身的她曾经看过报道，说这款仿制药并不成功，副作用很大，和抗生素同时服用，可能会致人昏迷。

11月5日夜里，蓝海涛服药后，不久就昏倒在地。马楠看准机会，迅速从后窗进入蓝海涛的房间，费力地将他挂上了洗手间的排水管。然后，她将准备好的遗书放到桌子上。由于当年蓝海涛写遗书用的是她家里的稿纸，而原先那沓稿纸早已不见了，为了减少破绽，她还特地上网搜了同款稿纸，买来后伪造了印痕，再随手塞进了蓝海涛的床头柜。等小心地处理完作案痕迹后，临走时，马楠看到了红围脖，她知道那是蓝海涛和安冬倩的爱情信物。不知是出于那种心理，马楠带走了这条围脖……

事后，马楠对这个"案件"十分热心，时时留意着警方的调查进展。在意识到自己忘记留下关键"证物"时，她也一直在想办法补救，直到她听说警方要重回现场搜证……

想起自己做的一切，马楠咬着

牙，对着镜子里的自己说道："蓝海涛，是你逼我的！"

"是吗？"一个声音传来，马楠瞬间变了脸色，回头一看，老周和叶莉从里屋走了出来……叶莉说："马老师，如果你没有表现得那么热情，或许我们不会第一时间想到你……"马楠不敢直视叶莉，嘴却很硬："蓝海涛是自杀，关我什么事？"叶莉说："那晚，你借我的围巾，是一条印度纱丽吧？"

马楠脱口而出："这只是巧合。"叶莉立马回道："我还没说印度仿

制药，你就说'巧合'？"

马楠依旧不死心："那能说明什么，你们没有证据。"

叶莉掏出笔记本，上面有马楠留给她的电话号码。叶莉说："你的电话号码里有数字5，要知道，你写的数字'5'很特别，尾部有个顿点，这和蓝海涛遗书落款的日期一模一样……"

马楠顿时愣住了。

出境记录、印度山寨药、笔迹鉴定结果、稿纸购买记录……在证据面前，马楠终于放弃抵赖。她长长地叹了口气："那晚，我就在楼道里，看到你们带走了安冬情和那个药瓶，我以为一切都会如我所愿……"

叶莉把马楠交给了队友，老周拍了拍她的肩膀，说道："干得不错！"

叶莉笑了笑，走出公寓楼时，她深吸一口气，给自己鼓了鼓劲：作为新警察，她已经意识到了以后的挑战会有多么严峻。冬日的寒风凛冽，但阳光普照，叶莉抬头挺胸，迈着有力的步伐，朝着一辆已经发动的车辆走去。警灯闪烁，等待她的，是另一个新案子……

（发稿编辑：丁婳瑶）

（题图、插图：杨宏富）

万万没想到

◆ 物理老师上课时，好多同学都在玩手机。老师突然说："同学们请注意一下，下课把手机交上来，你们手机的剩余电量就是你们期末考试的分数！"

◆ 数学老师请假，语文老师来代课。同学们很惊讶，语文老师说："怎么，不信我也能教数学？下面，请大家把书翻到第15页，看第1题——甲乙两人共拿10个苹果，甲比乙多拿4个……"

见语文老师真的教起了数学，大家都很佩服。这时，就听语文老师说："请问，这句话的主谓宾是什么？"

◆ 我对老爸说："我想减肥，你帮我买一辆自行车吧，我有空就骑车去锻炼。"老爸说："我还是帮你买一辆三轮车吧，这样你在锻炼的时候还可以顺便去收点破烂，补贴家用。"

（推荐者：大 橘）

婚姻麻辣烫

◆ 亚当和夏娃拥有理想的婚姻——他不必听她絮叨，说天下的男人都愿意娶她；她也不必听他说，他妈做的饭有多么好吃。

◆ 结婚之前，我的生活非常简单。我绝对想不到，把牛奶放进冰箱，还能放错了。

◆ 一个好妻子总在她犯错时，原谅她的丈夫。

◆ 和一个人住在一起，可以深入了解他；和一个人离婚，才能真正认清他。

◆ 我知道，我的婚姻要完蛋了。那天晚上我心脏病发作，我太太竟然写信叫救护车，用的还是平邮。

◆ 每当我老婆惹我生气，我都会透过叉子去看她，假装她在监狱里。（推荐者：乐 乐）

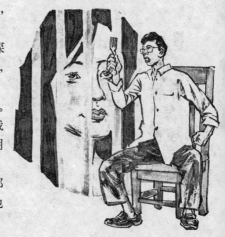

段子人生

◆ 异地恋，谁经常去对方的城市说明不了谁爱谁更多，只能说明谁所在的城市好吃的东西比较多。

◆ 有个男生，大学选专业的时候犯了难，妈妈想让他学传媒，爸爸想让他学营销，最后，他同时满足了父母两个人的要求——加入了传销。

◆ 养猫前，妈妈说："你不能养猫，猫身上都是细菌！"养猫后，妈妈说："你不要抱猫，你身上都是细菌！"

◆ 高铁上，有个大叔吃薯条时，把番茄酱滴在了我的鞋子上。我看着他，静默三秒后，他递给我一根薯条。

◆ 当游戏可以直接用微信账号登录的时候，玩家的名字就变得非常接地气，比如"铝合金窗户加工""专业水电""实木麻将桌批发"。

◆ 我给上高中的表弟买了双夜晚能发光的运动鞋，他喜欢得不得了，天天穿。前几天，他们班和别人起了冲突，约对方晚自习后在学校操场打架。结果，对方所有人都看着表弟鞋子的亮光，追他一个人！

（推荐者：晓 白）

『扑哧』一笑

◆ 新鞋被踩时你会说："你踩我鞋了！"旧鞋就不一样了，你会说："你踩我脚了！"

◆ 女生之间就不要耍心机了，反正几十年后都要一起去跳广场舞的。

◆ 为什么那么多人发自己挂吊瓶的照片？因为他要向大家证明他还没有放弃治疗啊！

◆ 他们说在喜欢的人面前会变笨，难道我喜欢上作业了？不可能啊！

◆ 我最近都在一个岛上，朋友问我在哪个岛，我说：穷困潦倒（岛）。

（推荐者：罗 三）（本栏插图：陆小弟）

会出主意的神树

□ 刘建平

从前，狼山脚下住着一个贫苦的年轻人，名叫张青。他和媳妇养蚕为生，勉强度日。

这年，他们买了些蚕种，养起蚕来。蚕宝宝长得快，食量日渐变大。渐渐地，自家种的桑树叶不够吃了。

末龄蚕若是饿了肚子，会延迟吐丝，甚至难以营茧，这就白养了。张青夫妻俩焦急起来，到大户陈二家借桑叶。

陈二翻着白眼拒绝了："喂饱你家的蚕，让我家的饿肚子？"

张青恳求："我借的不多，一棵树的叶子就够了！"

陈二摇着脑袋，说："想要桑叶，先拿钱来！"

张青碰了一鼻子灰，回到家对媳妇说："咱们只能舍弃一部分蚕，要不今年怕收不了好茧子。"

媳妇心疼地哭起来："就差这么一点叶子……对了，狼山里不是有株妖桑？你去求求妖桑，给咱出个主意，好不好？"

狼山里确有一株粗大的桑树，不知长了几百年，竟有了灵气。谁有难事去求桑树，桑树就会给人想辙。不过，妖桑贪婪，索要祭品多，出的主意也有点邪门，所以穷苦人很少去。

张青一听"妖桑"，脸色就变得难看了："又不是没人去过，它出的主意不行啊，我不去！"

媳妇摇着张青的肩膀，说："算

我求你，去试试吧！如果主意不行，咱不用不就行了？死马当作活马医，万一呢……"

张青拗不过媳妇，想了想，答应去试试。

妖桑贪杯，最看重祭品里的酒，酒必不能少，而且得是好酒。张青到镇上酒馆赊了半罐酒，让媳妇做了两样菜，进了狼山。

半山腰是妖桑所在地。张青抬头看看，这株桑树可真茂盛，巴掌

大的桑叶数不清。可惜没人治得了它，要不然，叶子早被缺桑叶的人家摘光了。早年间，有人用刀砍、用火烧，都被桑树狠狠报复，让那些人倒了血霉。后来没人敢动它了，树上绑满了红布条，树底下铺满了燃尽的香烛。

张青在树底下转悠了几回，硬着头皮"扑通"跪倒在地。他摆好菜品，将酒慢慢倒在树下，说："我是张青，有一事相求。今年，我们那儿好多人家养蚕，桑树叶子不够用，找人借桑叶，都没借着。请你务必出个好主意，解决我们眼前的难题……"

正说着话，一片桑叶轻轻飘落到张青面前。

妖桑跟人对话，靠的是树上的一只金蚕。金蚕趴在树叶上，按妖树旨意，在树叶上咬出一个个豆粒大小的文字，之后树叶会自然飘落到人跟前。

张青捡起桑叶，见上面有几个字："酒太少。"

张青赶紧拜了拜，说："等我赚了钱，再补上祭品如何？"

张青等了许久，不见妖桑回应，于是恳求道："这样，大家伙儿缺桑叶，你本身就是一株桑树，你发发慈悲，借点桑叶给我们吧……"

又一片叶子飘下来，颜色发红："异想天开，不借！"

妖桑生气了，张青赔笑道："莫生气。这样，我就这点酒菜，你给我一点暗示，少点没关系。"

过了会儿，第三片落叶飘下："勾结茧贩，陈二压价。"

张青对着这几个字，想了好一会儿，突然想起来是有这么一件事：去年卖蚕茧时，蚕茧贩子来到村里拼命压价，说蚕茧到处都是，价格上不去。陈二出头与蚕茧贩子反复争论，最后蚕茧贩子同意增加了几文钱，但比往年价格仍然低了许多。大家对陈二还非常感激，到头来，竟然是陈二吃里扒外跟外地蚕茧贩子勾结，把蚕农的辛苦钱都赚走了。

张青气得够呛："陈二勾结蚕茧贩子，不会是你出的主意吧？"

张青啐了一口，回去了。

进门媳妇就问事情如何，张青扬扬手中的三片桑叶，说："白费了酒和菜，妖桑给我三片叶子，没一片中用。"张青看着手中的桑叶，突然来了个主意，他一拍脑门说："既然如此，我也做回坏人，救救蚕农，还有咱家的急！"

张青抄起妖桑叶去了陈二家。陈二看见张青来了，满脸不高兴："有钱就有桑叶，没钱就……"

张青把妖桑叶往陈二手上一塞，陈二扫了一眼，知道是狼山妖桑的叶子，愣了好一会儿，问："你什么意思？妖桑让你带话，提醒我还愿是不是？"

张青"嘿嘿"笑了："陈二，你去年干的好事儿，妖桑告诉了我。我如果在村里这么一说，到时一传十，十传百，你家指不定被掀翻了底。今天给我五两银子封口，咱们万事俱休。"张青佯装扭身要走，陈二赶紧一把拉住张青，低声说："去年猪油蒙了心，一心想发大财，就悄悄去求了一回妖桑，没想到我没还愿，它就这么出卖我！你别告诉别人，好不好？"

张青停住脚步："不告诉别人也行，我有一个条件，你家多出来的桑叶要拿出来，救百姓的急！"

陈二拿出五两银子塞到张青手中，说："我愿意，我马上就出借桑叶。"

张青扭头走了，到镇上买了三大瓮好酒，点了十几样好菜，雇了三个人和三辆马车，将吃的喝的拉到了妖桑树下。

雇来的人和车在附近山坳里歇脚，张青一个人摆好饭菜，开了酒封，对妖桑说："这次我带足了好吃好喝的，想跟你聊聊……"

说罢，张青把一碗好酒倒在树根下。一片树叶很快飘了下来："酒菜多，主意多。"

张青点头说："人要脸，树要皮。人不要脸就能活得更好，你敢出主意，我就敢用！"说罢，他又倒下一大碗酒。

又一片树叶飘落……

就这样，张青跟妖桑聊了起来。每说一句，他就往树根浇一大碗酒，妖桑就掉落一两片叶子回答。他们聊得越来越开心，不觉天黑了，张青点起火把继续……

直到天亮时分，妖桑喝醉了，落叶都有些"结巴"了，要么许久落一片，要么一下子落几十片。上面的字迹歪歪扭扭、断断续续，内容东拉西扯，不知所云。

还剩下半瓮酒，张青推倒酒瓮往树根灌下去，边灌边说："来，我们来个痛快的……"

桑叶"哗啦哗啦"一个劲儿往下掉，上面写着："累，睡……"

折腾到第二天中午，张青抬头一看，发觉桑树上一片叶子也没了，一只金蚕孤零零地趴在树干上，不久，掉落到地上，死了。

张青抄起一把斧头，花了半天工夫，把桑树砍倒了。

接着，张青招呼雇来的人和车，将桑叶装了满满三大车，拉回村里。张青媳妇高兴坏了，说："这下不愁了！"

张青回道："我拿好酒好菜，跟妖桑聊了一天一夜，把桑树给聊秃了。趁它喝得烂醉，把它给砍倒了！以后啊，咱们这儿的人遇到困难，不用妖桑出主意了。想要主意，还得自己想！"

原来，张青本就没指望妖桑能有什么好主意，但他得知了去年妖桑指点陈二勾结蚕茧贩子压榨老百姓这事儿，他就下定决心，除掉妖桑。他想了想，决定利用妖桑好酒这个毛病来下手。张青装了一回坏人，利用妖桑头一次给的树叶，吓唬了陈二，让陈二拿出钱，买来度数很高的好酒，全部倒给了妖桑。妖桑就这样在醉酒中落叶落得忘了分寸，导致元气大伤，被张青砍倒毙命了。

张青一举两得，既解决了贪婪害人的妖桑，也解决了自己和邻里养蚕缺叶的难题。

当然，张青看出来了，陈二本性还没那么坏，他卖了蚕茧之后，及时还上了陈二的银子。

（发稿编辑：陶云韬）

（题图、插图：陆小弟）

罗田寨的大当家意外丧命，山寨四大金刚之一的温家壁在肖师爷的帮助下，成为新的大当家。可是其他三个金刚并不服气，一时间山寨人心涣散，暗流涌动。温家壁听从肖师爷的建议，铁腕治寨，严厉处置了几起违反山规的事，威信大增，那三个金刚才有所收敛。在这个节骨眼儿上，少当家温金来却犯事了。

这天，温金来酒后和几个小喽啰在一起赌钱，他手风不顺，输了不少，为了扳本就暗中出老千，却被人家发现了。这几个喽啰不依不饶，说要按规矩办，剁去温金来一根手指。温金来恼羞成怒，心想自己已是山寨少当家，这些人还不识时务，一点面子都不给，于是拔枪打死了两个喽啰。

温家壁见儿子闯下大祸，赶紧找肖师爷商量对策。肖师爷沉吟一会儿，无奈地说："少当家违反山规，残杀自己兄弟，这本来就是重罪，更何况山寨现在是非常时期，那三个金刚大爷早就虎视眈眈图谋不轨。依我看，大当家必须秉公处理，少当家吊山猪是逃不了啦！"

吊山猪是罗田寨最严厉的惩罚，温家壁闻言面如死灰。所谓吊山猪，就是将严重违反山规的人五花大绑，装进麻袋，吊在后山的大樟树上。树下是一个又大又深的陷坑，坑底布满尖尖的竹桩。被吊山

山规森严

□黄 平

猪的人要么气血不通被活活勒死，要么遇上虎豹豺狼跳起扑食，一起掉下坑里，被竹片穿身而死。

不过吊山猪也有两个好处，一是以人为诱饵，引诱野兽扑食跌落陷坑，为山寨做贡献；二是不把事做绝，被吊山猪的人生死由天定，如果福大命大，吊了三天不死或者能够逃生，那么所犯之事就一笔勾销，再也不追究。不过这么多年来，山寨里被吊山猪还能捡回性命的人寥寥无几，可谓百死一生。

温金来平时娇纵惯了，如果被吊山猪，必死无疑。温家壁只有

一个宝贝儿子，哪里甘心让他丢了性命？温家壁让肖师爷想尽一切办法，保住儿子一命。肖师爷沉思良久，答应试一试。

当天晚上，肖师爷悄悄去找了老耿头。老耿头原先是个猎人，下套子逮野兽很有经验，上山做土匪后，吊山猪的活儿就交给他了。

老耿头一开始推辞说自己无能为力，肖师爷便拿出两根金条，说："你吊山猪这么多年了，熟门熟路，肯定有办法。事成之后，再给三根。这都还是小事，你想想，保住了少当家的性命，大当家还会亏待你吗？"老耿头默不作声，闷头抽完一袋旱烟后，把自己的想法告诉了肖师爷。肖师爷一听，拍手叫好，两人还仔细商议了相关细节，确保计划天衣无缝。

肖师爷回去后，立马向温家壁详细汇报了具体安排。温家壁听后转忧为喜，有了底气，第二天便召集三个金刚商量这事。

果然不出所料，那三个金刚有的阴阳怪气、煽风点火；有的冠冕堂皇、慷慨激昂，其实就是一个意思——严惩温金来！温

家壁早料到是这个结果，他干咳几句，装作大义凛然的样子，说道："金来不守山规，谁也救不了他。我是山寨之主，当以山寨为重，不徇私情，明天午时，吊山猪！"

第二天下午，温家壁带领土匪们来到后山。后山道路崎岖，杂草丛生，常有野兽出没，平时没有人来。在一棵大樟树下，温金来被带了上来，老耿头上前说："少当家，得罪了。"他用一根绳子，像捆粽子一样，把温金来捆得结结实实。一个金刚上前查看，伸手这里拽拽那里扯扯，没发现什么问题。

老耿头又拿来麻袋，把温金来装进去，用一根长绳把袋口扎好，然后他把绳子系在身上，爬到大樟树的一根树枝上，抛下绳子。几个土匪上前抓住绳子，把麻袋吊高三四米，再慢慢挪移到陷坑上面，把绳子固定好。

接着，土匪们拿来竹片插在陷坑里，铺上松枝杂草。不仔细看，根本看不出下面有陷坑。

大功告成，肖师爷大声说道："少当家，愿老天保佑你平安无事，三天后我自会来接你。"

山寨通往后山只有一条路，离陷坑不远处有个木棚。吊山猪的时候，山寨会安排人来看守，一来防止有人偷偷前去救人，二来假如有野兽扑食掉进了陷坑，他们能听见响动，及时弄走猎物，免得猎物腐烂。那三个金刚不是善茬儿，离开后山时，特地另外安排了他们自己的人，一起在木棚里看守。

到了晚上，值守的土匪睡下后，温金来开始行动了。他把脑袋歪向左边，耸起肩膀，用舌头在绳子下沿拨拉一会儿，舔出一段绳头来。然后用牙齿咬着绳子轻轻拉动，捆在他身上的绳子就像抽丝一样，慢慢全部脱落开了。原来，老耿头经常捆绑野兽，久而久之，练就了一套非常高明的绳索打结和解开的方法。白天他在众目睽睽之下，把温金来绑得结结实实，实际上却在肩膀下留了一个活结，那金刚虽然检查了绳索，却发现不了这个秘密。

温金来活动活动发麻的手脚，然后在麻袋的一个角落缝里摸索一阵，拔出了一把小刀片，这是老耿头事先藏在那里的。刀片极其锋利，温金来很快就把麻袋割开了一个口子，迫不及待地把头伸出去，贪婪地呼吸起新鲜空气来。等稍微休整好，他探出身子，把从身上解下来的绳子跟上面吊麻袋的绳子连在一起，打好死结，再把绳子的另一头绑在自己腰间，最后整个人钻出麻袋，慢慢向地面下滑。

陷坑上面铺的那些松枝杂草承受不了人的重量，必须先下到坑里。温金来用脚小心拨开一个口子，慢慢往下滑。坑里到处是锋利的竹片，稍有不慎，不是被捅伤就是被刺穿。温金来一边下滑，一边用脚探拨。他的鞋底事先塞了铁片，能防止被竹片插穿。经过一番周折，他终于安全下到坑底。

借着朦胧的月色，温金来小心翼翼地从陷坑中间挪到坑壁旁边，蹲下身来在地上摸索着。昨天老耿头偷偷下到坑里，埋好了一根杉木。

很快，温金来就摸到了浮土，刨开浮土，搬出杉木，将它竖起来架到陷坑上沿。

一切都很顺利，温金来欣喜若狂，手脚并用着往上爬。可是鞋底垫了铁片，又滑又硬，爬起来很不方便，好不容易快爬到坑口了，身体却被拽住了爬不动。原来，他身上还绑着绳子，绳子被坑底的竹片缠住了。还好刀片在身上，温金来腾出一只手，拿出刀片割断绳子。杉木本就光滑，鞋底又硬邦邦的，再这么一晃动，温金来忽然脚底一滑，整个人"嗖嗖"地顺着杉木往下跌落，"噗"的一声闷响后，陷坑内恢复了寂静。

第二天早上，木棚里的土匪起来，远远看见麻袋随风飘荡，知道里面没人了，估计温金来已经被猎物扑落到陷坑里，急忙前去查看。那土匪搬开松枝杂草，只见温金来竹片穿身，浑身是血，已死去多时。

温家壁最先得到消息，急忙带人赶过来。温家壁看见儿子的惨状，发疯似的咆哮道："怎么会这样？不是说万无一失吗？"

老耿头急忙申辩："少当家身上的绳子解开了，麻袋割开了，人也下到了坑底，杉木也找到了，我的事情没办砸呀！"

肖师爷摇摇头，喃喃地说："一切都顺顺利利，少当家却没上来，这是天意呀！"说完，他忽然大叫一声："坏了！"

本来计划的最后一步是，温金来从陷坑上来后，要把杉木扛走，扔得远远的，不能让人看出端倪。肖师爷赶紧让老耿头把杉木搬起来，可是来不及了，那三个金刚已经得到消息，知道温家壁做了手脚，带着手下的兄弟，杀气腾腾地来到了眼前……

（发稿编辑：曹晴雯）

（题图、插图：陆小弟）

加 班

□ 宋炳成

最近公司有大项目，老板要求员工每晚加班，不到十点不能回。其他人没说啥，小何坐不住了，问老板："加班有加班费吗？"

老板白一眼小何："就你事多，当然有加班费。"

其实，小何这么问，是因为他老婆特别多疑，哪天下班回家晚，就盘问个不休。现在每天晚上十点后回家，怎么交代？有加班费，就能自证清白。

转眼到了月底，工资都发了，可加班费没有动静。

老婆的脸拉得老长，她向小何一伸手："说好的加班费呢？"

小何讪笑着说："还没发。"

老婆瞪一眼小何，恶狠狠地说："你敢骗我试试。再宽限你三天，看你到时候怎么说。"

转眼三天到了，加班费还没着落，小何急了，硬着头皮去问老板："加班费的事……"

老板皱紧了眉头，不耐烦地说："再等等，猴急啥？不想干了，现在就可以结账走人。"

小何看势头不对，哭丧着脸说："老板，是我老婆催得急，没办法，我才来问。您不知道，我每天那么晚回家，说啥她都不相信我在加班，只有给她加班费，才能证明我加班是真的。"

老板听后，脸色缓和了许多，他从抽屉里掏出 500 元递给小何，说："这是一周的加班费，先拿去，等哪天发了，你再还我。"

小何心头一热，声音哽咽道："谢谢老板！"

老板拍拍小何的肩膀，说："同是天涯沦落人啊，发加班费的事儿我得再催催我老婆，她不是公司财务总监嘛，好几天了，她还没答复我……"

（发稿编辑：陶云韫）

戴假发之后

□ 夏红军

老马上了年纪，头发变得花白稀疏，每次照镜子，心里都很不舒服。于是，老马花了千把块钱，买了一顶假发。

这天，老马头一回戴上假发，和老伴儿一起出门办事。

走在路上，老伴儿问："戴假发出门的感觉如何？"老马一甩秀发："还别说，感觉真不错！你看，刚才那小姑娘是不是回头看我了？"

老伴儿揶揄道："臭美！"

老两口上了公交车，老马照例掏出老年卡。"嘀，老年卡"，司机迟疑着回头盯住了老马："请问……是您本人的卡吗？"老马掏出身份证，指着出生年月说："千真万确。"

老伴儿"嘿嘿"乐了，悄悄对老马说："瞧你，戴假发又戴口罩，司机看不出你是糟老头子，还以为是拿别人的老年卡逃票呢！"

老两口站在一起，很快，有一个年轻人拍拍老马的老伴儿，说："阿姨，您坐吧！"

老伴儿一屁股坐了下去，老马委屈地说："怎么没人让我呀？"

老伴儿冷嘲热讽地说："说明你这假发效果好呀！"

到站了，老马站了半天，腿都麻了。下车没走几步，他一个趔趄，摔倒了！老伴刚想去扶，老马却阻止道："我以前出门摔倒，别人看我满头白发，不敢扶，都是我自己爬起来的。今天戴了假发，变年轻了，一定会有人过来扶我。"老伴"扑哧"一笑："你等吧，我看没戏。"

果然，老马在地上趴了半天，没人过来扶他，还有人指着他偷笑议论。老马疑惑地一摸脑袋，原来那顶假发摔飞了啊！

（发稿编辑：陶云摇）

□麻坚

以后要常来啊

这天，汪海在街上遇见了好几年没联系的发小刘建，他热情地邀请刘建到自己家里做客。刘建说最近工作太忙，等忙过了这阵，一定登门拜访。

过了半个月，刘建也没联系汪海，汪海便又打电话邀请他。刘建想了想，说："好吧，我正巧在你家附近工作，抽空过来坐坐。"

很快，刘建就到了。汪海一看，刘建的衣服上醒目地印着公司的名字。见汪海盯着自己，刘建解释："公司老板特地给我们定制了统一服装，说这样更专业……"

两人聊了一会儿，刘建就回去工作了。临走，汪海对他说："以后要常来啊！"刘建点头答应了。

从这以后，每隔一段时间，刘建

都要来汪海家坐一会儿。

这天，刘建问汪海："你有女朋友吗？我来你家这么多次，怎么一次也没见到过？"汪海红着脸说："刚谈了一个，叫小雨。"

刘建提议让汪海明天把女朋友叫过来，认识认识，汪海同意了。

刘建告辞后，汪海就给小雨打电话，可怎么也联系不上。汪海慌了，赶紧去了小雨家，这才见到了人。汪海赶紧问："小雨，怎么一直联系不上你，发生什么事了？"小雨说，她妈妈不同意两人继续交往。汪海急道："为什么啊？我们不是一直很好吗？"

小雨看了汪海一眼，说："我妈妈说你欠了不少外债……"汪海一头雾水，连连否认。小雨又说："你要是没欠外债，那讨债公司的人为什么总往你家跑呢？"

汪海愣了愣，这才明白小雨说的人是刘建，因为刘建正是在讨债公司上班的！

（发稿编辑：曹晴雯）

李明和杨晨是一对好朋友，两人都惧内，是典型的"妻管严"。

男人都有虚荣心。有一次，杨晨到李明家里做客，李明为了展示自己在家中的地位，不断地指挥妻子干这干那。妻子见有客人在，就想让他一次，等客人走了再收拾他。李明很得意，对妻子大声道："看你慢的，怎么还不上菜？把我大哥都饿着了！"

妻子一听，忍无可忍，把一盆刚做好的小米粥都扣到了李明的脸上，烫伤了一片。杨晨也不好意思再吃饭了，两个人灰头土脸地跑了出来。

杨晨看着李明烫红的脸，说："你平时尽吹牛，今天露馅了吧？还是到我家吃饭吧。"

到了杨晨家里，他妻子挺热情，炒菜、烙饼，忙里忙外。遗憾的是，杨晨没吸取李明的教训，为了逞能，他也对妻子百般挑剔。杨晨的妻子正好在烙饼，气恼之下，顺手把一张刚做好的饼糊到了他脸上，杨晨的脸顿时被热饼嘘红了一大片。

两家的饭，这两个倒霉鬼一次也没吃上。这时，李明想到了一个办法：到城里去吃饭，然后找个算命的给算一下，看他们什么时候才能不受妻子的气。杨晨点头同意了。

在城里吃完饭后，李明和杨晨在街头找到了一个摆摊算命的。算命的问他们算什么，两人看周围人多，对视了一会儿，都支支吾吾地不肯说，只报了生辰八字。

算命的就摇头晃脑地算开了："李明，这名字好啊，有前途！按你说的岁数，你的出生年份是丙戌年……"

李明只听见了"丙戌"两字，气坏了，跳起来就给了算命的一个大嘴巴："你胡说，我大哥才是饼嘘的，我是粥烫的！"

（发稿编辑：吕　佳）

"妻管严"算命　□孙玉祥

升值了

□ 黄超鹏

大河是一位旅居国外的作家，前不久，他听说了一件事：国内有位作家，因为他的作品很受欢迎，他便用稿费买下几间房，专门用来存放读者来信。没想到，后来房价一路升温，保存信的房子竟意外升值了数倍，作家无心插柳柳成荫，赚得盆满钵满。

大河很受启发，便对他在国内的助理说："我那几本书的稿费，就不用寄给我了，替我在当地买个地方来存放读者来信吧！"大河想这样一来，既可以收获读者的好口碑，还把稿费做了变相投资，指不定以后会赚翻呢！

几年后，大河回国旅行，特意请助理带他去参观存放"读者来信"的地方。助理开车载着大河一路向城外开去，路上，大河旁敲侧击地打听起国内房地产市场的升值情况。助理高兴地说："您买的那地方也升值了，现在的价钱是我当初买的两倍呢！"大河一听，心里乐开了花。

过了好久，车子到了一处偏僻的园林，大河心里不禁嘀咕：怎么选了这么偏的地方？不过他又一想，地理位置偏僻的房子大多便宜，时间久了，升值空间也大嘛！

这时，助理领着大河来到园林深处的一间小房子门口。大河看了看，忍不住问道："这房子这么小，够放我的信吗？"助理说："放心，目前读者来信还没放满这里的四分之一呢！"

说归说，但来信能占房子的四分之一，也不少了！大河兴致勃勃地走进去一瞧，却立马腿软了。

只见助理指着靠墙的一个储物格，说道："您的书卖得不好，稿费也不多，勉强才买下这一格。"

"什么？"大河惊呼，"敢情这是安放骨灰的陵园啊！"

（发稿编辑：丁娴瑶）

快乐星期三

□张 希

大伟和小丽是小两口，他们在市中心开了家奶茶店。最近，小丽报了个瑜伽班，每周三上课。去上课时，生意就交给大伟一个人。

这天又是星期三，大伟突然提出了新想法："星期三是周中，生意一般不太好，要不咱们搞个促销？加咱店的微信公众号，买二送一，顺便还能增加店的知名度。"小丽说："可咱们店还没有公众号啊！"

"我早注册好了。"大伟说。

"还是你想得周到，就这么办吧。"

自那天起，奶茶店每周三的促销便开始了。大伟还起了个好听的名字：快乐星期三！

到了周末盘点，小丽却纳闷起来：促销非但没使收入增加，反而下降了。尤其是星期三，比同期少了一半。小丽想取消"快乐星期三"，大伟坚决不同意："做生意，目光放长远一点。"

小丽答应再看两周。然而，之后两个星期三，收入继续直线下降。

小丽觉得事有蹊跷，便偷偷调取了店里的监控，只见整个星期三晚上，奶茶店生意非常火爆，大伟时不时掏出手机让顾客加会员。小丽恍然大悟，奶茶店公众号是大伟注册的，顾客通过大伟的手机加了公众号，钱就直接转给他了。

小丽立即对大伟进行了"突审"，大伟只得招供。小丽收缴了这几周的"非法所得"，让大伟别再耍花招。可没过两个礼拜，周三的收入又降了下来。小丽纳闷了，问题出在哪儿？她又偷偷调取了监控，这一看可把她气坏了，星期三她一走，大伟便将一张打印好的A4纸贴在了窗口上，上写八个大字：现金支付，全场半价。

（发稿编辑：陶云榅）

（本栏插图：小黑孩 顾子易）